Gestorben wird immer

Christine Anlauff

GESTORBEN WIRD IMMER

Ein Verloren-in-Potsdam-Krimi

berlin.krimi.verlag
be.bra verlag

Die Personen und Handlungen dieses Romans sind frei erfunden. Ähnlichkeiten mit tatsachlichem Geschehen sind zufällig und nicht beabsichtigt.

Bibliografische Information der Deutschen Nationalbibliothek

Die Deutsche Nationalbibliothek verzeichnet diese Publikation in der Deutschen Nationalbibliografie; detaillierte bibliografische Daten sind im Internet über http://dnb.d-nb.de abrufbar.

KulturBrauerei Haus 2
Schönhauser Allee 37, 10435 Berlin
post@bebraverlag.de
Lektorat: Gabriele Dietz, Berlin
Umschlag: Ansichtssache, Berlin
Satzbild: Friedrich, Berlin
Schrift: Garamond 10/12,7 pt
Druck und Bindung: Finidr, Český Těšín
ISBN 978-3-89809-543-3

www.bebraverlag.de

1

Als ich die Augen aufschlug, blickte ich in ein Paar blaue.

»Seit wann trägst du Kontaktlinsen?«, fragte ich Anja. »Und warum hast du dir die Haare gefärbt?«

Unter den Augen bewegten sich Lippen, die um einiges voller waren als die meiner Freundin.

»Du liebe Güte«, sagten sie, und noch während ich diesen Worten einen Sinn abzuringen suchte, schlief ich wieder ein.

Beim nächsten Erwachen fand ich über mir eine weiß getünchte Decke mit Neonröhren. Demnach lag ich in einem Gebäude. Ich wollte gerade darüber nachdenken, in welchem und wieso, da kam der Schmerz. Er strömte wie glühende Lava durch meine linke Schulter und von dort weiter in den Arm. Entsetzt wollte ich mich in die nächste Ohnmacht flüchten, aber es gelang mir nicht. Mir blieb nur, mich zu ergeben und herauszufinden, was es mit meinem Zustand auf sich hatte.

Immerhin registrierte ich, dass meine Unterlage nachgiebiger war als ein Fußboden und offenbar auch um einiges höher. Vorsichtig hob ich den Kopf, was sofort einen neuerlichen Schmerzsturm auslöste.

Auf der rechten Seite sah ich eine hellgelbe Wand. Links ein Metallbett, in dem das Gesicht eines alten Weibleins aus einer Decke lugte, die viel zu voluminös für sie war. Sie schlief oder wusste die Vorteile einer kurzen Ohnmacht ebenso zu schätzen wie ich. Dass sie nicht tot war, entnahm ich nur einem piepsenden Gerät an ihrem Fußende und einem Schlauch, der von einem Beutel an einem aus der Wand ragenden Galgen unter ihre Decke führte.

In diesem Augenblick schlug die Erkenntnis in meine Benommenheit wie eine Axt. Unter Aufbietung aller Willenskraft spähte ich zum Fußende meines eigenen Bettes. Ich hörte das Piepsen, noch bevor ich den Kasten sah. Und gleich darauf entdeckte ich den dünnen Schlauch, der von meinem rechten Handgelenk zum Galgen an der Wand führte.

Krankenhaus. Schon wieder.

Die nächsten zehn Minuten waren ein blanker Albtraum. In Abständen wehten weiße oder grüne Kittel durch den Gang zwischen dem Mütterchen und mir, meist hinter einer menschlichen Fracht im Rollstuhl oder einem Bett wie meinem. Niemand klärte mich auf oder beachtete mich.

Das Pochen in meiner Schulter griff allmählich auf mein Hirn über, bis es abwechselnd nur noch »Schmerz« und »Warum?« blinkte.

Als endlich ein Schatten auf mein Gesicht fiel, war es gerade bei »Schmerz.«

»Oh, wirkt es nicht?«, fragte eine Männerstimme und ein Finger schnipste gegen den Schlauch meines Tropfes.

»Warum?«

»Tja, vielleicht zu gering dosiert.«

Das Bett ruckelte an, und kurz darauf beugten sich wieder Augen über mich. Diesmal graue.

»Dann lassen Sie uns mal Licht ins Dunkel bringen, Herr Verloren. Ich bin Doktor Mertens.«

Verständnislos starrte ich den Mann an, bis mein Hirn plötzlich ein Stück Restverstand aktivierte und mich »Ich muss in den Sender« sagen ließ.

»Das hat er dem Notarzt auch schon in Endlosschleife wiederholt«, sagte eine neue Stimme, diesmal eine weibliche, und zu den Augen des Doktors gesellten sich braune hinter schlecht geputzten Brillengläsern.

»Er war auf dem Weg zur Arbeit, als es passiert ist. Mit dem Rad. Und ohne Helm.«

»Wir haben Redaktionssitzung«, unterbrach ich sie, weil es mir gerade wieder einfiel.

»Na ja, die wird heute ohne Sie auskommen«, meinte der Doktor trocken. »Können Sie sich aufsetzen?«

»Natürlich.«

Ich stützte mich auf und fiel wimmernd zurück ins Kissen.

»Helfen Sie ihm mal, Sabine!«

Die Brille vor den braunen Augen senkte sich zu mir herab, und noch ehe ich begriff, was vor sich ging, saß ich auf der Bettkante und ließ mich von einer Frau ausziehen, die viel zu alt für mich war und auch sonst in keiner Weise meinem Beuteschema entsprach. Aber sie machte ihre Sache gut. Ich stöhnte nur zweimal; einmal, als sie meine Schulter aus dem Jackenärmel pellte, das zweite Mal, als sie meinem T-Shirt mit einer Schere zu Leibe rückte und es erbarmungslos aufschlitzte.

»Das ist ein Fair-Trade-Shirt!«, japste ich. »Haben Sie eine Ahnung, wie teuer das war?«

»Nee«, sagte sie und trat zur Seite, um dem Doktor Platz zu machen.

»Kopfschmerzen, Schwindelgefühl?«

»Beides. Ein bisschen. Schlimmer sind die Schulter und der linke Arm.«

Er wandte sich an die Schwester, die sich inzwischen von irgendwoher ein Klemmbrett besorgt hatte.

»Röntgen und CT bei Verdacht auf leichtes bis mittleres SHT.«

»Was?«, fragte ich ängstlich.

»Gehirnerschütterung. Sie können sich glücklich schätzen, dass es nicht schlimmer ist, nach einem solchen Sturz.«

»Welcher Sturz?«

Er runzelte die Stirn. »Ihr Fahrradunfall. Sie sind über den Lenker gegangen und Gott sei Dank mit der Schulter zuerst aufgekommen. Wissen Sie das nicht mehr?«

Ich schloss die Augen. Nach einer Weile tauchte ein zu weich gekochtes Frühstücksei vor mir auf und dann Anja, die frostig sagte, wenn es mir nicht schmecke, solle ich mir die Eier eben zukünftig von meiner Halbrussin hart kochen lassen. Dann hatte sie ihr eigenes Ei weggeworfen und war grußlos zur Arbeit gegangen. Und ich? An den Laptop, um meinen Blog mit dem Wort zum Tag zu füttern.

In meinem Kopf pochte es bedenklich. Dennoch zwang ich ihm weitere Fragmente ab. Unser inoffizieller Hauswart Pachulke im Schlafanzug am Briefkasten, in der Hand die Zeitung.

»Schon gehört? Die Investorengattin ist wieder aufgetaucht. Stand plötzlich vor ihrem Haus in Klein Glienicke und wusste von nichts. Alles weg, keine Erinnerung, können Sie sich das vorstellen?«

»Wahrscheinlich Drogen«, hörte ich mich sagen, während ich mein Rad an Pachulke vorbeischob, aufstieg und die Gutenbergstraße hinunterfuhr.

Vor dem Bagel-Shop Ecke Ebertstraße stritt sich ein Paar. Vielleicht bildete sich dessen weibliche Hälfte auch ein, dass ihr Partner ein Verhältnis mit seiner Kollegin pflegte. Wie Anja.

Auf dem Bassinplatz standen die Bauern hinter ihren Marktständen, am Straßenrand hatte es sich Drecklock, der Obdachlose, mit seiner Morgenpulle gemütlich gemacht. Den Namen hat er nicht von mir, aber er passt. Ich nickte ihm zu, dann stand die Welt plötzlich kopf und verschwand.

Die nächste Erinnerung waren die blauen Augen und die Lippen, die nicht Anja gehörten.

»Nein«, sagte ich kleinlaut. »Ich erinnere mich nicht.«

Der Doktor wandte sich an die Schwester. »Temporäre Amnesie.«

»Und was ist mit meiner Schulter?«

»Ausgekugelt. Das haben wir gleich.«

Er gab der Schwester ein Zeichen, die daraufhin ihr Klemmbrett beiseitelegte und mich rechts unterhakte, während er einen Fuß in meine linke Seite stemmte, nach der Hand meines gemarterten Arms griff und mit kräftigem Ruck daran zog.

Über die nächsten Stunden schweige ich lieber, auch wenn die Beschreibung der raumgreifenden schwenk- und fahrbaren Röntgenplatten für Technikfreaks vielleicht interessant wäre. Mir taten sie weh, denn man klemmte mich zwischen ihnen ein. Im CT merkte ich, dass ich außer unter den Folgen meines ominösen Unfalls auch unter Klaustrophobie litt, was ich bisher nicht gewusst hatte. Ansonsten lag ich hauptsächlich auf Fluren herum und staunte darüber, dass meine Schulter trotz des Schmerzmittels, das mir seit der Untersuchung durch das sadistische Duo wieder in die Venen rann, nach dem Einrenken noch höllischer wehtat als vorher.

Irgendwann holte mich ein junger Grünkittel ab, dessen ausschließliche Aufgabe im Transport von Patienten bestand, wie er mir erklärte. Er schob mich in einen Fahrstuhl und von dort über einen weiteren, diesmal mit großformatigen Fotografien dekorierten Flur in ein Zimmer. Mit seiner und der Hilfe einer älteren Schwester, die sich mir als Renate vorstellte, wechselte ich von der Transportpritsche in ein Bett, wie ich es von meinem letzten Krankenhausaufenthalt her kannte.

»Jetzt kommen Sie erst mal zu sich«, sagte die Schwester und hängte meine Jacke in einen Schrank neben der Tür. »Möchten Sie vielleicht einen Tee oder Kaffee für den Kreislauf nach der Aufregung? Wir haben auch Cappuccino und so weiter, wählen Sie einfach aus der Karte auf Ihrem Nachttisch.«

»Mehr Schmerzmittel. Und mein Telefon. Es steckt in der Jackentasche.«

Schwester Renate brachte es mir. »Die Frau?«, fragte sie zwinkernd.

»Sozusagen. Können Sie mir sagen, wo sie mich findet?«

»Zimmer 3, Belvedere. Die Station für Privatversicherte und Opfer von Arbeitsunfällen. Sie hatten sozusagen Glück im Unglück.«

»Umgekehrt wäre es mir lieber.«

»Seien Sie nicht undankbar«, rügte sie und reichte mir das Handy. »Immerhin haben Sie ein Einzelzimmer. Dafür würden andere über Scherben gehen. Wegen des Schmerzmittels warten Sie einen Augenblick, ich frage mal nach.«

Belvedere! Darunter machte es ein Krankenhaus in dieser Stadt wohl nicht. Andererseits war ein Einzelzimmer tatsächlich etwas wert. Beim letzten Mal hatte man mir nach der ersten

Nacht einen Schnarcher zugeteilt, der noch dazu in regelmäßigen Abständen seltsame Klicklaute von sich gegeben hatte. Daraufhin hatte ich mich am nächsten Tag selbst entlassen.

Ich wartete, bis Renate gegangen war, schaltete das Handy auf laut und rief mit der Rechten Anjas Nummer auf, erreichte aber nur ihre Mailbox. Entweder war sie in einer Sitzung oder nachhaltig sauer. Was zumindest bedeuten würde, dass meine Erinnerungen an das Ei und Pachulke im Schlafanzug frisch waren.

Was tut man, um eine saure Frau gnädig zu stimmen?

Man gibt sich schwach. Besonders bei Anja wirkt Schwäche absolut zuverlässig; kaum sieht sie eine Träne, spielen ihre Spiegelneuronen verrückt. Deshalb ließ ich meine Stimme etwas schleppender und leiser als nötig klingen, als ich der Mailbox zuflüsterte:

»Ich weiß nicht, was passiert ist. Aber mach dir keine Sorgen, ich liege auf der Belvedere des Ernst-von-Bergmann-Klinikums und werde gut versorgt. Nur falls du Zeit hast …« Ich ließ eine Pause eintreten, in der ich leise stöhnte. »… Könntest du meine Zahnbürste und den Laptop vorbeibringen? … Ich liebe dich.«

Das hatte ich schon seit Ewigkeiten nicht mehr zu ihr gesagt, und ich schämte mich ein bisschen. Aber nicht lange, denn kaum hatte ich aufgelegt, kam Renate wieder herein und schraubte an meinem Tropf herum.

»So, mein Lieber, gleich wird's angenehmer. Genießen Sie's!«

Die nächsten Stunden verdämmerte ich friedlich. Als meine Schulter und ich wieder erwachten, war das Zimmerlicht eingeschaltet und eine Frau stand an meinem Bett. Nicht Anja oder Schwester Renate, sondern Irene, Co-Moderatorin meiner wöchentlichen Sendung »Literaturscouts« und der Grund für Anjas Eifersucht.

»Du hast mich grausam erschreckt!«, sagte sie und platzierte schwungvoll einen Strauß Maiglöckchen auf meiner Decke.

»Ich dachte, dein Kopf ist kaputt. Wie du geguckt hast – so ... entfernt. Und du hast mich Anja genannt!«

Es war süß, wie sie das sagte, das mit dem Kopf und dem entfernten Blick. Irenes Mutter stammt aus einem Nest bei Sankt Petersburg, und obwohl sie in Cottbus aufgewachsen ist, bedient sie sich manchmal der blumigen Sprache einer Migrantin, ich glaube, weil sie weiß, dass ich darauf stehe.

»Heute Morgen? Iri, was ist passiert? Ich erinnere mich nur an Drecklock, den Obdachlosen vom Bassinplatz. Danach habe ich einen Filmriss, bis ...«

Irene lächelte, und auf einmal wusste ich, wem die blauen Augen bei meinem ersten Erwachen gehört hatten.

»Du warst das.«

»Natürlich, du hast mich doch gerufen.«

»Wie bitte?«

Sie setzte sich auf meine Bettkante und zog ungeniert die Schuhe aus, hellblaue Halbstiefel mit Plateausohlen, von denen ich gehofft hatte, sie würden nie wieder modern.

»Ich war gerade in der Einfahrt zum Sender. Erst dachte ich, du willst dich mal wieder für eine Verspätung entschuldigen, aber du hast nur Unsinn geredet, von deiner Uhr und einem Marktplatz und dem Himmel, und mich angefleht zu kommen. Dabei hast du geweint wie ein Kind. Mir ist der Schreck dermaßen in die Glieder gefahren, das kannst du dir nicht vorstellen.« Sie schüttelte sich, als durchlitte sie den Schock soeben erneut.

»Das mit dem Bassinplatz habe ich mir zusammengereimt, ich kenne ja deinen Weg zur Arbeit. Und irgendwann hab ich dich auf der Schwelle eines Ladens gefunden, schlafend oder ohnmächtig und weiß wie Hüttenkäse. Bis der Notdienst da war, bist du zweimal kurz aufgewacht und hast was von in den Sender müssen, Kontaktlinsen und gefärbten Haaren gestammelt. Neben dir lag dein Fahrrad. Es sah besser aus als du.«

Ich hatte geweint? Wie peinlich.

»Weißt du denn jetzt, was passiert ist?«, erkundigte sie sich.

»Offenbar hatte ich einen Unfall und hab mir dabei die Schulter ausgekugelt und den Schädel geprellt. Aber ich erinnere mich nicht daran. Auch nicht an das Telefonat mit dir oder wie ich auf diese Türschwelle gekommen bin. Scheinbar ist eine Sequenz meines Lebens von meiner Festplatte gelöscht worden. Das macht mir Angst, Iri.«

»Irgendwann fällt es dir sicher wieder ein«, sagte sie mütterlich, griff nach meiner linken Hand, ließ sie jedoch sofort wieder los, als ich zusammenzuckte. Gott sei Dank, denn in diesem Moment öffnete sich die Tür und Anja erschien, in der Hand eine Vase mit Maiglöckchen. Als sie Irene sah, blieb sie wie angewurzelt stehen.

»Pardon, störe ich?«

»Nicht doch, schön, dass du kommst«, entgegnete ich und lächelte leidend.

Sie schloss die Tür, durchquerte das Zimmer und stellte die Blumen auf den Tisch. Dann kam sie zu mir und küsste mich auf die Stirn.

»Das ist Irene, meine Kollegin«, stellte ich Irene vor, die strahlend ein Bein unter das andere schob. »Ihr verdanke ich, dass ich hier liege. Ich meine, sie hat nach meinem Unfall den Krankenwagen gerufen«, ergänzte ich, als Anja fragend die Brauen hob. »Sonst würde ich vielleicht immer noch irgendwo am Bassinplatz sitzen.«

»Ich soll dich übrigens von Bert grüßen«, schob Irene versiert ein. Bert arbeitet als Redakteur in unserem Sender und ist seit Jahren mein bester Freund. »Er kommt, sobald er Zeit findet.«

Auf Anjas Hals und Wangen bildeten sich Flecken, ein bedenkliches Zeichen.

»Was hast du am Bassinplatz gemacht? Ich dachte, du wolltest zur Redaktionssitzung?«

»Ja. Aber unterwegs hat es mich plötzlich vom Rad gehoben, das heißt, alles deutet darauf hin, dass es mich vom Rad gehoben hat, genau weiß ich es nicht, weil ich eine Erinnerungslücke habe.«

»Er erinnert sich nicht einmal, dass er mich angerufen hat«, bestätigte Irene.

Anjas Blick wanderte von ihr zu den Maiglöckchen auf meinem Bauch und von dort zu mir. Sie lächelte, aber ihr Lächeln glich dem Schnitt einer Rasierklinge. *In einer Ausnahmesituation rufst du also zuerst die kleine Halbrussin an,* sagte es.

Nein!, wollte ich rufen. *Ich habe in meiner Umnachtung nur die falsche Nummer erwischt, es sollte eigentlich deine sein!*

Aber ich schwieg. Erstens hätte sie mir sowieso nicht geglaubt, und zweitens ging wieder die Tür auf und die Rettung in Person von Schwester Renate und einem Arzt schwebte herein.

»Na, da ist ja jemand beliebt«, gurrte Renate und kam zu mir, um mir die Manschette eines Pulsmessers um den gesunden Arm zu schnallen. Bei der Gelegenheit bemerkte ich, dass kein Schlauch mehr daran hing.

Irene räumte eilfertig ihren Platz und gesellte sich zu Anja, die daraufhin an den Besuchertisch floh.

Der Arzt stellte sich als Dr. Weber vor, und einem Weberknecht ähnelte er auch, mit seinem kahlen Schädel und den spinnenartigen Fingern, die über meine Schulter krabbelten, nachdem Renate sie aus dem Flügelhemd, einem jämmerlichen Ersatz für mein teures Shirt, geschält hatte.

»Nicht versteifen! Ich guck bloß, was die Bande in der Notaufnahme angerichtet hat.«

»Sie haben mir die Schulter eingerenkt.«

Einer der Spinnenfinger tastete sacht über mein Schlüsselbein, worauf ich mich unwillkürlich noch mehr versteifte. Schließlich trat er einen Schritt zurück und betrachtete mich mit schief gelegtem Kopf.

»Idioten«, konstatierte er sachlich. »Wenn Ihre Schulter ausgerenkt gewesen wäre, hätten sich auf den Röntgenbildern Spuren davon an der Gelenkpfanne gefunden. Dem ist nicht so, also weiß der Himmel, was die da eingerenkt haben wollen. Hoffentlich haben sie den Schaden nicht noch verstärkt.«

»Welchen Schaden?«, flüsterte ich.

Anja verließ widerstrebend den Tisch, während Irene den Doktor mit ihren blauen Augen anhimmelte.

»Das Gelenk ist, um es mal salopp auszudrücken, zertrümmert wie die Frauenkirche nach dem Bombenangriff der Alliierten. Dabei sind die Bänder und Muskeln erstaunlicherweise unbeschädigt geblieben. Aber da sie im Augenblick nichts hält, hängen sie durch, daher der Schiefstand der Schulter. Der Arm ist in Ordnung.«

Angesichts dieser Diagnose verschlug es mir die Sprache.

Irene fasste sich schneller.

»Können Sie das in Ordnung bringen?«

Worauf Anja ihre Hände ineinander verschränkte, vermutlich, um nicht auszuholen.

»Dafür bin ich Unfallchirurg«, sagte Dr. Weber.

Renate wickelte die Manschette wieder von meinem Arm.

»Wir messen den Puls später, wenn Sie sich beruhigt haben.«

Irene ging zusammen mit dem Arzt. So wie ich sie kannte, löcherte sie ihn vor der Tür mit Fragen zu der auf den folgenden Mittag angesetzten OP.

Zurück blieben Schwester Renate und Anja, die sich allmählich entspannte, auch wenn sie mich noch immer kühl wie eine Schneekönigin behandelte. Aber unter der frostigen Miene erkannte ich ihre Sorge, das reichte mir für den Moment. Renate und ich diktierten ihr eine Liste von Dingen, die ich in den nächsten Tagen benötigen würde, unter anderem ein neues T-Shirt und eine Sporthose.

»Lassen Sie sich lieber ein Hemd zum Knöpfen bringen«, riet Renate. »Wir müssen noch öfter an Ihre Schulter. Und Hausschuhe.«

Der Schlaf floh mich in dieser Nacht. Zwar hatte Renate mir nach dem Abendbrot eine Tablette verabreicht, aber ich argwöhnte, dass es ein Placebo gewesen war. Mit jeder Minute nahm der Schmerz in meiner Schulter zu. Ich versuchte ihn zu beherrschen, indem ich mich in ihn vertiefte und seinen verschiedenen Ausprägungen nachspürte, die von einem kalten Druck bis zu heißem Pochen reichten, zuweilen ergänzt durch ein Ziehen, das sich anfühlte, als zöge mir jemand langsam eine Sehne aus dem Körper. Außerdem war ich es nicht gewohnt, auf dem Rücken zu schlafen, das Kissen war zu weich, das Bett unter dem Laken mit irgendetwas Gummierten bespannt, auf dem sich mein Schweiß in kleinen Lachen sammelte, und wenn ich die Augen schloss, dachte ich sofort an das Loch in meiner Erinnerung und riss sie panisch wieder auf. Irgendwann nach Mitternacht klingelte ich und bat die Nachtschwester um eine weitere Tablette. Eine richtige, wenn möglich.

Sie brachte eine, die genauso aussah wie die letzte. Trotzdem fiel ich gegen Morgen endlich in einen unruhigen Schlaf, aus dem mich kurz darauf eine Schwester zum Fiebermessen und Bettenmachen riss. Es war weder Renate noch die aus der Nacht, sondern ein durchsichtiges junges Ding mit gesträhnten Haaren und der hohen Stimme einer Rauchschwalbe. Als sie irgendwann ging, taten mir auch die Ohren weh.

Dafür erwartete mich Renate beim Erwachen aus der Narkose.

Zuerst erschien sie mir wie ein Engel in ihrer weißen Kluft und dem im Gegenlicht schimmernden Flaum auf ihren Armen. Ich fühlte mich angenehm schwer und leicht zugleich.

»Schön geträumt?«

Sie beugte sich über mich, um den Tropf zu kontrollieren, der wieder in meiner Vene hing.

Ich scannte versonnen die Details ihres Gesichts. Ohne Wertung, wie eine Landkarte oder eine Wolke, die über einen Frühlingshimmel treibt.

Alles in allem war es ein weiches Gesicht, von aschblonden halblangen Haaren umrahmt, das unter den Augen und um einen kleinen Mund herum sanfte Falten schlug. Ungleichmäßig gerötete Wangen, dank eines Netzes geplatzter Äderchen, von denen einige auch ihre Nase zierten, ansonsten glich ihre Haut verblichenem Elfenbein. An ihrem Hals entdeckte ich einen Leberfleck, den ich einen Moment lang betrachtete, ehe ich mich erkundigte, wie die OP gelaufen war. Meine Stimme fühlte sich genauso rau an, wie sie klang.

»Ohne Komplikationen. Dr. Weber hat sie wieder zusammengeschraubt. Er erklärt es Ihnen sicher bei der nächsten Visite. Jetzt schlafen Sie erst mal Ihren Restrausch aus, und danach bringe ich Ihnen eine schöne Portion Cordon bleu, die ich vom Mittag aufgehoben habe, damit Sie mir nicht vom Fleisch fallen.«

Während sie sprach, arrangierte sie einen Blumenstrauß in einer Vase auf meinem Nachttisch. Keine Maiglöckchen, sondern irgendetwas Buntes.

»Habe ich etwa einen Besucher verpasst?«

»Ihre Freundinnen. Die eine hat die Sachen gebracht und mich gebeten, Ihnen auszurichten, dass sie morgen wiederkommt. Die andere hat nur kurz nach Ihnen gesehen und wollte dann mit dem Doktor reden. Wenn ich mir eine Bemerkung erlauben darf: Die zweite ist hübscher, aber an der anderen haben Sie mehr.«

»Ich weiß«, sagte ich. »Und von welcher sind die Blumen?«

»Von mir. Das sind Ranunkeln.«

Wie konnte man so zarten Blumen einen Namen geben, der wie Eiterbeulen klang!

»Danke.«

»Da nicht für. Haben Sie noch einen Wunsch?«

»Eine Tageszeitung wäre nett.«

Vielleicht stand ja mein Unfall unter Vermischtes.

Renate sah amüsiert auf ihre Armbanduhr, ein klobiges Ding mit violettem Plastikarmband, vermutlich ein Werbegeschenk. Eine Minute später drückte sie mir eine Ausgabe des bürgerlicheren unserer beiden Lokalblätter in die gesunde Hand.

»Na, mal sehen, wie viele Zeilen sie schaffen«, sagte sie grinsend.

Sie war die Erfahrenere von uns beiden, was die Aufnahmefähigkeit eines frisch Operierten betraf. Immerhin schaffte ich einen ganzen Artikel über die entführte Investorengattin, die vor ihrem überraschenden Wiederauftauchen offenbar ebenso geblitzdingst worden war wie ich bei meinem Unfall, und begriff davon mindestens die Hälfte. Beim Rest zwang ich mich, mir wenigstens die Buchstaben anzusehen, um Renate etwas vorweisen zu können, obwohl mir nicht recht klar war, was, bis ich mir schließlich eingestand, dass ich von Klarheit jeder Art weit entfernt war.

Ich schrak erst auf, als Renate mir die Zeitung vom Gesicht hob.

»War wohl nicht so spannend?«

»Ging so«, murmelte ich, roch den Duft von Gebratenem, und zum ersten Mal seit zwei Tagen fühlte ich mich wieder wie ein Mensch.

Von da an ging es aufwärts. Zwar tat meine geflickte Schulter noch immer weh, aber ich lernte, den Schmerz erfolgreich mit Tabletten zu bekämpfen, nachdem der Tropf entfernt worden war. Bei allem anderen half mir Schwester Renate. Die Aufmerksamkeit, mit der sie sich um mich kümmerte, rührte mich. Zum Beispiel kredenzte sie mir bereits am zweiten Morgen nach der OP einen mit Kardamom gewürzten Frühstückskaffee, nachdem ich meine Vorliebe dafür am Abend zuvor beiläufig erwähnt hatte, begutachtete einen nach meiner Ansicht zu dunklen Leberfleck auf meinem gesunden Unterarm und beruhigte mich, indem sie mir eine Batterie schwarzer Leberflecken auf ihrer rechten Schulter zeigte, die mich sofort zum nächsten Hautarzt gejagt hätten. Das sei normal, sagte sie, eine Frage der Veranlagung und des Alters. Besonders hoch rechnete ich ihr an, dass sie sich jedes Mal, wenn sie in meinem Zimmer zu tun hatte, einige Minuten für einen Plausch nahm, als sei ich der einzige Patient der Station. Ich erkundigte mich, woher sie die Zeit dafür nähme. Die übrigen Schwestern rauschten immer nur herein, sagte ich, täten ihren Dienst am Menschen und verschwänden so eilig wieder, als müssten sie ein überfülltes Lazarett versorgen.

Darauf seufzte Renate und sah plötzlich selbst ein bisschen krank aus. Wie sie da vor mir am Besuchertisch saß, zwischen uns ein Schachbrett, auf dem soeben eine Partie Blitzschach zu meinen Gunsten ausgegangen war, wirkten ihre Augen umschattet, ihre Haare noch farbloser, und auf ihrer Unterlippe entdeckte ich knospenden Herpes.

»Für nur je zwei diensthabende Schwestern kann sich auch eine Station wie das Belvedere zuweilen wie ein Lazarett anfühlen.«

»Und trotzdem spielen Sie mit mir Schach? Das heißt, irgendwer stirbt vielleicht, während Sie überlegen, ob Sie Ihren Läufer ziehen?«

Sie sah mich tadelnd an. »Sicher nicht. Meine Läufer ziehe ich vor Dienstbeginn oder nach Dienstschluss oder in meiner Pause. Abgesehen davon ist das Belvedere im Vergleich mit anderen Stationen natürlich schon um einiges ruhiger.«

Dann erzählte sie von ihren Vorgängerstationen: der Inneren und der Intensivstation. Auf letzterer wäre es noch ganz erträglich gewesen. Aber auf der Inneren sei sie kaum einmal zum Hinsetzen gekommen, und für eine Patientenpflege, die den Namen verdiene, wären ihr nur die Stunden nach den Überstunden ihrer regulären Dienstzeit geblieben. Wenn überhaupt, denn der Krankenstand sei wegen der Belastung derart hoch gewesen, dass die noch verbliebenen Schwestern die Dienste der fehlenden mit übernehmen mussten und sie daher häufig zwei Schichten hintereinander gehabt hätte. Wie ich mir denken könne, habe die Dauerüberlastung auch das Klima innerhalb der Belegschaft vergiftet, was letztlich wiederum die Patienten zu spüren bekommen hatten.

»Und nur, weil die Leitung sich weigert, den Personalschlüssel zu erhöhen. Stattdessen trickst sie jetzt auch noch an den Tarifen der neuen Mitarbeiter in der Diagnostik herum. Aber nicht mehr lange, dafür sorgen wir schon.«

»Wer, wir?«

Sie schürzte die Lippen.

»Vor einem halben Jahr habe ich mit einer Kollegin eine Mitarbeitervertretung gegründet. Die ›Bergfrauen‹, weil wir überwiegend Schwestern sind. Unser Ziel ist eine Verbesserung unserer Arbeitsbedingungen und eine ordentliche Tarifentlohnung der Diagnostik-Kolleginnen und Kollegen, wenn's sein muss auch an der Gewerkschaft vorbei. Inzwischen hat sich uns schon knapp ein Drittel der Belegschaft angeschlossen. Daran merken Sie, wie es hier brodelt. Nur immer expandieren und technisch aufrüsten reicht nicht, wenn die Pflege dabei auf der Strecke … Entschuldigung«, unterbrach sie sich. »Bei dem Thema geht es jedes Mal mit mir durch.«

»Lassen Sie es ruhig weiter durchgehen«, sagte ich. »Ich betreibe in meiner Freizeit einen Blog, der sich mit brisanten Stadtthemen beschäftigt und von den unterschiedlichsten Leuten gelesen wird, auch von Landeskriminalbeamten und Radioredakteuren. Ihre Gruppe klingt spannend, vielleicht interviewe ich Sie einmal dazu und schreibe einen Artikel, sobald ich meine Finger wieder bewegen kann.«

Ich winkte lasch mit der Hand aus der Schlinge meines bandagierten linken Arms. »Eine Revolution hat umso mehr Aussicht auf Erfolg, je mehr Gewehre geladen werden. Fidel Castro, glaub ich. Vielleicht ist es aber auch von mir.«

»Herrje!« Renate sah mich erschrocken an. »Sagen Sie doch nicht so was! Das klingt ja, als wollten wir die Regierung stürzen.«

»Na und?« Ich lächelte aufmunternd. »Eine kleine Palastrevolution bewirkt manchmal Wunder. Ich hab etwas übrig für rigorose Maßnahmen. Bei allen anderen läuft man Gefahr, untergebuttert oder korrumpiert zu werden.«

Dazu sagte sie nichts, aber als sie mir eine Viertelstunde später den Nachmittagskaffee à la Verloren brachte, wirkte sie in sich gekehrt. Ich kam gerade von der Toilette und eierte mit weichen Knien zum Bett.

»Wo sind denn Ihre Hausschuhe?«, fragte sie zerstreut.

Achselzuckend deutete ich auf ein paar gelbe Badelatschen, die Anja mir mitgebracht hatte.

»Zu Hause laufe ich barfuß. Und die da sind mir zu labberig. Meine Freundin wollte mir Hausschuhe kaufen, aber das wäre eine unnötige Geldausgabe für die paar Tage, die ich noch hier bin.«

»Und wenn Sie mal zu einer Untersuchung auf eine andere Etage müssen?«

»Dann ziehe ich meine Straßenschuhe an.«

»Aha. Wie denn?«

Am nächsten Morgen servierte Renate mir mit dem Frühstück und der Morgenzeitung ein Paar schlammgrüne Filzboote von der ungefähren Größe meiner Füße.

»Selbst gemacht. Nach einer Anleitung in der *Schönes Land*. Sie brauchen nur reinzuschlüpfen.«

Ich betrachtete die Boote erschüttert. »Vielen Dank, aber das kann ich auf keinen Fall annehmen!«

»Und ob Sie können. Mein Mann hat sie nicht mal anprobiert. Einfach unter dem Weihnachtsbaum liegen gelassen hat er sie, bis ich sie schließlich ins Schuhregal geräumt hab. Da lagen sie bis heute früh, und dort werden sie irgendwann die Motten fressen, wenn sich niemand ihrer erbarmt.«

Sie hob meine Bettdecke am Fußende ein Stück an und hielt eines der Ungetüme an meinen rechten Fuß.

»Na also. Ich hab doch geahnt, dass Sie die gleiche Größe wie Jürgen haben. Nur dass sie Ihnen viel besser stehen. Sie passen zu Ihren Augen.«

Ihre Freude war so überschwänglich, dass ich wider Willen lächeln musste.

»Ich werde sie schonen und in Ehren halten.«

»Tragen sollen Sie sie! Und denken Sie dabei ab und zu an mich.«

Den ersten Teil des Vormittags verbrachte ich damit, meinen Blog-Freunden zu erklären, warum ich mich bis auf Weiteres nur sporadisch zu Wort melden würde, und bestimmte meinen Lieblingsfollower Mindbeard, dem ich nach den Ereignissen vom Herbst Administratorenrechte eingeräumt hatte, zum Interims-Blogwart. Nach meiner Genesung, versprach ich, würde ich mich mit einer umso brisanteren Story zurückmelden. Es war nur eine kurze Notiz, aber da ich sie mit einem Finger tippte, brauchte ich dafür beinahe eine halbe Stunde.

Danach ging ich an meine tägliche Zeitungslektüre.

Zunächst suchte ich Neues über meine Leidensgenossin, die Investorengattin ohne Gedächtnis, und wurde auf Seite zwei fündig. Die Polizei ging inzwischen davon aus, dass ihre Entführer sie mit einer einschlägig bekannten Partydroge vollgepumpt und irgendwo hinter dem Babelsberger Karl-Liebknecht-Stadion abgeladen hatten, von wo sie nach ihrem Erwachen bar jeder Erinnerung nach Hause gestolpert war. Nachweisen ließ sich die Droge nicht, da sie sich bereits nach wenigen Stunden restlos abbaute, aber alles wies auf sie hin. Dank einer Schlafbrille, die die Dame während ihres Aufenthalts bei den Entführern durchgehend hatte tragen müssen, und deren Marotte, in ihrer Anwesenheit zu schweigen, gaben auch ihre verbliebenen Gedächtnisfetzen wenig her. Nur fernes Hundegebell und eine quietschende Federkernmatratze, auf der man sie zu schlafen genötigt hatte. Außerdem äußerte sie den Verdacht, die Entführer seien Vegetarier gewesen, denn man habe ihr ausnahmslos Müsli zu essen gegeben. Dagegen führte der Journalist ins Feld, dass die Entführer möglicherweise nur keine Lust oder Zeit zum Kochen gehabt hätten.

Oder, dachte ich, sie hatten umgekehrt die Investorengattin für eine Vegetarierin gehalten. Vielleicht waren es übers

Ohr gehauene Vertragspartner ihres Mannes, die sich nun ihr Geld über Bande wiedergeholt hatten. 300 000 Euro, die er seiner Frau jetzt sicher vom Haushaltsgeld abziehen würde.

Im Grunde interessierte mich die Investorengattin nicht sonderlich. Mich beschäftigte etwas anderes: nämlich ob hinter meiner Umnachtung am Ende auch eine Droge steckte. Was schlechterdings hieß, dass Anja sie mir verabreicht haben musste, weil ich außer zwei Marmeladenbrötchen, dem flüssigen Ei und drei Tassen Kaffee an jenem unseligen Morgen nichts zu mir genommen hatte.

Absurd! Und obendrein ein perfider Verrat an meiner Freundin!

Aber wie eine lästige Mücke kam der Gedanke immer wieder und mit ihm ketzerische Fragen. Hatten Anjas Verhalten, ihre zynische Bemerkung über »die Halbrussin« und ihr brachialer Abgang an jenem Morgen nicht auf zersetzende Eifersucht hingedeutet? Des Weiteren fiel mir ein, dass sie an diesem Morgen kaum über ein Ei und eine halbe Tasse Tee hinausgekommen war. Warum? Und warum Tee? Sonst trank sie Kaffee zum Frühstück.

Einmal angestoßen, begann die Spule sich zu drehen. Den Kaffee hatte ich gekocht. Nein, ich hatte nur das Wasser aufgesetzt und die Kaffee-Kardamom-Mischung in die Kanne getan, aufgegossen hatte sie ihn. Dann die Marmelade. Es handelte sich um Pflaumenkonfitüre aus dem Heimlaboratorium von Anjas Mutter, ein frisch angebrochenes Glas. Anja hatte sie in eine Schale gefüllt, weil sie Gläser und sonstige Verpackungen auf dem Esstisch unästhetisch fand. Kein langer Weg von der Küchentheke bis zum Tisch, aber ausreichend, um alles Mögliche dort hinein zu befördern. Und es waren sicher unter den Verrückten in Anjas Bürgerhaus alle nur denkbaren Drogen im Umlauf.

Mit Mühe hielt ich die Spule an.

Doch nicht Anja! Außerdem hatte ich nach dem Frühstück

noch eine Weile am Laptop zugebracht, ohne irgendetwas Ungewöhnliches an mir zu bemerken.

Dennoch wurde ich eine leichte Unruhe nicht los, als ich zum nächsten Artikel wechselte. Irgendein Bericht über eine Einbruchserie in einer Kleingartensiedlung südlich des Stadtbahnhofs. Die wütenden Gärtner hatten eine Bürgerwehr gegründet.

… nachdem es der Polizei bisher nicht gelungen war, die Einbrecher dingfest zu machen …

Ich war verrückt, Anja auch nur im Entferntesten zu verdächtigen, mir eine Droge ins Essen gemischt zu haben!

»Ich will ja niemanden beschuldigen«, so einer der Pächter, »aber es ist nun einmal ein Fakt, dass unsere Sparte ein friedliches Fleckchen Erde war, bis man die ganzen Asylanten hier in die Nachbarschaft gesetzt hat.«

Der Mann entwickelte ein beängstigendes Szenario von geplünderten Ernten und entkernten Lauben und schloss, man müsse als Bürger ja wohl noch kausal denken dürfen, ohne gleich in die rechte Ecke gestellt zu werden.

Wenn nicht Anja, wer dann?

Ich war drauf und dran, Schwester Renate zu fragen, als sie hereinkam. Leider war sie in Begleitung Dr. Webers. Während er Puls- und Fieberkurven und die Narbe auf meiner Schulter besichtigte, warf Renate mir verschwörerische Blicke zu.

»Sieht doch gut aus«, sagte Weber. »Ich würde sagen, wir machen morgen die Abschlussuntersuchung und werfen Sie übermorgen raus. Genießen Sie bis dahin unsere gute Küche.«

Er kritzelte etwas auf das Patientenbrett. Schwester Renate nutzte die Gelegenheit, um mein Kissen aufzuschütteln.

»Ich habe über Ihr Angebot mit dem Artikel über die Bergfrauen nachgedacht«, murmelte sie. »Vielleicht könnten wir uns nach meinem Dienstschluss kurz zusammensetzen? Oder, falls …«

»Keine konspirativen Gespräche während der Arbeit«, sagte Dr. Weber gleichmütig und hängte das Brett ans Fußende des Bettes. »Auf geht's. In Nummer vier wartet die Hüfte.« Er seufzte. »Und die wird uns länger beschäftigen als diese Schulter hier.«

Als Renate um zehn nach vier hereinschneite, saß ich mit Anja vor dem Fenster mit dem Panoramablick, dem die Station seinen Namen verdankte, und schlürfte Latte macchiato.

»Oh ... ich wollte mich nur in den Feierabend verabschieden.« Sie blinzelte mir zu. »Hätten Sie morgen vielleicht Lust auf eine letzte Partie Schach?«

»Sehr gern.«

»Gut.« Renate schob den Läufer vor meinem Bett gerade und ging.

»Schach?«, wiederholte Anja. »Und handgefilzte Hausschuhe. Kann es sein, dass du dir die Langeweile hier damit vertreibst, ältere Krankenschwestern um den Finger zu wickeln?«

»Ach, die wickeln sich ganz von allein«, erwiderte ich und hob mein summendes Handy vom Fensterbrett, um eine SMS zu überfliegen. Irene wollte wissen, ob sie mich gefahrfrei besuchen könne.

»Grüße von Bert«, sagte ich zu Anja, die mich argwöhnisch beobachtete, und schaltete das Handy aus. Bert könnte sich wirklich mal melden. Hatte er nicht vorbeikommen wollen?

»Jedenfalls solltest du aufpassen, dass Schwester Renate dich im Ringen um meine Gunst nicht aussticht. Wo waren wir stehen geblieben?«

Anja warf mir einen Zuckerwürfel an den Kopf.

»Die umnachtete Investorengattin und ihre K.o.-Tropfen. Ich sagte gerade, dass man für Leute, die andere derart manipulieren und in ihre Gewalt bringen, den Pranger neu erfinden sollte. Ich wäre die Erste, die davorsteht und mit Eiern wirft.«

Ich zupfte mich hüstelnd am Ohr. Entweder Anja war gerissener, als ich dachte, oder wirklich unschuldig an meiner Amnesie. Besser, ich ließ das Thema erst einmal ruhen.

»Hast du übrigens schon von der jüngsten Entführung gehört?«, erkundigte sie sich und trank einen Schluck Latte. »Es kam heute früh in den Nachrichten. Die sechzehnjährige Tochter eines Werderaner Hoteliers. Nach dem Ballettunterricht nicht zu Hause angekommen.«

Ich hob die Brauen. Was gingen mich die Töchter von Werderanern an? Ich hatte mich noch nie für Boulevardnachrichten begeistert, Anja wusste das.

»Woher willst du wissen, dass sie entführt worden ist? Sie könnte genauso gut abgehauen sein. Soll vorkommen in dem Alter.«

»Bei den Eltern ging eine Lösegeldforderung ein.«

Oha.

»Wie hoch?«

»Haben sie nicht erwähnt.«

Anja trank ihr Glas aus und stand auf. Dabei sah sie sich um. Überhaupt spähte sie bei jeder Gelegenheit in alle Richtungen.

»Falls du nach Rückständen von Irene suchst, die habe ich beseitigt.«

»Ich suche mein Halstuch, du Idiot.«

»Wie wär's mit dem da?«

Ich deutete auf die Garderobenhaken neben dem Kleiderschrank. Sie riss es herunter und warf es sich um den Hals.

»Bis morgen.«

»Kriege ich keinen Kuss?«

Ich bekam einen, der sich wie die Zwischenlandung einer Fliege anfühlte.

Als sie gegangen war, wartete ich noch eine Sicherheitsminute, dann rief ich Irene an.

»Die Gefahr ist gebannt. Bist du gerade in der Nähe?«

2

Der Gesetzmäßigkeit vom kongruenten Gegensatz bezüglich Erwartungen und ihrer Erfüllung folgend, verzögerte sich die Abschlussvisite am nächsten Vormittag.

Es war weit nach elf, als Dr. Weber und die blasse junge Schwester vom ersten Morgen an mein Bett traten. Offenbar war Renate zur Spätschicht eingeteilt. Immerhin sprach der Doktor mich für den nächsten Morgen unter der Auflage frei, mich eigenständig um eine Physiotherapie zu kümmern.

Solcherart motiviert, schäkerte ich bis zur Mittagsruhe mit der blassen Schwester, tippte eine erste Andeutung über eine geplante Palastrevolution in einer bedeutenden kommunalen Einrichtung in meinen Blog, sah bei der Gelegenheit, dass Mindbeard sein Stellvertreteramt ernst nahm, und überlegte lange, welches Gericht ich für mein letztes Mittagessen wählen sollte. Ich erinnere mich, dass ich mich am Ende für Szegediner Gulasch entschied und es zu lasch war. Szegediner Gulasch muss sauer sein, und zwar so, dass es in die Mundschleimhaut beißt. Das tat dafür die Quarkspeise zum Dessert.

Die Pause bis zu Renates Dienstantritt verbrachte ich über diversen Ausgaben der Tagespresse. Führendes Thema in allen war die gekidnappte Werderaner Hoteliertochter, die im Vergleich zur Investorengattin überraschend günstig wieder abgegeben werden sollte, nämlich für nur 100 000 Euro. Die Journalisten fragten sich verhalten nach einem Zusammenhang zwischen den beiden Entführungen und erwogen den Beginn einer Serie.

Um zwei trug ich das Schachbrett zum Tisch und ging das Repertoire meiner Eröffnungen durch.

Um drei schwebte die blasse Schwester noch einmal herein und brachte Kaffee und Kuchen. Den Kaffee natürlich ohne

Kardamom. Ich dankte ihr und wünschte ihr einen schönen Feierabend, worauf sie seufzend auf die Uhr blickte.

Kurz darauf rief Anja an und teilte mir mit, dass ihre wöchentliche Teamsitzung sich zog und sie deshalb erst um halb fünf kommen würde.

»Lass dir Zeit«, sagte ich und versuchte, nicht allzu heiter zu klingen. Je später sie kam, desto mehr Zeit blieb mir für Renate.

In stiller Vorfreude auf meine Freiheit aß ich mein letztes Stück Klinikkuchen. Eierschecke. Erstaunlich, welche Details sich einem am Rande außergewöhnlicher Erlebnisse einprägen. Zum Beispiel weiß ich noch, dass ich bis zehn nach vier wartete, um Renate Gelegenheit zum Akklimatisieren und Umziehen zu geben, ehe ich nach ihr klingelte.

Zwei Minuten später erschien die blasse Schwester.

Was machen Sie denn noch hier, hätte ich beinahe gezischt, stattdessen hob ich meine Tasse.

Sie eilte servil auf mich zu. »Das Gleiche noch mal?«

Als sie mir den Kaffee einige Minuten später brachte, wirkte sie leicht verspannt.

»Wurde Ihnen der Feierabend gestrichen?«, fragte ich scherzhaft, um meine Ungeduld zu überspielen.

»Malen Sie bloß den Teufel nicht an die Wand«, sagte sie und hastete wieder hinaus.

Bis zu Anjas Besuch um Punkt halb fünf passierte nichts weiter. Ich googelte zwei Autoren, die Irene mir für unsere übernächste Sendung empfohlen hatte, und zwang mich, nicht noch einmal zu klingeln. Renate würde sich schon melden, wenn sie kam.

Sie kam aber nicht. Gut, dachte ich, vielleicht war ein schwieriger Patient eingetroffen oder sie wollte mein Tête-à-Tête mit meiner Freundin nicht stören, das im Wesentlichen darin bestand, dass Anja über die jüngsten Probleme in den Deutschkursen für Migranten jammerte, die täglich vormittags in ihrem Bürgerhaus stattfanden. Ich hörte mit halbem Ohr zu, brummte hin und wieder verständnisvoll und schielte zur Tür.

Als sie schließlich aufbrach, bot ich ihr an, sie zum Fahrstuhl zu begleiten. Unterwegs warf ich einen beiläufigen Blick ins Schwesternzimmer und sah eine mir unbekannte grauhaarige Frau in Schwesternkluft mit Hilfe einer Liste Tabletten in Schälchen sortieren.

»Schaffst du es morgen wirklich allein?«, fragte Anja beim Warten auf den Fahrstuhl zum zehnten Mal. Ich gab ihr einen Nasenstüber.

»Da ich nicht vorhabe, auf meinen Schultern nach Hause zu gehen, ja.«

»Na gut.«

Ihr Blick streifte mich. Und für den Bruchteil einer Sekunde meinte ich, darin außer Sorge und Erleichterung noch etwas anderes zu sehen. Dann kam der Fahrstuhl und sie stieg ein.

Auf dem Rückweg prallte ich beinahe gegen eine junge Frau in einem blauen Mantel, die eben das Schwesternzimmer verließ. Ich brauchte einige Sekunden, ehe ich in ihr die Blasse erkannte. In Windeseile rechnete ich mir aus, was es bedeutete, sie in Zivil zu treffen.

»Na endlich, was?«

»Ja, der Kindergarten schließt gleich«, flüsterte sie und wehte davon.

Im Schwesternzimmer war die Fremde inzwischen mit den Tabletten fertig und telefonierte. Vielleicht wartete Renate schon in meinem Zimmer?

Aber dort wartete nur das Schachbrett. Und plötzlich beschlich mich eine Ahnung, dass meine letzte Partie mit Renate ausfallen würde.

Sie verstärkte sich, als die Tür aufging und die fremde Schwester mit einem Tablett hereinkam.

»Das letzte Abendmahl!«

»Für elf reicht es aber nicht«, sagte ich und versuchte, das Namensschild auf ihrem Busen zu entziffern. Gudrun.

Gudrun verzog keine Miene. Entweder hatte sie den Spaß nicht verstanden oder fand, dass sie allein das Monopol auf flache Witze besaß. Renate hätte reagiert. Und das gab den Ausschlag.

»Wo ist eigentlich Schwester Renate?«

»Wüsste ich auch gern«, brummte sie. »Dann könnte ich vielleicht wieder nach Hause in meinen verdienten Ruhestand. Ich bin nur eingesprungen, weil Jenny ihren Sohn abholen muss. Schlimm, wenn man sich auf die Kollegen nicht mehr verlassen kann.« Ihrem Ton entnahm ich, dass sie einen derartigen Abfall der Arbeitsmoral in ursächlichem Zusammenhang mit ihrer Pensionierung sah. Ich spürte das dringende Bedürfnis, meine Lieblingsschwester zu verteidigen.

»Vielleicht ist sie krank. Sie wirkte in den letzten Tagen schon etwas angeschlagen.«

»Keiner ist so krank, dass er es nicht einmal bis zum Telefon schafft«, schnaufte Gudrun und ließ, ohne mich zu fragen, die Jalousien herunter.

Während ich Abendbrot aß, dachte ich über ihren letzten Satz nach. Und je länger ich kaute, desto fader schmeckte es mir.

Es passte nicht zu Renate einfach so den Dienst zu schwänzen. Zumal wir ja ein Date gehabt hatten. Auf ihren Wunsch hin! Demnach musste sie ganz plötzlich erkrankt sein, und zwar so schwer, dass sie tatsächlich unfähig war, zum Telefon zu gehen. Anders konnte es nicht sein.

Oder doch: Sie hatte, wie ich, einen Unfall gehabt und dämmerte in diesem Augenblick in irgendeiner Notaufnahme, Intensivstation oder einem OP-Saal vor sich hin. Falls sie nicht sogar ... Ich ging ins Bad und spuckte den letzten Bissen in die Toilette.

Dann schlüpfte ich in Renates Filzboote und fuhr ins Erdgeschoss hinunter.

»Ich brauche eine Auskunft über einen eventuellen Neuzugang von gestern Abend oder heute«, sagte ich zu der blonden jungen Frau hinter dem Serviceschalter in der Eingangshalle. Sie blickte mitleidig auf meine Armschlinge.

»Sagen Sie mir den Namen?«

»Renate. Mehr weiß ich nicht. Es handelt sich um eine Pflegerin der Station, auf der ich selbst untergebracht bin, Belvedere.«

Ihr Blick wandelte sich. Ein Patient der Privatstation, der im gleichen Krankenhaus nach einer seiner Pflegerinnen suchte, kam ihr offenbar nicht alle Tage unter.

»Moment. Wenn sie auf der Belvedere arbeitet, sollte der Nachname kein Problem sein.«

Sie klickte ein bisschen auf ihrer Tastatur herum, las, klickte weiter, dann hellte sich ihr Gesicht auf.

»Meinen Sie Renate Michalski, die Vorsitzende der Bergfrauen?«

»Genau«, sagte ich erfreut. »Kennen Sie sie?«

»Na, wer nicht. Zumindest dem Namen nach. Und die soll hier bei uns liegen? Hat ihr etwa jemand etwas angetan?«

Auf den Gedanken war ich noch gar nicht gekommen. Umso interessanter, dass er dem Fräulein an der Rezeption gleich als Erstes einfiel. Renate und ihre Bergfrauen schienen bereits stärker am Burgfrieden der Klinik zu kratzen, als ich vermutet hatte.

»Bislang weiß ich nur, dass sie heute nicht zum Dienst erschienen ist, nachdem sie mir gestern einiges über die Ziele der Bergfrauen angedeutet und sich mit mir für heute zu einer Fortsetzung des Gesprächs verabredet hat. Ich betreibe einen recht populären Potsdam-Blog und gedachte die Sache dort zu thematisieren, verstehen Sie?«

»Oh«, hauchte sie und begann wieder zu klicken, zu lesen und so fort.

»Nichts«, sagte sie schließlich. »Bei uns liegt sie nicht.«

»Auch nicht in der Notaufnahme?«

»Die Leute aus der Notaufnahme werden hier erst registriert, wenn sie stationär aufgenommen sind.« Sie überlegte kurz. »Vielleicht ist sie ja im Josephs-Krankenhaus gelandet. Moment!« Sie griff zum Telefonhörer. Eine außergewöhnlich engagierte und nebenbei ziemlich hübsche junge Frau!

Aber auch im Josephs-Krankenhaus wusste man von keiner Renate Michalski.

»Was ja eigentlich ein gutes Zeichen ist«, resümierte ich. Sie nickte enttäuscht und winkte ab, als ich ihr dankte.

»Ich behalte die Eingänge hier wie dort im Auge!«, rief sie mir nach. »Falls sie doch noch in einer der Notaufnahmen ist. Außerdem könnte ich auch noch das Oberlinkrankenhaus probieren. Lassen Sie mir Ihre Telefonnummer da?«

Zwar weckte mich auch am nächsten Morgen keine Renate, sondern die wortkarge Nachtschwester, und das Frühstück servierte die blasse Jenny, aber wenigstens blieb mir Gudrun erspart.

Auf meine Frage hin berichtete Jenny zerknirscht, dass Renate sich noch immer nicht gemeldet hatte. Und im Unterschied zu Gudrun schien sie meine Sorge zu teilen.

»Ich verstehe das nicht. Renate ist eine absolut zuverlässige Kollegin. Eher macht sie haufenweise Überstunden, als auch nur eine Minute zu spät zu kommen. Manchmal haben wir schon geulkt, dass sie einfach nicht nach Hause will. Ihr Mann hat Parkinson und auch sonst ist er … pardon.« Errötend zog Jenny eine welke Ranunkel aus der Vase.

»Kein Problem. Hat Renate ein Handy?«

»Ja, aber das ist ausgestellt.«

»Und über das Festnetz erreichen Sie auch niemanden, nicht mal ihren Mann?«

»Der weiß auch nichts. Als Dr. Weber ihn gestern angerufen hat, dachte er, sie wäre hier. Heute ist er gar nicht erst rangegangen.«

»Und da bleiben Sie so ruhig?« Ich ließ mich auf meinen

Stuhl fallen. »Das müsste Sie doch in Alarmbereitschaft versetzen!«

Obwohl, ruhig war übertrieben. Jenny flatterte wie ein aufgescheuchtes Hühnchen um mich herum. Vom Tisch zum Papierkorb, von dort zum Bett, um meinen heruntergefallenen Bademantel aufzuheben.

»Was soll ich denn machen? Die Polizei rufen etwa?«

»Zum Beispiel«, wollte ich sagen, aber ich schwieg. Dann fragte ich: »Haben Sie Renate seit vorgestern Nachmittag noch einmal gesehen oder von ihr gehört?«

»Nein, aber …«

»Hat ihr Mann gesagt, wann er sie zum letzten Mal gesehen hat?«

»Nein, er hat wohl gleich wieder aufgelegt.«

»Rufen Sie ihn noch mal an! Nein, lassen Sie's, ich kümmere mich darum.«

»Sie?!«

Sie rannte beinahe gegen die offene Badezimmertür.

»Warum nicht?«

Ich griff nach dem Buttermesser. »Ich wollte ohnehin noch ein begonnenes Gespräch mit Renate fortsetzen. Über die Bergfrauen.«

»Die Berg…«, stotterte Jenny und blinzelte, als wäre ihr Sand ins Auge geflogen. »Sie hat Ihnen von unserer Gruppe erzählt?«

»Ja, sie wollte, dass ich etwas darüber schreibe. Ich betreibe einen ziemlich renommierten stadtpolitischen Blog. *Verloren in Potsdam*, vielleicht haben Sie schon mal davon gehört.«

»Äh, nein. Aber wenn Renate Ihnen von uns erzählt hat, wissen Sie sicher auch, dass wir Ende nächster Woche in den Ausstand gehen wollten.«

Ach, sie gehörte auch dazu.

»Sie hat so etwas angedeutet«, erwiderte ich vorsichtig. »Führt Renate die Bergfrauen eigentlich allein?«

Jenny wiegte den Kopf. »Wenn Sie damit meinen, dass sie die Sitzungen moderiert, nein. Das teilt sie sich mit Schwester

Claudia. Die beiden haben die Bergfrauen auch zusammen gegründet.«

Aber Renate ist die Führendere der Führenden, interpretierte ich ihre Miene.

»Tja«, sagte ich bedächtig, »und auf einmal löst sich, kurz vor Ihrem geplanten Streik, eine der beiden Führerinnen plötzlich in Luft auf. Haben Sie schon mal überprüft, ob Schwester Claudia noch da ist?«

Statt einer Antwort zog Jenny ein iPhone aus der Kitteltasche.

»Hallo«, wisperte sie kurz darauf, »hier ist Jenny vom Belvedere. Entschuldigen Sie, ich wollte nur fragen, ob Sie gestern oder heute etwas von Renate gehört haben ... Sie ist gestern nicht zum Dienst gekommen, ihr Handy ist aus und zu Hause ist sie auch nicht. Wir machen uns Sorgen, dass ihr etwas ...« Sie ließ den Satz unbeendet und hörte eine Weile nur zu, ehe sie sich bedankte und mit dem Versprechen verabschiedete, sich zu melden, sobald sie Neues wisse.

»Also, Schwester Claudia ist auf ihrer Station«, sagte sie und ließ das iPhone in die Kitteltasche gleiten. »Über Renate weiß sie auch nichts, aber sie hat mir einen Tipp gegeben, an wen ich mich wenden könnte. Anfang des Jahres hatten wir eine Arztwitwe hier, komplizierter Ellbogenbruch nach einem Eissturz. Während ihres Aufenthalts hat sie sich mit Renate angefreundet, wie die meisten.« Sie lächelte, vielleicht hatte sie meinen eifersüchtigen Blick bemerkt. »Aber mit der war es enger, wahrscheinlich weil sie beide begeisterte Hobbygärtnerinnen sind, ungefähr gleich alt und sich auch vom Typ her ähnlich. Jedenfalls hat Renate ihren Dienst damals immer gnadenlos überzogen und zusammen mit ihr über Staudenkatalogen und Gartenzeitschriften gehockt, und am Entlassungstag ist sie extra früher gekommen, um ihr die Taschen zum Taxi zu tragen. Der Beginn einer wunderbaren Freundschaft, könnte man sagen.« Sie spitzte die Lippen, als dächte sie darüber nach, ob sie neidisch auf ihre Kollegin sein sollte, dann feixte sie mich unerwartet an. »Sagen Sie Bescheid, wenn ich nachher Ihre Tasche zum Taxi tragen soll.«

Ein Mann lässt sein Gepäck nur dann von jemand anderem tragen, wenn ihm beide Arme abgefault sind. Und von einer Frau nur dann, wenn allen verfügbaren Ersatzmännern ebenfalls die Arme abgefault sind. So viel dazu.

Als ich das Bergmann-Klinikum eine Stunde später verließ, beherbergte meine Sporttasche außer meinen drei Habseligkeiten eine Überweisung zur Physiotherapie, ein Päckchen Schmerztabletten, *bei Bedarf zu nehmen,* Renates Filzboote und ihr Schachbrett.

Um Nachfragen zuvorzukommen: Ursprünglich hatte ich es bei meiner Verabschiedung im Schwesternzimmer abgeben wollen. Natürlich war mir klar, dass Renate das Brett nicht eigens für mich mitgebracht hatte, sondern auch vor mir schon Patienten in den Genuss ihrer Läuferattacken gekommen waren und es auch nach mir welche geben würde. So sie denn heil wieder auftauchte.

Das war der springende Punkt. Ob nun aus Sorge oder Neugier oder beidem, ich hatte beschlossen, ihrem Verschwinden auf den Grund zu gehen. Dazu jedoch war es unumgänglich, in Renates privaten Bereich einzudringen, und dafür brauchte ich eine Eintrittskarte.

Die grünen Filzschlappen schienen mir zu diesem Zweck ungeeignet, denn ich erinnerte mich an Renates Klage darüber, dass ihr Mann sie verschmäht hatte. Es bestand also eine gewisse Gefahr, dass er mich in die Steppe schicken würde, wenn ich mit ihnen vor seiner Tür stand. Oder aber wütend wurde, weil Renate seine ungeliebten Schlappen einfach an einen jüngeren Mann weiterverschenkt hatte. Das Letzte, was ich jedoch wollte, war, zum Auslöser einer Ehekrise im Hause Michalski zu werden.

Beim Abschied hatte ich mit Jenny Telefonnummern getauscht, um uns gegenseitig auf dem Laufenden zu halten.

»Sind wir jetzt so etwas wie eine Task Force?«, hatte sie scheu gefragt.

»Ja, und wir operieren im Geheimen. Passen Sie auf sich auf!«

»Passen Sie lieber auf Ihre Schulter auf. Und kaufen Sie sich einen Fahrradhelm.«

Am Aufnahmeschalter saß jemand anderer als gestern Abend. Ich hielt mich deshalb dort nicht weiter auf, sondern schlenderte durch die Drehtür der Klinik und atmete genussvoll die Frühlingsluft. Auf der Treppe vor dem Haupteingang lungerten ein paar rauchende Jogginganzugträger herum, die düster zu mir herüberschielten. Ich tänzelte an ihnen vorbei, stellte die Tasche ab, zog mein Handy heraus und wollte gerade Irene anrufen, als es klingelte. Die angezeigte Nummer kannte ich nicht.

»Hallo, ich bin Lisa vom Serviceschalter des Bergmann-Klinikums. Sie waren gestern bei mir, um …«

»He, schön, Sie zu hören. Gibt's was Neues?«

»Leider nein, ich meine, zum Glück. Weder bei uns noch im Josephs- oder Oberlinkrankenhaus ist Renate Michalski verzeichnet, sie war also gestern Abend in keiner der entsprechenden Notaufnahmen.«

»Gut. Bleiben Sie dran, vielleicht tut sich ja noch was. Hoffen wir, dass es nicht so ist und sich alles in Wohlgefallen auflöst, aber es könnte schließlich sein, dass sie nur deshalb nirgendwo dort liegt, weil der Akku ihres Handy leer ist oder sie nicht dran kommt und noch immer hilflos irgendwo darauf wartet, dass sie jemand findet.«

Die Stille auf der anderen Seite deutete an, was Lisa von dieser Option hielt.

»Mach ich«, sagte sie dann. »Wie geht es Ihnen?«

»Bestens. Ich bin entlassen worden und stehe gerade mit dem Rücken zum Haupteingang des Bergmann.«

»Oh. Herzlichen Glückwunsch. Dann erreiche ich Sie von nun an also nur noch telefonisch?«

»Ja, oder über meinen Blog. Den pflegt aus aktuellem Anlass einer meiner Mitstreiter, aber ich lese regelmäßig dort hinein. Oder wir gehen irgendwann mal einen Kaffee trinken«, fügte ich hinzu, um ihr eine Freude zu machen. Warum auch nicht, Lisa war ein hübsches Mädchen und immerhin hatte sie mir einen Gefallen getan.

»Gern, wann denn?«

Okay, so hübsch war sie nun auch wieder nicht.

»Tja ... Lassen Sie mich zu Hause ein paar liegen gebliebene Angelegenheiten ordnen, dann melde ich mich.« Irgendwann, vielleicht.

Sie überlegte eine Weile.

»Haben Sie vor, in Sachen Schwester Renate noch etwas anderes zu unternehmen, als auf ihre Einlieferung in irgendeine Notaufnahme zu warten?«, fragte sie dann.

»In der Tat. Ich habe vor, ihren Mann zu besuchen. Vielleicht hat er ja doch eine Ahnung, wo sie stecken könnte. Bei der Gelegenheit bringe ich ihr ein Spiel zurück, das sie mir geborgt hat.«

»Verstehe. Und wie kommen Sie dorthin, ich meine, mit Ihrer Schulter können Sie doch nicht Auto fahren.«

»Das macht nichts, ich besitze kein Auto.«

Erst in diesem Moment wurde mir bewusst, dass ich auch keine Ahnung hatte, wo Renate wohnte.

»Ich hab eins. Und mein Dienst beginnt erst um zwei. Was halten Sie davon, wenn ich Sie am Bergmann abhole?«

Schade, dass Sie den guten Eindruck, den Sie gestern bei mir hinterlassen haben, gerade durch Ihre Aufdringlichkeit zerstören – hätte ich gern gesagt. Aber plötzlich fruchtete ein Ast meiner preußischen Erziehung, und so erwiderte ich: »Warum nicht. Dann könnten wir auf dem Rückweg gleich den Kaffee trinken. Wären Sie so nett, vorher die Adresse von Schwester Renate in Erfahrung zu bringen? Ich hab hier unten kein WLAN.«

»Klar«, erwiderte sie, ohne sich die geringste Verwunderung

darüber anmerken zu lassen, wie ich ohne Adresse zu Renate hatte kommen wollen, was ihre Aufdringlichkeit teilweise wieder wettmachte. »Bleiben Sie, wo Sie sind, ich bin in zehn Minuten da.«

3

Sieben Minuten später hoppelte ein schwarz-weißer Smart in die Wendeschleife des Krankenhausvorplatzes und hielt genau vor meinen Füßen. Lisa öffnete die Beifahrertür.

»Da bin ich. Geben Sie mir Ihre Tasche.«

Ich reichte sie ihr hinein, sie warf sie hinter sich in den winzigen Gepäckraum. »Ich hoffe, es ist nichts Empfindliches drin?«

»Mein Laptop.«

»Oh.«

»Es war ja kein Balkonsturz.« Ich quetschte mich neben sie. »Habe ich übrigens schon danke gesagt? Danke.«

Sie tippte lächelnd auf ihrem Navi herum.

»Wir müssen zum Stern. Ist schon gut, dass Sie mich fahren lassen, sonst wäre es umständlich für Sie geworden, wegen des Schienenersatzverkehrs zwischen Hauptbahnhof und Schlaatz.«

Als passionierter Radfahrer, der seit Jahren nicht mehr in dem »Stern« genannten Plattenbaugebiet gewesen war, wusste ich nichts von einem Schienenersatzverkehr, lobte mich aber im Stillen für meinen hellen Moment.

»Ich bin am Stern aufgewachsen«, sagte ich. »Sie können das Navi also auslassen.«

Sie wandte mir ihr Gesicht zu. »Kennen Sie den Otto-Hahn-Ring?«

»Na aber! Im Übrigen heiße ich Just.«

»Lisa.«

»Ich weiß.«

Unterwegs befragte ich sie über die Bergfrauen, deren Verhältnis zur Klinikleitung, zur Gewerkschaft und darüber, was die übrige Belegschaft, zum Beispiel die Ärzte oder sie selbst, von ihnen hielt. Lisas Auskünfte zum ersten Teil meines Interviews fielen mager aus, was daran lag, dass sie sich überwiegend aus Spekulationen speisten, die ich selbst schon angestellt hatte.

Es war kaum anzunehmen, dass die Geschäftsleitung des Bergmann begeistert auf einen Trupp rebellischer Krankenschwestern reagierte, der sich in den Kopf gesetzt hatte, die Firmenkasse zu schröpfen. Umso mehr, wenn diese Forderungen mit Streikdrohungen einhergingen. Ebenso wenig die Stadt, denn das Bergmann ist ein überwiegend kommunales Unternehmen. Und ebenso wenig die Gewerkschaft, die sich übergangen fühlen musste. Sicher wusste Lisa nur, dass es die Bergfrauen seit einigen Monaten gab und was sie wollten. Was den letzten Stand ihrer Planungen und Aktivitäten betraf, sollte ich lieber jemand anderen fragen.

Automatisch dachte ich an Jenny und bedauerte, sie nicht energischer ausgequetscht zu haben. Aber das ließ sich nachholen.

Ungeachtet ihres marginalen Wissens, fühlte Lisa sich den Schwestern jedoch mit glühender Sympathie verbunden, schwärmte für deren Kampf gegen »die da oben« und ergänzte, dass sie ihnen selbst schon beigetreten wäre, befände sie sich nicht gerade in der Probezeit.

Ab und an wandte sie sich zu mir und lächelte mich an, auf die flüchtige und gerade deshalb eindringliche Art flirtender Frauen, während die Reste der Feuchtwiesen des Flüsschens Nuthe an uns vorbeiglitten. Deren ehemalige Bewohner versorgten das angrenzende Plattenbaugebiet Am Schlaatz inzwischen mit Straßennamen: Biber, Otter, Bisam … Als Kind hatte ich die Namen aufregend gefunden, als Erwachsener fand ich sie zynisch. Einzig der Biber siedelt noch oder wieder am Ufer der Nuthe, und ich hoffe, dass er insgeheim an einem groß angelegten Rückeroberungsplan arbeitet. Vermutlich führt er aber nur einen stillen Guerillakrieg, indem er ab und zu einen vom Grünflächenamt gepflanzten Baum umlegt.

Der Schlaatz ist die erste von vier sogenannten Neubausiedlungen im Süden Potsdams, die zweite ist der Stern. Dort hatte ich neun Jahre meines Lebens zugebracht, keine schlechten Jahre, aber auch in keiner Hinsicht besondere, weshalb ich sie im Großen und Ganzen vergessen habe. Einigermaßen klar erinnere ich mich nur noch an meine Unterstufenlehrerin, weil sie uns zu allen feierlichen Anlässen Lutscher für fünf Pfennige das Stück auf die Schulbänke gelegt hatte, die einem mit ihrem Zuckerrelief den Gaumen aufrissen. An all das dachte ich, während Lisas Smart über die Nuthe-Schnellstraße rauschte. Ich merkte erst auf, als sie vor dem Sterncenter abbiegen wollte.

»Nimm die nächste«, sagte ich. »Da vorn und dann links durch die Unterführung!«

»Sicher?«

Wir landeten auf einem mir unbekannten Parallelweg zur Nuthe-Schnellstraße, der in die Richtung führte, aus der wir gerade gekommen waren. Der Otto-Hahn-Ring lag in der entgegengesetzten. Lisa schaltete kommentarlos ihr Navi an. Kurz darauf erklärte es uns, dass wir unser Ziel erreicht hatten.

Etwa zehn Minuten lang kurvten wir herum, ehe wir in einer benachbarten Straße einen Parkplatz fanden.

Als wir endlich vor dem richtigen Aufgang standen und ich *Michalski* auf dem Klingelschild las, wurde mir plötzlich mulmig. Ich meine, faktisch kannte ich Renate kaum, und Lisa kannte sie nur vom Hörensagen, und umgekehrt kannte ihr Ehemann uns überhaupt nicht. Aber da hatte Lisa schon auf den Knopf gedrückt.

Wir warteten zehn Sekunden, klingelten noch einmal, warteten wieder, dann seufzte ich: »Mittagschlaf oder ausgeflogen.«

In diesem Moment knackte es in der Gegensprechanlage und eine Stimme murrte: »Ja.«

»Guten Tag, Herr Michalski«, flötete Lisa. »Mein Name ist Lisa Baron, ich bin eine Kollegin Ihrer Frau …«

»Meine Frau ist nicht da.«

»Das weiß ich. Ich möchte auch nur etwas zurückbringen.«

»Passt das nicht in den Briefkasten?«

»Leider nicht.«

Eine Zeit lang war nur das Rauschen der Gegensprechanlage zu hören.

Dann ging der Summer.

»Zweiter Stock!«

Bei Lisas Anblick verzog sich das Gesicht von Renates Mann zu etwas wie einer erfreuten Grimasse, bei meinem schlief es wieder ein.

»Das ist mein Freund Just«, log Lisa, ohne mit der Wimper zu zucken, und strahlte ihn an.

Michalski brachte es fertig, meine Armschlinge zu mustern, ohne mich zu beachten. »Scheint Männern nicht besonders zu bekommen, mit Krankenschwestern liiert zu sein«, brummte er. »Und was wollen Sie abgeben?« Er sagte »abgehm« und ließ überhaupt einen Teil der Silben weg, als wäre er zu faul, sie auszusprechen.

Als Lisa ihm das Schachspiel reichte, grabschte er ungelenk danach. »Na denn …«

»Gibt es inzwischen Neuigkeiten von Renate?« Lisa lächelte, jetzt nicht mehr strahlend, sondern mitfühlend, beinahe mit*wissend.* Als teilten sie und Michalski ein Geheimnis. Mit jeder Minute fand ich sie faszinierender. Und, warum es leugnen, auch beängstigender. Mir schwante, dass es schwierig werden würde, sie wieder loszuwerden. Lisa schien einer der Menschen zu sein, die keinen Weg und keinen Trick scheuten, um ein einmal ins Auge gefasstes Ziel zu erreichen. Vielleicht ahnte Michalski das auch, denn er wich kopfschüttelnd in seine Wohnung zurück. Statt dieses Signal jedoch zu respektieren, trat Lisa einen energischen Schritt vor, wobei sie wie zufällig eine Schuhspitze in die Tür schob und rief: »Gott, wir machen uns solche Sorgen auf der Station! Es passt doch überhaupt nicht zu Ihrer Frau, einfach unangekündigt zu verschwinden! Haben Sie denn überhaupt keine …«

»Ist gut«, zischte Michalski. »Kommen Sie rein!«

Das ließ sich Lisa nicht zweimal sagen.

»Du meine Güte, hat Renate die etwa alle gestrickt?«

Sie hob ehrfürchtig den Zipfel einer grünen Fransendecke an, die über ein beigefarbenes Sofa drapiert war. Ihre Mitte zierten zwei spielende Katzen. Oder Mungos, das war wegen der Falten nicht genau zu erkennen. Auf dem Sofa und den umstehenden Sesseln, sogar auf dem Fußboden türmte sich eine Armada von Strickkissen in allen möglichen Farben und Formen.

»Beim Fernsehen«, sagte Michalski und schlurfte zu einem der Sessel. »Tatort, Musikantenstadl, Tatort«, zählte er auf, während er träge auf einzelne Exponate zeigte. »Wer wird Millionär, Tatort, Weißensee, erste Staffel, zweite Staffel«, sein Zeigefinger ruhte auf dem orientalischen Muster einer Nackenrolle, »und wenn es keine Kissen oder Decken waren, waren es Blumenampeln und Socken oder so was. Furchtbar.«

Ich dachte an die grünen Filzboote in meiner Tasche.

»Na ja, vielleicht ein bisschen viel im Ganzen«, lenkte Lisa diplomatisch ein und hockte sich neben eine der spielenden Mungokatzen auf das Sofa. Ich nahm den zweiten Sessel. »Aber für sich genommen und in den richtigen Kreisen sind solche Kissen und diese Decke Gold wert.«

»Ach.« In Michalskis Stimme schwang Zweifel, doch in seinen wässrigen Augen sah ich etwas aufglimmen, und als er sie erneut über die Fernsehproduktionen seiner Frau schweifen ließ, tat er es bedächtig, beinahe forschend.

»Möchten Sie etwas trinken?«, fragte er, als besänne er sich plötzlich seiner Rolle als Gastgeber. »In der Küche ist eine Kanne, in der noch Kaffee sein müsste.«

»Gern«, sagte Lisa eine Zehntelsekunde vor mir und bedeutete ihm, sitzen zu bleiben. »Ich finde mich schon zurecht.«

Während sie in der Küche mit Geschirr klapperte, saß Michalski mir verdrossen gegenüber.

Ich betrachtete ihn unauffällig, indem ich vorgab, einen vergilbten Dürer hinter seinem Kopf zu studieren. Das also war der Mann, zu dem Renate jeden Tag nach Dienstschluss gefahren war. Er war mindestens zehn Jahre älter als sie und konnte auch in gesunden Zeiten kaum sonderlich attraktiv gewesen sein, mit dem fliehenden Kinn, der Halbglatze, auf der vereinzelte fettige Strähnen das jenseitige Ufer zu erreichen suchten, und einem amorphen Gebilde von Nase, das auf eine frühe, niederlagenträchtige Boxkarriere schließen ließ. Seine graue Trainingsjacke sah aus, als trüge er sie schon seit Tagen und, so vermutete ich, auch Nächten. Ebenso die Jogginghose aus der gleichen Kollektion.

Ich überlegte, was ich sagen könnte. Oder fragen. Da gab es genug, aber Lisa hatte mir mit ihrer Lügengeschichte von der besorgten Kollegin das Wasser abgegraben. Nebenbei hatte sie *sich* damit zur Hauptfigur der Geschichte gemacht. Mein Ärger darüber stand eben im Begriff, sich zu einem handfesten Groll auszuwachsen, als sie zurückkehrte und ein Tablett neben einen Laptop auf dem Wohnzimmertisch platzierte.

Michalski hatte ihn bei unserem Eintreten eilig zugeklappt, dennoch hatte ich noch einen Blick auf eine Seite erhascht, die mir bekannt vorkam. In den vier Jahren ohne Anja hatte ich auch hin und wieder Sportwetten abgeschlossen und dann nervös auf die Spielergebnisse gewartet.

Als wäre sie die Dame des Hauses, teilte Lisa Tassen aus. Zwiebelmuster. Michalski stellte sie einen gelben Plastikpott hin.

»Den hab ich neben der Kanne gefunden. Vorsichtshalber hab ich ihn ausgespült. Und ich war so frei, neuen Kaffee zu kochen.« Michalski machte ein Geräusch, das alles und nichts bedeuten konnte.

»Ja, wie gesagt«, sagte Lisa, »machen wir uns große Sorgen um Ihre Frau. Vorgestern bei der Dienstübergabe hat sie wie immer ›Bis morgen‹ gesagt, verstehen Sie. Und dann kommt sie nicht, meldet sich nicht ab, meldet sich überhaupt nicht, und es stellt sich heraus, dass sie auch nicht bei Ihnen ist. Aber irgendwo muss sie ja sein, Herr Michalski. Hat sie denn wirklich gar nichts verlauten lassen, keinen Hinweis darauf, wo sie vielleicht hin wollte?«

Michalski stellte umständlich den Pott ab.

»Sie wird schon wiederkommen.«

»Also *hat* sie Ihnen etwas gesagt?«

»Weiß nicht. Renate redet ja dauernd, ich kriege nicht immer alles mit.«

Ja, weil du lieber über deinen blöden Sportwetten hängst, dachte ich.

»Trotzdem werden Sie sich nach zwei Tagen doch auch allmählich fragen, wo sie steckt und ob ihr vielleicht was passiert ist! Mit anderen Worten: sich Sorgen machen. Oder rennt Ihnen Ihre Frau häufiger mal weg?«

Michalski schwenkte langsam zu mir herum.

»Mein Freund hat recht«, hakte Lisa ein. »Renate hätte sich in jedem Fall bei uns gemeldet, wenn sie krank gewesen wäre oder aus einem anderen Grund nicht zur Arbeit hätte kommen können. Aus unserer Sicht, und damit meine ich auch die meines Freundes, der zufällig gerade einige Tage lang auf unserer Station lag und Renate schätzen gelernt hat« (danke, Geliebte, dachte ich säuerlich), »gibt es demnach nur zwei Erklärungen für ihr Verschwinden: Entweder sie leidet unter einer akuten Depression und hat sich zurückgezogen. Offenbar ist dem nicht so ...«, sagte sie mit einem eindringlichen Blick auf Michalski und machte Anstalten, sich zu erheben, als wolle sie die Wohnung durchsuchen.

»Hab doch schon nein gesagt«, brummte Michalski.

»Gut. Dann bleibt nur noch die andere Möglichkeit. Ihr ist etwas zugestoßen. Herr Michalski, Sie sind mit Renate verheiratet.«

»Seit viernzwnzig Jahren.«

»Das ist eine lange Zeit. Und dazu leiden Sie noch unter Parkinson, entschuldigen Sie, dass ich das so unverblümt sage, aber es ist recht deutlich zu sehen. Sie sind also in doppelter Hinsicht auf Ihre Frau angewiesen. Partnerschaftlich – na ja, das ist Ihre Sache, aber auch praktisch. Wer kümmert sich denn um den Haushalt, kauft ein, kocht, wer besorgt Ihnen Ihre Medikamente?«

Michalski schwieg. An seiner Statt sprachen seine Knie, die leicht zu vibrieren begannen.

Lisa wechselte einen Blick mit mir, dann sagte sie schmeichelnd: »Weihen Sie uns ein, bitte! Haben Sie gestritten, ist Renate durchgebrannt, wurde sie bedroht – egal, was es ist, sagen Sie es uns. Vielleicht können wir helfen. Andernfalls werden wir eine Vermisstenanzeige aufgeben. Und dann haben Sie, schneller als Sie Ihre Tasse austrinken können, die Polizei hier sitzen.«

Ich war baff. Sie drohte ihm! Sie bot ihm das Messer, verpackt in einen Pralinenkasten!

Michalski war mindestens genauso geplättet. Er konnte es nur nicht so unmittelbar ausdrücken. Die Einzige, die gelassen an ihrem Kaffee nippte, war Lisa.

»Ich würde mich an Ihrer Stelle für uns entscheiden. Wir sind schneller, unbürokratischer und diskreter.«

Michalski schloss die Augen. Zuerst dachte ich, Lisas Attacke hätte ihn derart geschwächt, dass er einschlafen würde. Doch dann hob er die Lider und murmelte: »Schlafzimmer, linker Nachtschrank, oben.«

Da Lisa den kürzeren Weg zur Wohnzimmertür hatte, war sie auch diesmal schneller.

»Was soll das«, knurrte ich, als sie die Schublade des Nachtschranks aufzog. »Machst du einen auf Clarice Starling oder ist das hier eine neue Form des Geschlechterkampfes?«

»Oh, entschuldige.« Sie trat einen Schritt beiseite und gab so den Blick auf einen Papierbogen frei, der quer über einem braunen Umschlag lag. Schließlich griff sie in die Schublade und überreichte mir beides. Zurück blieben ein einzelner Ohropax, eine Taschenlampe und ein Päckchen Taschentücher.

Als ich den Bogen auseinandergeschüttelt hatte, zogen wir gleichzeitig die Luft ein. Wir hatten beide genügend Krimis gesehen, um zu wissen, was eine Collage aus zusammengeklebten Zeitungsschnipseln bedeutete.

»Scheiße«, sagte Lisa.

Der Text war so verständlich und konkret, wie man es von einem Erpresserbrief erwarten durfte. Der oder die Verfasser versprachen Herrn Michalski seine Frau im Tausch gegen 50 000 Euro zurück, selbstredend unter der Bedingung, dass er keinerlei Kontakt zur Polizei aufnahm. Der vorgeschlagene Handel sollte nach dem bewährten Vorkasse-Prinzip getätigt werden. Und zwar am kommenden Montag an einem Ort, den der oder die Verfasser Michalski kurzfristig mitteilen würden. Heute war Donnerstag.

»Die Entführer senken allmählich die Preise«, stellte ich fest. »Vielleicht ein Ergebnis der allgemeinen Deflation oder eine Art Mengenrabatt, immerhin ist es die dritte Entführung in Potsdam in diesem Monat. Oder sie sind Realisten und wissen, wie viel sie von ihren Klienten maximal erwarten können. Allerdings hätte ich es vor diesem Hintergrund sinnvoller gefunden, eine gehaltvollere Schatzkammer zu plündern als ausgerechnet die der Michalskis.«

»Das ist nicht lustig«, sagte Lisa.

»Nein. Galgenhumor.«

»Der Arme. Er muss sich seit dem Erhalt dieses Briefes wie in einem Schraubstock fühlen. Es würde mich wundern, wenn er auch nur 10 000 Euro berappen kann.«

Und falls doch, ist fraglich, ob er sie für seine Frau ausgeben würde, dachte ich, gab Lisa den Erpresserbrief, bat sie, ihn für mich zu halten, und fotografierte ihn mit dem Handy.

Wieder im Wohnzimmer, ließ Lisa alles Mitleid beiseite und kam sofort auf den Punkt.

»Wann haben Sie den Brief bekommen?«

Michalski klebte sich bedächtig eine herabhängende Strähne auf die Glatze. »Heute. Vielleicht war er auch gestern schon im Kasten, da habe ich nicht nachgeschaut.«

Heute konnte hinkommen, dem Poststempel nach war der Brief gestern erst aufgegeben worden. Daraus ergab sich, dass Renate vermutlich schon vorgestern Abend entführt worden war.

»Und wie gedenken Sie zu reagieren?«

Michalski ließ den Kopf hängen. Die Strähne fiel wieder herunter.

»Renate hat einen Sparbrief über dreißigtausend von ihren Eltern übernommen, als sie vor ein paar Jahren kurz hintereinander gestorben sind. An den und die Zinsen kommt man aber erst in zwei Jahren ran. Ich wollte heute Nachmittag mal zur Sparkasse. Vielleicht lassen die sich ja überreden, wegen besonderer Notlage oder so.«

»Aber wenn es Renates Sparbrief ist, würde das Geld doch sowieso nur ihr ausgezahlt«, sagte Lisa.

Michalski wandte ihr seinen schlierigen Blick zu. »Muss es halt versuchen.«

»Na schön«, setzte ich nach. »Sagen wir, Sie haben wider Erwarten Erfolg und machen die Dreißigtausend locker. Was ist mit den restlichen zwanzig?«

Meine Worte bewirkten, dass auf Michalskis Stirn ein Tropfen ins Rollen kam.

»Vielleicht lassen die ja mit sich verhandeln. Dreißigtausend sind besser als nichts, und was sollen diese Kriminellen mit Renate auf lange Sicht auch anfangen?«

Die Schlichtheit dieser Altherrenlogik verblüffte mich.

Lisa stellte ihre Tasse ab, ging zu Michalski und hockte sich vor seinen Sessel.

»Wie fänden Sie es, wenn wir versuchen, Ihre Frau zu finden und gesund zu Ihnen zurückzubringen?«, fragte sie ruhig. »Und zwar ohne dass Sie ihr ganzes Erspartes dafür aufbrauchen oder die Polizei einschalten müssen.«

Michalski starrte sie ebenso verblüfft an wie ich.

»Wie denn, sind Sie Detektive, oder was?« Dann veränderte sich sein Blick und wurde argwöhnisch. »Was wollen Sie dafür haben, ein Zehntel, ein Viertel, ’nen Hunni?«

»Nichts. Wir wollen Renate befreien. Genauso wie Sie – dachte ich jedenfalls bis eben. Aber bitte, dann übergeben wir die Sache eben der Polizei.«

»Nein.«

»Dann kooperieren Sie endlich, verdammt!«

Etwa eine Minute lang hörten wir nur das leise Rauschen der Laptop-Lüftung

»Wie denn?«

Lisa öffnete den Mund. Aber diesmal war ich schneller.

»Hat Renate in letzter Zeit, vielleicht beiläufig, angedeutet, dass sie sich verfolgt oder beobachtet fühlt?«

Michalski legte die Hände auf seine zitternden Knie, ohne dass es etwas bewirkte. Die Hände vibrierten einfach mit.

»Ich glaube nicht«, sagte er nach eingehender Überlegung. »Ich meine, irgendwas war immer, aber an so was kann ich mich nicht erinnern.«

Ich sah Lisa an. Sie winkte unauffällig ab.

»Okay, anders: Wann haben Sie Ihre Frau zum letzten Mal gesehen?«

»Vorgestern früh.«

Ich stutzte. Früh? Vorgestern Nachmittag hatte sie sich von mir in den Feierabend verabschiedet. Demnach hatte nicht er, sondern ich sie von uns beiden zuletzt gesehen!

»Sie ist nach dem Dienst nicht nach Hause gekommen?«

»Nee.«

»Und das hat Sie nicht gewundert?«

»Nee, sie hatte mir ja geschrieben, dass sie nach der Arbeit noch in den Garten wollte, mit irgendeiner Freundin.«

»Geschrieben?«, echote Lisa.

Michalski zuckte die Achseln. »Bin in letzter Zeit ein bisschen vergesslich, deshalb schreibt sie mir Termine und so was auf einen Zettel, den sie mir neben den Frühstücksteller legt.«

»Aha«, unterbrach ich. »Aber abends, als sie aus dem Garten nicht heimgekommen ist, spätestens da müssten Sie doch angefangen haben, sich zu wundern.«

»Da war ich sauer. Im Gefrierschrank waren nur noch Bohnen und Tomatensuppe, die ich nicht mag, das weiß Renate genau. Das geschnittene Brot war auch alle. Und als ich sie angerufen habe, um sie zu fragen, wo zum Teu… – wo sie bleibt, ist sie nicht rangegangen. Was hätten Sie denn da angenommen?«

Dass ihr beim Erscheinen der heimischen Nummer auf dem Display schlecht geworden ist, dachte ich.

»Was haben *Sie* denn angenommen?«, fragte Lisa.

»Na, dass sie sich lieber mit ihrer neuen Freundin vergnügt, statt sich um mich zu kümmern. Wahrscheinlich sind die noch irgendwo eingekehrt und lassen's sich gut gehen, und ich verhungere hier derweil, das hab ich gedacht, wenn Sie's genau wissen wollen.«

Wie bei Anja, wenn sie wütend wurde, bildeten sich auf Lisas Wangen rote Inseln.

»Sie haben also einfach gewartet, bis Sie selbst schlafen gegangen sind?«

»Genau. Irgendwas zwischen zehn und halb elf.«

»Und am nächsten Morgen?«

»Dachte ich erst, sie hätte Frühschicht und wär schon los. Aber es war kein Frühstück vorbereitet. Kein Abendbrot und kein Frühstück, können Sie sich das vorstellen? Den kranken Ehemann einen ganzen Abend lang über Weiberkram zu vergessen, ist ja schon starker Tobak, aber dann auch noch woanders zu übernachten und von dort aus zum Dienst zu fahren, ohne mich wenigstens mal anzurufen, das schlägt dem Fass den Boden aus!«

»Aber so war es ja nicht, wie Sie wissen«, sagte Lisa beherrscht. »Sie ist entführt worden. Bleibt die Frage, wann und wo. Nach allem, was … Ich meine, so wie ich Renate kenne, hat sie sich weder in einem Lokal vergnügt noch bei ihrer Freundin geschlafen, sondern ist direkt vom Garten nach Hause gegangen. Das heißt, sie ist auf dem Heimweg überfallen worden. Vermutlich bevor es dunkel war. Bei Dunkelheit kann man in einem Garten nicht mehr viel machen. Außerdem wird es dann kalt.«

»Wir haben eine Außenbeleuchtung an der Laube«, nuschelte Michalski, verstummte jedoch unter Lisas Blick.

»Wo befindet sich denn dieser Garten?«

»Zwischen Nuthe-Schnellstraße, Friedrich-Engels-Straße und Arado-See«, brummte Michalski. »Kleine Sparte, heißt Am Übergang. Direkt daneben rechts sitzt die Märkische Allgemeine. Man kriegt's an den Ohren, wenn man da draußen ist, wegen des Verkehrs von zwei Seiten, aber wir haben die Parzelle seit unserer Hochzeit, und Renate hängt dran. Ich hätte sie längst abgegeben.«

»Hat die Parzelle eine Nummer?«

»Zwölf. Wieso?«

»Weil sie unser Ausgangspunkt sein wird.«

Ich griff mir einen Kugelschreiber von einem Block mit krakeligen Zahlenkolonnen (vermutlich Sportergebnisse), notierte mir »Übergang« und die Nummer auf dem aus der Schlinge ragenden linken Handrücken und erkundigte mich nach einem Auto. Renate hatte eins und Michalski vermutete, dass sie damit auch am Dienstag unterwegs gewesen war.

»Was heißt, Sie vermuten?«

Darauf stemmte er sich aus dem Sessel und schlurfte in die Küche. Wir hinterher. Vor dem Küchentisch blieb er stehen und zeigte aus dem Fenster auf die Straße, in der wir keinen Parkplatz gefunden hatten.

»Da, der weiße Fiat auf der 167«, brummte er. »Also war's doch das Rad. Wollte wohl Sprit sparen.« Er kehrte ins Wohnzimmer zurück und zog ein blau-buntes Strickkissen vom Sofa, das er von allen Seiten studierte.

Ich bedeutete Lisa, dass ich den Brunnen für erschöpft hielt.

Sie nickte.

Wir versprachen Michalski, uns zu melden, sobald wir etwas herausgefunden hatten, spätestens jedoch am Sonntag vor der Lösegeldübergabe, ließen uns seine Telefonnummer geben und holten unsere Jacken. Michalski klopfte auf ein rundes Kissen mit Blumenmuster und schien uns schon vergessen zu haben.

Bei der Verabschiedung fiel mir die Freundin wieder ein, mit der Renate sich am Dienstagnachmittag hatte treffen wollen.

»Kenn ich nicht, war nie hier. Weiß nicht, wo Renate die aufgegabelt hat.«

Wir hatten die Wohnung verlassen und standen im Hausflur.

»Aber vielleicht hat sie ja von ihr erzählt und einen Namen erwähnt?«

Michalski leckte sich die aufgesprungenen Lippen.

»Friederike? Florence, Franziska … irgend so etwas. Felix? Aber dann wär's 'ne Freundin mit Brusthaar.«

In Lisas rechter Gesichtshälfte zuckte ein Muskel.

»Besitzt Ihre Frau zufällig ein Telefonnummernbuch?«

»Nee, die sammelt ihre Nummern im Handy.«

Lisa seufzte, und ich glaubte langsam zu verstehen, warum Renate so bereitwillig die Dienste ihrer Kollegen übernommen hatte.

»Mich würde nicht wundern, wenn wirklich ein Mann hinter dieser Freundin steckt«, sagte Lisa, als wir die Auffahrt zur Schnellstraße hinauffuhren. »Und Michalski ahnt es.«

»Glaub ich nicht. Ich meine, gönnen würde ich es ihr, aber Renate ist über fünfzig und zwar eine Perle von Schwester, aber … nicht gerade Madonna oder Cher, wenn du verstehst.«

»Es soll auch Männer geben, die sich mit normalen Frauen begnügen.«

»Na schön. Ich glaub's trotzdem nicht.«

»Eifersüchtig?« Lisa grinste, den Blick geradeaus gerichtet.

»Nein, ich bezweifle nur, dass man einen Geliebten in einen

Kleingarten zwischen einer Schnellstraße und einer Hauptstraße schleppt. Wo einen noch dazu jeder kennt. Außerdem ist völlig egal, ob hinter der Person F Weiblein oder Männlein steckt, denn Renate ist nicht durchgebrannt, sondern entführt worden. Oder glaubst du, dieser ominöse Geliebte hat sie auf sein Schloss entführt und fordert nun auf originelle Art seine Mitgift ein?«

»Auch ein Gedanke«, sagte Lisa und begann, etwas vor sich hin zu summen. Dabei lächelte sie auf eine Weise, die mich ärgerte. Als ich es merkte, ärgerte ich mich noch mehr. Wie kam sie dazu, mich emotional zu touchieren – ich kannte sie schließlich erst seit einigen Stunden, wenn man unser Geplänkel an der Rezeption ausklammerte. Und ich hegte nicht die Absicht, sie noch viel näher kennenzulernen. Was Frauen betraf, hatte ich im letzten Herbst genug mitgemacht, bis ich endlich wieder bei Anja vor Anker gegangen war. Und dort, in ihrem sicheren, nur momentan etwas aufgewühlten Hafen, wollte ich bleiben.

Als wir zum zweiten Mal an diesem Tag den Schlaatz passierten, stellte Lisa ihr Gesumme endlich ein.

»Genau genommen wissen wir nur, dass im Nachttisch von Renates Mann ein Erpresserbrief lag, weil wir ihn gesehen haben.«

»Ja und?«

»Nichts, ich denke nur gern laut. Und momentan denke ich, wie schade, dass wir nur den Brief und die Aussage dieses alten Egomanen haben, der kaum mehr von seiner Frau weiß als wir. Aber gut, zumindest hat er uns mit dem oder der ominösen F und dem Treffen im Garten einen Ansatzpunkt geliefert.«

»Vorgestern kurz vor vier«, sagte ich, »war sie noch in der Klinik. Wir haben uns für eine Abschiedspartie Schach und ein Gespräch über die Bergfrauen verabredet. Fakt eins also: Sie ging davon aus, gestern wie immer zur Arbeit zu kommen. Fakt zwei: Vom Bergmann zur Redaktion der Märkischen Allgemeinen, wo ihr Garten liegt, braucht man mit dem Rad, über den Daumen gepeilt, eine Viertelstunde. Das heißt, dass sie spätestens um halb fünf dort angekommen ist. Gegen halb acht wird es dunkel, macht drei Stunden. Achtung!«, schrie ich.

Lisa hatte das Steuer so scharf herumgerissen, dass ich mit der gesunden Schulter gegen die Tür knallte.

»Entschuldigung«, sagte sie und trat auf die Bremse. »Beinahe hätte ich die Abfahrt verpasst.«

»Welche Abfahrt?«

»Zu dieser Gartenkolonie. Wo wir schon mal hier sind, sollten wir die Gelegenheit nicht ungenutzt lassen, finde ich. Und ich hab noch eine Stunde bis zum Dienstbeginn.«

4

Zunächst wunderte ich mich. Obwohl ich die Strecke über die Friedrich-Engels-Straße schon Dutzende Male gefahren war, hatte ich die Gartensparte nie wahrgenommen, sondern immer nur etwas undefiniertes Grünes zwischen dem Zeitungskomplex und der Auffahrt zur Schnellstraße.

Ich kletterte aus dem Smart und folgte Lisa zu einem verzinkten Tor mit dem aufgeschweißten Schriftzug »Am Übergang«. Wohin wer oder was überging, erwähnte das Schild nicht. Vielleicht auf eine höhere menschliche Daseinsebene wie die der Gärtnerei.

Menschen konnte ich nirgends entdecken. Kein Wunder, es war ein Uhr mittags an einem Werktag, da hatten die Leute Besseres zu tun, als Zwiebeln zu stecken.

Entsprechend überrascht war ich, als Lisa das Tor nach einem lockeren Druck auf die Klinke aufschob.

»Voilà. Jetzt müssen wir nur noch Parzelle zwölf finden.«

Wir gingen den schmalen Weg zwischen den Gärten entlang und ließen die Blicke schweifen. Überall um uns herum blühte es. Es war, als hätte der Frühling sich bewusst aus den umliegenden Plattenbaugebieten in diesen Winkel zurückgezogen, um sich hier in Ruhe und mit allem Pomp selbst zu feiern.

»Apfel, Kirsche«, zählte Lisa auf. »Pfirsich … Birne?« Sie blieb vor einer Holzpforte zwischen zwei sattvioletten Fliederbüschen stehen. »Ich hab sie.«

Wieder legte sie ihre Hand auf den Knauf, aber diesmal war das Glück nicht mit uns. Da die Pforte nur hüfthoch war, erlaubte sie uns immerhin den Blick auf einen Kiesweg, an den erdige Beete und ein Grasstück grenzten, und auf eine DDR-Laube mit einer überdachten Terrasse, beides teilweise von einem buschigen Nadelbaum verdeckt.

»Klein, aber lauschig«, sagte Lisa.

»Nichtssagend«, korrigierte ich.

»Kleingarten halt.« Lisa sah sich um und überkletterte dann mühelos die Pforte. »Bleib du draußen mit deiner Schulter und gib mir ein Signal, falls jemand kommt.«

Seit wann erteilten mir Frauen, die fünfzehn Jahre jünger waren als ich, Befehle? Aber sie war schon weg.

Einen Moment später schlüpfte sie hinter dem Nadelbaum auf die Terrasse. Ich spähte über den Hauptweg. Mir war, als hätte ich Stimmen gehört. Mehrere. Nach einigen Sekunden verstummten sie oder wurden vom plötzlich einsetzenden Dröhnen einer Motorsäge übertönt. Irgendwo war also jemand bei der Arbeit. Nervös fragte ich mich, was Lisa in dem Garten zu finden hoffte. Renate würde wohl kaum eine Karte mit der Botschaft »War vorgestern bis neunzehn Uhr hier, wurde anschließend entführt« an die Laubentür gepinnt haben.

Derweil schlich Lisa wie eine Füchsin auf der Terrasse herum, verschwand hinter der Balustrade, tauchte wieder auf und machte schließlich einen Abstecher auf das Rasenstück, wo ich sie nicht sehen konnte, ehe sie überraschend neben mir aus dem Flieder auftauchte.

Im gleichen Moment brach das Motorengeräusch ab und die Stimmen waren wieder zu hören. Es schienen mindestens drei zu sein.

»Da haben wir ja unsere Informanten«, sagte Lisa zufrieden und schwang ein Bein über die Pforte.

»Ich weiß nicht. Ich fürchte, dass sie sich nicht direkt als Auskunftsbüro begreifen, zumal du immer noch halb in Renates Garten stehst«, entgegnete ich und deutete auf drei Gestalten, die aus einem unsichtbaren Nebenweg auf unseren sprengten.

Sie sahen schon aus dem Abstand von zwanzig Metern bedenklich aus und noch mehr, als sie sich kurz darauf keuchend im Halbkreis um uns aufbauten. Der Älteste von ihnen war ungefähr Mitte dreißig, trug aber eine Polojacke wie ein Pubertierender, der Jüngste hätte vom Alter her zu der Jacke gepasst, trug aber eine Bomberjacke, die er möglicherweise von seinem Vater geerbt hatte, der Dritte hatte nur einen Kapuzensweater an und war irgendwas dazwischen. Allen gemein waren helle Jeans und eine ungesunde Hautfarbe, die mich an Michalski erinnerte. Allen gemein war außerdem, dass sie bewaffnet waren. Der Älteste mit einem angerosteten Stück Rohr, bei den anderen wusste ich es, ohne etwas zu sehen. Ich kannte solche Typen aus meiner Jugend zur Genüge, allerdings hatte ich gedacht, dass sie in Städten wie Potsdam inzwischen ausgestorben waren.

»Blöd gelaufen, wie?«, sagte der Älteste und offenbarte dabei, dass er seine letzte Zahnprophylaxe um mindestens ein Jahrzehnt überzogen hatte. Die beiden anderen glotzten uns tumb an, der eine Lisa, die die Pforte inzwischen überstiegen hatte, der andere mich.

»Nix gefunden?«, fuhr der Älteste, offenbar der Wortführer, fort und wog sein Rohr in der Hand, als prüfe er den Materialwert. »Keine schönen deutschen Werkzeuge, Fernseher oder Bestecke, oder passt der Dietrich nicht?« Er feixte seinen Gesellen zu, die zurückfeixten und den Ring um uns ein wenig enger zogen.

»Die ham wahrscheinlich nur das Terrain für ihre Bosse sondiert«, sagte der Mittlere. »Scheint ja gut zu laufen, das Geschäft.«

Seine Augen wanderten über Lisas orangefarbene Softshelljacke und blieben an dem Herstellerzeichen auf ihrer Brust hängen. Vielleicht malte er sich aus, wie es darunter aussah. Meine Jacke schien ihn weniger zu beeindrucken. Nur meine Armschlinge würdigte er mit einem Schnalzen.

»Streit gehabt?« Ich öffnete den Mund, doch bevor ich antworten konnte, sagte er grinsend: »Dann wollen wir euch mal 'ne Deutschstunde geben«, und zog etwas aus der Tasche seines Sweaters, das nach einem eingeklappten Butterflymesser aussah. Ein routinierter Schlenker und es war ausgeklappt.

»Hey, hey!«, machte ich.

Mit einem Satz stand der Jüngste so nahe vor mir, dass ich seine Tabak-Bier-Fahne roch. »Hey, hey«, äffte er mich nach und rempelte gegen meinen bandagierten Arm. Ich zuckte zurück.

Er grinste. »Tut weh, ja? Tja, wärste mal in deinem Krankenbettchen geblieben, Mustafa, statt bei deutschen Bürgern einzubrechen. Jetzt müssen wir dich leider ein bisschen erziehen und deine Freundin auch.«

Wie durch ein Wunder hielt er plötzlich ebenfalls ein Butterfly in der Hand. Der Mittlere versuchte, nach Lisas Kinn zu greifen.

»Ich heiße nicht Mustafa«, sagte ich.

Lisa schrie: »Wehe, du fasst mich an!«

Ihr Ausbruch zeigte eine interessante Wirkung.

Zunächst versteinerten die drei Deutschlehrer, als hätten sie in die Augen der Medusa gesehen. Dann klapperte der Jüngere noch einmal mit seinem Messer. Es wirkte allerdings weniger drohend als wie ein neuralgischer Krampf. Der Mittlere ließ die Hand sinken und blickte den Älteren an, der langsam die Unterlippe einzog. Schließlich griffen alle drei wie auf ein Zeichen in ihre Jacken und holten Zigarettenschachteln heraus.

Beim Klicken seines Feuerzeuges klickte es endlich auch im Gehirn des Älteren.

»Ihr seid keine Tschetschenen oder Afghanen.«

Angesichts Lisas weizenblonder Haare war diese Feststellung beinahe rührend.

»Was, wenn doch?«, fragte ich, obwohl die Messer und das Rohr im Grunde für sich sprachen.

Die drei wechselten kurze Blicke, dann rückten sie geschlossen gegen mich vor. Nur gegen mich, nicht gegen Lisa, die derweil ihr Smartphone aus der Tasche zog.

Als der Älteste mir auf die Schuhspitzen trat, sagte ich tollkühn: »Ich würde schon gern wissen, mit welcher Art Lektion wir im hypothetischen Fall, einer der genannten Volksgruppen anzugehören, rechnen müssten.«

Er starrte mich an wie ein seltenes Insekt, bei dem er unsicher war, ob er es gefahrlos zerquetschen konnte oder ob es dabei giftigen Schleim absonderte.

»Du willst uns provozieren?«, fragte der Mittlere und bohrte sein Messer auf Höhe des Sternums kokett in meine Jacke. Mir brach der Schweiß aus. Den Satz kannte ich auch von früher.

»Zum Provozieren gehören immer zwei«, sagte da Lisa hinter ihnen und hielt ihr Smartphone ans Ohr. »Einer, der provoziert, und einer, der … Hallo, mein Name ist Lisa Baron, mein Freund wird in der Kleingartenanlage Am Übergang, Friedrich-Engels-Straße, gerade von rechtsradik…«

Mit einem Satz war der Jüngere bei ihr und drehte ihr den Arm auf den Rücken. Lisa quietschte, das Smartphone fiel in den Sand, und es wäre sicher spannend gewesen, zu erfahren, was als Nächstes passiert wäre, doch in diesem Moment schaltete sich plötzlich eine weitere Stimme ein.

»Was ist denn hier los?«

Über den Hauptweg stapfte ein älterer Mann in Gummistiefeln und Wattejacke auf uns zu. Seinem Teint nach verbrachte er den überwiegenden Teil seines Lebens im Freien, der Farbe seiner Nase nach gern in Gesellschaft belebender Getränke.

Obacht, Alter, dachte ich, als er heran war und sich mit in die Hüften gestemmten Fäusten in der Mitte unserer kleinen Gruppe postierte. Und noch einmal: Obacht, als er den Jungs befahl, ihr Spielzeug wegzustecken. Zu meinem Erstaunen verschwanden die Messer, als wären sie nie dagewesen. Der Älteste schob sein Rohr in den Gürtel und stieg von meinen Füßen.

»Und jetzt: Aufklärung!«

»Diese drei Herren haben uns tätlich angegriffen«, sagte ich wahrheitsgemäß.

»Wir haben sie beim Einbrechen erwischt«, verteidigte sich der Mittlere.

Der Alte warf einen skeptischen Blick auf Renates Gartenlaube, dann auf Lisa und mich, besonders auf meine Armschlinge.

»In den Garten der Michalskis? Und, haben sie was mitgehen lassen?«

»Nein«, sagte Lisa. »Außerdem sind wir nicht eingebrochen.«

Der Jüngere sah aus, als würde er ihr am liebsten noch einmal den Arm umdrehen. »Wir haben gesehen, wie sie über das Tor geklettert ist.«

»Deshalb bin ich noch lange nicht eingebrochen.«

»Sondern?«, schnauzte der Alte.

»Entschuldigen Sie«, sagte Lisa freundlich. »Sollten wir einander nicht erst einmal vorstellen, bevor wir uns unterhalten? Mein Name ist Lisa Baron. Ich bin eine Kollegin von Renate … von Frau Michalski aus dem Bergmann-Klinikum.«

Sie betonte den Vornamen, vermutlich, um ihr intimes Verhältnis zu Renate anzudeuten.

»Das ist Herr Verloren, einer unserer ehemaligen Patienten, mit dem Renate sich besonders gut verstanden hat.« Gönnerhaft deutete sie auf mich. »Und Sie sind?«

»Hübner«, schnaufte der Alte, der es sichtlich nicht gewohnt war, von einer Frau bevormundet zu werden, die noch dazu seine Enkelin hätte sein können. »Vereinsvorsitzender seit 1983. Bei Wind und Wetter hier draußen, besonders seit einigen Besuchen unserer neuen Nachbarn, wie sie so schön genannt werden. Vom Schlaatz. Die haben zum Teil ihre eigenen Vorstellungen von Mein und Dein, verstehnse, Fräulein. Aber denen widmen sich jetzt mein Alex und seine Jungs von der Bürgerwehr. So, und jetzt Butter bei die Fische: Was haben Sie in Renates Garten zu suchen?«

Lisa hob die Brauen. Vielleicht klingelte auch ihr das Wort Bürgerwehr in den Ohren.

»Ich wollte nachsehen, ob etwas auf eine Verabredung hindeutet, die sie vorgestern hier gehabt haben soll.«

»Und was geht euch das an?«

Seine Frage brachte uns in leichte Verlegenheit.

Doch noch während ich darüber nachdachte, wie sie sich beantworten ließ, ohne dass wir Michalskis Erpresserbrief erwähnen mussten, gab Lisa sich einen Ruck und sagte: »Sie ist verschwunden.«

»Verschwunden?«, echote der Vorstandsvorsitzende seit 1983 verständnislos.

»Ja. Vorgestern Nachmittag war sie ihrer Auskunft nach hier mit einer Freundin verabredet, seitdem ist sie wie vom Erdboden verschluckt und wir machen uns verständlicherweise Sorgen. Ihr Mann argwöhnt, dass hinter dieser angeblichen Freundin ein Mann steckt und Renate mit ihm durchgebrannt ist. Wahrscheinlich ist das Unsinn, aber wir haben versprochen, nachzusehen, ob wir in ihrem Garten etwas finden, das seinen Verdacht entweder bestätigt oder widerlegt.« Sie ließ den Satz eine Sekunde in der Luft hängen, ehe sie fortfuhr. »Herr Michalski selbst ist, wie Sie ja wissen, körperlich ein wenig gehandicapt. Leider konnte er den Ersatzgartenschlüssel nicht finden.«

Nicht schlecht improvisiert, das musste ich zugeben. Hübner zumindest war so verdattert, dass er eine Weile brauchte, ehe er zu seinem Patriarchengrinsen zurückfand. Dafür war es umso breiter.

»Tja, wärt ihr gleich zu mir in Parzelle Numero eins gekommen, hättet ihr euch das Rumkriechen sparen können. Ein Liebhaber«, wieherte er plötzlich auf. »Renate!«

Nichts gegen Heiterkeit, und genau genommen waren meine Ausführungen über Renate eine halbe Stunde zuvor auch nicht eben schmeichelhaft gewesen, dennoch fühlte ich mich stellvertretend für sie beleidigt. Auf jeden Fall war sie allemal attraktiver als dieser faltige alte Gummistiefel.

»Der hatte dann aber eine ziemlich auffällige Vorliebe für Damenkleidung, dieser Liebhaber«, amüsierte sich Hübner weiter. »Und ’ne Damenstimme dazu. Mir wäre neu, dass

Renate auf Tunten steht, haha. Ihr könnt wieder nach Hause gehen, Kinder. Bestellt Michalski einen schönen Gruß von mir und sagt ihm, er hat sie nicht alle. Die Freundin von Renate ist so sicher eine Frau, wie er ein hässlicher alter Knochen ist. Vielleicht ist sie ja hinterher noch zu einem Mann, das kann man nie wissen, auch wenn's mich wundern würde. Obwohl … so übel ist sie wirklich nicht, immer gut gelaunt und versteht was von Stauden, und in meinem Alter guckt man eh nicht mehr so genau …«

»Sie haben sie vorgestern also mit dieser Freundin hier gesehen«, drehte ich ihm den Hahn ab.

Hübner spreizte Mittel- und Zeigefinger einer Hand und deutete damit auf seine Augen. Dann auf den Ältesten der Bürgerwehr.

»Und mein Alex. Wir waren gerade auf Patrouille, einmal vormittags, einmal nachmittags, die Nacht über alle zwei Stunden, am Wochenende nur nachts, ansonsten sind genug Pächter in den Gärten, die aufpassen.«

Ich blickte zu Lisa. In welchem Frontabschnitt waren wir hier gelandet?

»Haben Sie oder, äh … Alex zufälligerweise mit den beiden gesprochen?«, fragte ich. In dem Fall hatte sich die Freundin vielleicht vorgestellt. Ich wollte einen Namen.

Alex blickte missmutig an uns vorbei. Hübner kratzte sich am Kinn.

»Klar, mache ich immer, wenn ich aus irgendeinem Garten Stimmen höre, dann geh ich rein und sag hallo. Renate und die andere waren gerade bei den Rosen zugange. Ihre gefüllte Dulcinea ist eine Wucht, mit der war sie sogar schon mal in der Zeitung. Und weil ich letzte Woche etwas verspätet 'ne Fuhre Pferdemist gekriegt hatte … Ach was, Renate wird mir schon nicht den Kopf abreißen, ich zeig's euch«, sagte er, und dann tat er etwas, wofür seine Jungs uns wahrscheinlich auf der Stelle skalpiert hätten: Er stieg über die Pforte in Michalskis Garten und winkte Lisa, ihm zu folgen. Alex und die anderen beiden zeigten keine Reaktion, wenn man davon absah, dass sie erneut synchron an ihren Zigaretten zogen.

Ich grinste ihnen zu und kraxelte umständlich hinterher.

Das Erste, was mir jenseits der Pforte auffiel, war, wie viel Zeit Renate in ihr kleines Idyll gesteckt haben musste. Der Rasen arbeitete nach dem Winter noch daran, ein Teppich zu werden, aber sämtliche Laubreste, die die Herbststürme darüber geweht hatten, waren säuberlich heruntergeharkt, die zukünftigen Beete umgebrochen, die schon bepflanzten in regelmäßige Furchen unterteilt. Keine Spur von Brennnesseln und anderem Unkraut, dafür ein Saum aus bunten Tausendschönchen entlang des Weges zur Laube.

Hübner und Lisa fand ich vor einem etwa kniehohen, aus Natursteinen gemauerten Hochbeet mit Rosenstöcken links neben der Terrasse.

Genauer gesagt, ich fand Lisa vor dem Hochbeet, Hübner war hinaufgeklettert, stand zwischen den Pflanzen und betrachtete etwas, das ich nicht sah. Auch nicht sehen konnte, wie sich herausstellte, denn nachdem er eine Weile vorsichtig auf dem Beet herumgestiegen war, kehrte er zu seinem Ausgangspunkt zurück und brummte: »Die war doch hier.«

»Was«, fragte ich.

»Die Dulcinea. Merkwürdig, ich dachte, sie zeigt sie ihrer Bekannten nur. Daran kommt keiner vorbei, die Dulcinea ist Renates ganzer Stolz. Eine Teerose, Züchtung von Renates Vater, soweit ich weiß, einmalig auf der Welt. Aber wie's aussieht, haben die beiden sie rausgenommen.«

Er stieg wieder zu uns herab.

»Vielleicht hat Renate sie ihrer Freundin geschenkt?«, tippte Lisa. »Oder an sie verkauft.«

Hübner schüttelte kategorisch den Kopf.

»Einen Steckling höchstens, den dann aber auch im Herbst, nicht kurz vor dem Knospen. Mir hat sie keinen vermacht, obwohl ich ihr jedes Jahr was von meinem Dung abgebe. Sie saß praktisch auf ihrer Dulcinea wie eine Henne auf einem goldenen Ei. Nie im Leben hätte sie die ganze Pflanze weggegeben! Da müsste ihr schon jemand die Pistole auf die Brust gesetzt haben.«

Plötzlich wurde seine Miene finster.

»Oder wir hatten mal wieder Besuch hier, der meinen Leuten durch die Lappen gegangen ist.«

Er drehte sich abrupt um und stapfte dem Ausgang zu.

»Asylanten, die Rosen klauen?«, fragte ich Lisa.

Statt einer Antwort hob sie ihr Smartphone und begann darauf herumzuwischen.

Kurz darauf zeigte sie mir ein Bild von exakt der Stelle des Hochbeetes, das Hübner gerade so aus der Fassung gebracht hatte.

»Dass es eine derartige Bedeutung hat, wäre mir nie in den Sinn gekommen«, sagte sie. »Ich hab es nur gemacht, weil ich ansonsten nichts Besonderes entdeckt hatte. Außer diesem hier.« Sie kramte in ihrer Jackentasche und präsentierte mir einen dieser Mini-Plastikbehälter für eine Portion Kaffeesahne, die Anja als Umweltsünde verteufelte.

»Aber das besagt letztlich ja nur, dass irgendwann mal jemand auf der Terrasse Kaffee getrunken hat. Also bin ich ein bisschen im Garten herumgestromert und an der Lücke auf dem Beet hängen geblieben. Ich fand, es sah aus, als hätte man dort kürzlich etwas ausgegraben. Und nun erfahren wir, dass dort eine kostbare Pflanze stand, die offenbar ebenso lange fehlt wie Renate. Damit haben wir schon zwei Vermisste.«

»Beeindruckend«, sagte ich und meinte es völlig ernst.

»Nein. Beeindruckend wäre, wenn ich wüsste, wo sie stecken.«

Draußen vor dem Tor stand Hübner in der Pose eines wütenden Pfarrers und predigte seiner zerknirschten Gemeinde. Besonders Alex schien tief getroffen von dem Vorwurf, dass man am helllichten Tage ganze Häuser unbemerkt an ihm vorbeitragen könne, und entsprechend erleichtert, als die Tirade bei unserer Ankunft abbrach.

»Nur eine Frage noch«, sagte ich. »Hat Ihnen Renate ihre Freundin vorgestellt?«

»Und wissen Sie, ob die Damen den Garten gemeinsam verlassen haben?«, setzte Lisa hinzu. »Und wenn ja, wann?«

Am Hals von Hübner pulsierte noch immer sichtbar eine Ader.

»Erstens, nein. Zweitens, ja, dem Geschnatter nach. Wurde gerade dunkel, also gegen sieben. War's das? Ich hab hier noch was zu regeln.«

»Fast«, zirpte Lisa. »Da Ihnen ja offensichtlich so gut wie nichts verborgen bleibt, würde ich gern noch wissen, ob Renate mit dem Rad gekommen ist.«

Ich runzelte die Stirn. Worauf wollte sie hinaus? Die Antwort hatte Michalski uns doch bereits gegeben. Umso überraschter war ich, als Hübner nach einem ungeduldigen Grunzen entgegnete: »Nee, wieso?«

»Weil ihr Auto zu Hause auf dem Parkplatz steht.«

»Na, dann ist sie eben mit dem Bus gekommen oder zu Fuß, was weiß ich, mit dem Rad jedenfalls nicht. Das stellt sie immer am Tor ab. Hat jemand von euch vorgestern draußen ein blaues Damenrad gesehen?«, schnauzte er seine Bürgerwehr an.

»Nee«, brummte Alex. »Da stand nur ein roter Peugeot. Und deine Karre.«

»Ein roter Peugeot? Bis wann?«

»Keine Ahnung, als die Ablösung kam, war er weg.«

»Also um sieben«, konstatierte Hübner. »Kommt hin. Kennzeichen?«

Alex warf seine Zigarette auf den Boden und zuckte die Achseln.

»Ich geh jetzt mein Bier austrinken.«

»Nein, mein Freund. Vorher hebst du die da auf!« Der Alte zeigte auf die Kippe. »Und ihr die restlichen«, herrschte er die beiden anderen an. »Das hier ist eine deutsche Gartenkolonie und kein albanischer Viehmarkt, verstanden?«

»Hast du auch das dringende Bedürfnis, zu duschen«, fragte ich Lisa, als wir den Smart erreichten.

»Ja. Und im Gegensatz zu dir könnte ich es sogar tun«, sagte sie mit einem Blick auf meine Armschlinge und entriegelte die Türen.

»Setz dich ruhig schon rein. Ich will nur noch schnell was gucken.«

Schon wieder. Ich stieg also nicht ein, sondern folgte ihr zurück zum Tor, neben dem sie mit gesenktem Kopf einige verwischte Radspuren abschritt.

»Das bringt doch nichts. Letzte Nacht hat's geregnet.«

Lisa ignorierte mich.

»Außerdem beginnt in wenigen Minuten dein Dienst.«

»Bin gleich fertig«, sagte sie und klaubte etwas aus dem Dreck.

»Ist das nicht ein Rosenblatt?«

»Kann sein. Aber selbst wenn, beweist es nur, dass eine Rose diese Stelle passiert hat.«

»Da hier vorgestern nur der Peugeot stand, war es mit an Sicherheit grenzender Wahrscheinlichkeit die Dulcinea. Wie es aussieht, ist sie verladen worden. Die Frage ist nur, ob Renate auch mitgefahren ist, was bedeuten würde, dass sie nicht auf dem Weg zwischen Garten und Stern entführt wurde, sondern später.«

Allmählich ließ die Wirkung der letzten Schmerzmitteldosis aus der Klinik nach. In meiner Schulter begann es unangenehm zu ziehen.

»Tja, was würdest du sagen?«

Lisa hielt einige Sekunden lang stumme Zwiesprache mit dem Blatt. Dann steckte sie es in die Tasche.

»Keine Ahnung. Wir müssen beiden Möglichkeiten nachgehen. Entweder sie ist mitgefahren, dann brauchen wir schleunigst Namen und Adresse dieser ominösen F. Oder sie ist nicht mitgefahren, dann wird es schwieriger, denn wir müssten Zeugen finden, die Renate vorgestern gegen sieben noch auf dem Weg zu einer der umliegenden Bus- und Bahnstationen in Richtung Stern gesehen haben. Schon deshalb präferiere ich die erste Variante.«

Sie machte auf dem Absatz kehrt und marschierte zum Auto.

»Ich auch«, sagte ich, als ich mich zu ihr setzte und umständlich den Gurt anlegte. »Aus Hübners Mund klang es, als wären Renate und ihre Dulcinea unzertrennlich. Daraus folgt: Warum auch immer sie beschlossen hat, sie umzusetzen oder wegzugeben, sie hätte so lange über sie gewacht, bis sie ihre kostbaren Wurzeln in sicherem neuen Boden gewusst hätte.«

Mit einem kleinen Lächeln gab Lisa Gas.

»D'accord. Jetzt brauchen wir nur noch eine Idee, wie wir an die F herankommen.«

Das war der Unterschied zwischen uns. Denn ich hatte bereits eine. Und diese Tatsache, verbunden mit der Befriedigung, die Nase plötzlich wieder vorn zu haben, machte das Ziehen in meiner Schulter beinahe erträglich.

Obwohl ich sie bat, mich einfach wieder am Bergmann abzusetzen, bestand Lisa darauf, mich nach Hause zu fahren.

»Die paar Minuten«, meinte sie. »Bei meiner Kollegin aus der Vorschicht hab ich sowieso noch was gut.«

Vorsichtshalber behielt ich meine Tasche auf dem Schoß und nannte ihr auf Verdacht irgendeine Hausnummer, von der ich annahm, dass sie nah genug an meiner lag, um nicht durch die halbe Stadt laufen zu müssen, jedoch weit genug von ihr entfernt, um mich vor späteren Überraschungsbesuchen Lisas zu schützen. Was mich betraf, ging unsere Bekanntschaft nach einem aufregenden Vormittag dem Ende entgegen.

»Interessant«, sagte Lisa, als wir schließlich vor einem Brautmodengeschäft hielten.

Ich grinste verlegen.

»Nun ja. Ich wohne sozusagen im Hinterhaus der großen Hoffnungen, die sich leider selten erfüllen.«

Bevor sie etwas erwidern konnte, meldete sich mein Handy. Ich kramte es aus der Tasche, signalisierte Lisa, allein zurechtzukommen, und hievte erst die Tasche, dann mich ins Freie. Das Display zeigte keinen Namen, sondern eine Nummer.

»Hi.«

»Hallo, hier ist Jenny von der Belvedere. Ich wollte Ihnen nur sagen, dass Schwester Claudia für heute Abend eine Krisensitzung der Bergfrauen angesetzt hat.«

Ich winkte Lisa zum Abschied mit zwei Fingern. »Danke. Gehen Sie hin?«

»Selbstverständlich.«

»Dann hören Sie sich da mal ein bisschen um, ob Renate irgendjemandem gegenüber etwas in Richtung Einschüchterung oder gar Bedrohung durch die oberen Etagen des Klinikums fallen gelassen hat. Ich weiß nämlich inzwischen, warum sie sich nicht meldet.«

»Oh, und warum?«

»Darüber möchte ich noch nicht reden, die Sache ist etwas heikel. Gehen Sie aber davon aus, dass Sie Renate für die nächsten Tage aus dem Dienstplan streichen müssen.«

»Was?!«

Ich genoss ihre Bestürzung einige Sekunden lang, dann fragte ich: »Sagen Sie, diese Patientin mit dem Garten, die sich im Winter mit Renate angefreundet hat, wissen Sie zufälligerweise noch, wie die hieß?«

»Die ... Wieso?« Dem Ton nach hatte Jennys Verwirrung den Höhepunkt erreicht.

»Offenbar war sie die Letzte, die Renate vor ihrer ... ihrem Verschwinden gesehen hat.«

Diesmal ließ Jenny umgekehrt mich einige Sekunden lang schmoren.

»Leider«, zirpte sie dann, »darf ich keine Namen von Patienten herausgeben.«

»Ich weiß. Aber hier geht es immerhin um das Schicksal Ihrer Kollegin und ... Sind wir nun eine Task Force oder nicht?«

»Das frage ich mich auch gerade«, erwiderte sie und legte auf.

Während ich auf mein Handy glotzte, klappte neben mir eine Autotür und der Smart fuhr an. Hatte Lisa etwas von unserem Disput mitbekommen? Falls ja, dann wusste sie jetzt, dass es eine Spezialeinheit Renate gab, zu der ich sie nicht geladen hatte. Auch gut. Vielleicht bremste das ihren Eifer, sich über eine gemeinsame Ermittlung in mein Bett vorzuarbeiten.

Wichtiger war im Moment die Information, die mir Jenny böswillig vorenthielt. Ohne den Namen der F saß ich auf dem Trockenen.

Ich steckte das Telefon ein, griff meine Tasche und schlurfte ungehalten die Gutenbergstraße hinauf.

Unterwegs grübelte ich über eine Möglichkeit nach, auch ohne Jenny an den Namen der ehemaligen Patientin zu gelangen. Aber außer der garstigen Schwester Gudrun, die ohnehin nur als Springer arbeitete und von der Freundschaftsanbahnung zwischen Renate und der geheimnisvollen F wahrscheinlich nichts mitbekommen hatte, fiel mir niemand ein.

Die Lösung kam mir, als ich auf dem ersten Treppenabsatz meines Hauses den alten Pachulke traf.

»Da ist er ja wieder, auferstanden aus Ruinen!«, rief er mit einem neugierigen Blick auf meine Armschlinge und schwang seinen Besen. »Hab schon gehört, schlimmer Sturz und so weiter. Keinen Helm aufgehabt?«

»Nein, auf der Schulter nicht«, sagte ich und stieg an ihm vorbei.

5

In der Wohnung roch es irgendwie nach Essig. Aber nicht unangenehm, im Gegenteil, der Geruch weckte heimelige Erinnerungen an das blau geblümte Hauskleid meiner Mutter. Erwartungsfroh folgte ich ihm in die Küche und fand auf dem Herd einen Topf mit gelber Pampe, aus der zwei ovale Buckel ragten, daneben einen mit Kartoffeln. Essigeier, genannt Totensümpfe, mein Lieblingsgericht! Ich angelte eine Klappkarte vom Tisch und las in Anjas gestochener Schrift: *Willkommen in der Rehaklinik Daheim.*

Gerührt legte ich sie beiseite und löffelte eine Ladung Totensümpfe direkt aus dem Topf. Es schmeckte göttlich, nur ein bisschen nach schlechtem Gewissen, weil ich den ganzen Tag über nicht ein einziges Mal an Anja gedacht hatte, stattdessen aber an drei andere Frauen. Vier, wenn man die mysteriöse F dazu rechnete.

Apropos: Ich ließ den Löffel im Topf stecken und rief Jenny an.

Die Mailbox. Beim zweiten Versuch das Gleiche. Entweder beschäftigte sie sich gerade mit einem Patienten oder sie schmollte. Ich belud den Teller mit einem Berg Kartoffeln und Pampe und stellte ihn in die Mikrowelle. Noch während er dort seine Runden drehte, rief Jenny zurück.

»Versprechen Sie mir, dass Sie Ihren Mund mit mehreren Lagen Mullbinden versiegeln oder besser noch zunähen«, befahl ich, ehe sie überhaupt ein Wort gesagt hatte.

Sie schwieg. So wörtlich hatte ich es nun auch wieder nicht gemeint.

»Also, ich war vorhin bei Renates Mann. Und er hat mir einen Brief gezeigt, den er heute früh aus dem Kasten gezogen hat. Eine Lösegeldforderung.«

Jenny schwieg immer noch, jetzt wahrscheinlich vor Schreck.

Ich konnte es ihr nicht verdenken. Deshalb irritierte mich ihre nächste Frage ein wenig.

»Hatten Sie den Eindruck, dass sie echt war?«

»Wie bitte? Natürlich war die echt, ich hatte sie schließlich in der Hand!«

»Entschuldigen Sie. Es ist nur, ich kann nicht …«

Daran, dass sie den Satz unvollendet ließ, merkte ich, dass die Neuigkeit endlich mit Wucht einschlug.

»Ja, so sehen die bitteren Tatsachen aus. Und jetzt vergessen Sie das Ganze wieder! Der oder die Erpresser wünschen keine Öffentlichkeit, wie Sie sich denken können. Und Herr Michalski genauso wenig, er will seine Frau lebendig wiederhaben.«

Wenn auch nur als Pflegerin, dachte ich.

»Wie viel wollen die denn?«, hauchte Jenny.

»Fünfzigtausend. Ein Schleuderpreis im Vergleich zu dem der Investorengattin, aber für Michalski nahezu ein Ding der Unmöglichkeit.«

»Kann ich mir denken.«

»Wieso?«

Sie machte eine Pause, ehe sie zögernd sagte: »Er hat früher als Hausmeister hier gearbeitet. Da verdient man auch nur wie ein Hausmeister. Und Krankenschwestern sterben auch selten daran, dass sie sich an ihren Diamanten verschlucken.«

Michalski hatte früher im Bergmann gearbeitet? Davon hatte er kein Wort gesagt.

»Und was will er nun machen?«, erkundigte sich Jenny.

»Soweit ich verstanden habe, will er mit den Erpressern feilschen«, antwortete ich, noch immer mit dem Verdauen der Neuigkeit beschäftigt.

»Brieflich?«

Eine gute Frage. Peinlich, dass sie mir selbst nicht eingefallen war. Lisa und Michalski nebenbei auch nicht.

»Sie haben angekündigt, sich vor der Übergabe noch einmal zu melden. Vielleicht hofft Michalski, dass sie dafür das Telefon benutzen, das geht schneller als ein Brief. Zunächst einmal hat er nur eine Art informelles Schreiben in Form der üblichen Schnipsel-Collage bekommen, damit er schon mal sein Erspartes lockermachen kann.«

»O Gott, hoffentlich geht die Sache so gut aus wie bei den anderen beiden.«

»Welchen beiden? Meinen Sie die Investorengattin?«

»Und das Mädchen aus Werder. Heute Mittag stand sie plötzlich im Garten ihrer Eltern, genauso erinnerungslos wie die Investorengattin, aber ansonsten gesund. Es kam gerade in den Nachrichten.«

Unwillkürlich berührte ich meinen Kopf.

Einige Sekunden lang hingen wir beide unseren Gedanken nach, bis Jenny raunte: »Felicia Kretzschmar. Mit tz. Das haben Sie nicht von mir!«

Felicia. Nicht Felix oder Franziska.

»Danke, Jenny. Wir hören voneinander.«

Aber sie hatte schon aufgelegt. Lisa hätte ein gemeinsames Kaffeetrinken vorgeschlagen.

Ich nestelte meinen Laptop aus der Tasche und bugsierte ihn zum Tisch. Während ich die Eier verschlang, rief ich das Potsdamer Telefonbuch auf. Unter dem Namen Felicia Kretzschmar fand ich einen Eintrag in Geltow, einem Dorf im Westen Potsdams, das bis in die Neunziger hinein kaum mehr als eine Siedlung aus Kratzputzhäuschen entlang der B1 in Richtung Werder gewesen war, unterbrochen von einer Handvoll bürgerlicher Fassaden aus der ersten Hälfte des 20. Jahrhunderts und einigen Plattenbauten. Nur am Ufer des Petzinsees, Geltows südlicher Grenze, gab es eine Reihe herrschaftlicher, wenngleich ziemlich maroder Villen. In Potsdam trifft man quasi überall auf die Havel, auch wenn sie sich alle paar Meter anders nennt: Petzinsee, Schlänitzsee, Jungfernsee, Tiefer See – hunderte Etiketten für ein und dasselbe Wasser.

Während der ersten Auflage unserer Beziehung hatten Anja und ich im Sommer oft Radtouren entlang der Uferwege gemacht, nach Petzow oder Werder oder einfach einmal um die

Stadt herum, je nach Wetter und Laune. Dabei waren wir auch hin und wieder durch die Geltower Villenkolonie gekommen und hatten miterlebt, wie ein Anwesen nach dem anderen verkauft und saniert worden war. Inzwischen sah es dort aus wie in jedem anderen Freilichtmuseum des Wohlstands, sogar mit den ästhetischen Querschlägern, die es zum Glück immer gibt. Vielleicht um Leute wie Anja und mich vor Neiddepressionen zu bewahren.

Entlang der B1 ist Geltow dagegen noch immer angenehm hässlich. Daran hatten auch die Sanierungen nichts geändert.

Ich schluckte den letzten Löffel Totensümpfe und googelte Straße und Hausnummer. Vogelweg 27. Klang idyllisch.

Und war es dem Satellitenbild nach auch. Eine lockere Ansammlung von Einfamilienhäusern unterschiedlicher Größe, hinter denen sich Grünflächen ausdehnten. Das letzte Drittel des Weges knickte zur Villenkolonie am Petzinsee ab. Kurz davor blinkte der Cursor. Blieb die Frage, wie ich dorthin kommen sollte. Das Fahrrad fiel wegen meiner Schulter aus. Laufen – zu weit. Bus? Ich klickte mich durch den Plan des öffentlichen Nahverkehrs, fand eine passende Linie, errechnete den Fußweg von der geeignetsten Haltestelle zum Vogelweg und rief schließlich Anja an.

»He Süße, danke für das formidable Essen.«

»War mir ein Vergnügen. Wie geht's der Schulter?«

»Sie tickt, aber man hat mir kiloweise Tabletten mitgegeben, um ihr das Maul zu stopfen. Wann hast du heute Schluss?«

Sie überlegte. »Eigentlich nach dem Seniorenzeichenzirkel um fünf, aber ich kann der Leiterin auch sagen, dass sie sich bei Jens von der Fahrradwerkstatt melden soll, falls was ist, der ist mit seinen Jungs eh bis sechs da. Dann könnte ich schon um vier los. Warum?«

»Weil ich Lust auf einen Ausflug ins schöne Potsdamer Umland mit dir habe.«

Sie zögerte. »Solltest du dich nicht lieber noch ein bisschen schonen?«

»Ich hab mich die letzten Tage so ausgiebig geschont, dass ich allmählich Schimmel bilde. Ich brauche dringend Bewegung, und da dachte ich, ein frühlingshafter Spaziergang mit der Liebsten am Petzinsee wäre genau das Richtige.«

»Oder am Sacrower See«, sagte Anja schwärmerisch. »Erinnerst du dich an die kleine Landzunge, wo du mich zum ersten Mal geküsst hast?«

Mist.

»Wo auch immer, wir finden schon ein Plätzchen, an dem ich dir den nächsten unvergesslichen Kuss gebe. Bis nachher, ich rasiere mich derweil.«

»Okay, ich freu mich!«

»Und ich erst«, murmelte ich.

Während ich einhändig Kaffee kochte, beschloss ich, ihr die Wahrheit zu sagen. Anja besitzt eine beängstigende Antenne für Ungereimtheiten, und sobald sie mit ihnen etwas empfängt, setzt sie einen Blick auf, unter dem ich bis jetzt noch jedes Mal eingeknickt bin. Außerdem musste ich ihr spätestens im Vogelweg ohnehin erklären, was ich vorhatte. Und wenn es drauf ankommt, ist Anja so verschwiegen wie ein Fisch, es stand also nicht zu befürchten, dass sie mit Renates Entführung hausieren ging. Eher schon, dass sie in mich drang, unseren gemeinsamen Kumpel Dietmar einzuschalten. Dietmar ist Hauptkommissar beim LKA, und ich hatte im Wohnzimmer des sturen Michalski selbst schon an ihn gedacht. Allerdings nur, bis Lisa uns in ihrer unvergleichlichen Art den Fall übertragen hatte. Zu Recht, wie ich fand. Sie, Anja und ich waren wirklich diskreter als ein Haufen LKA-Leute. Dietmar konnte ich immer noch in der Hinterhand behalten, für den Fall, dass ich allein nicht weiterkam.

Beim ersten Schluck Kaffee fiel mir noch ein, dass die Aufnahme von Anja in meine Task Force möglicherweise sogar eine angenehme Nebenwirkung zeigte. War es nicht ein Beweis meiner Liebe, wenn ich sie solcherart ins Vertrauen zog, ihr Eifersuchtsobjekt Irene hingegen außen vor ließ?

Apropos Irene. Ich rief sie an.

Sie zeigte sich erfreut und nur einen Hauch besorgt, als ich ihr mitteilte, dass ich trotz meiner Krankschreibung mit ihr die übernächste Sendung vorbereiten wollte. Die für diese Woche war schon im Kasten, die der nächsten wurde gerade produziert.

»Ich komme auch gern zu dir nach Hause«, sagte sie. »Dann brauchst du dich nicht zum Bus zu schleppen. Radfahren fällt für die nächsten Wochen ja wohl aus.«

Verdammt. Erst jetzt wurde mir klar, was in den besagten nächsten Wochen auf mich zukam. Ich würde von den Verkehrsbetrieben und wohlwollenden Autobesitzern abhängig sein! Sämtliche Texte weiterhin nur einhändig tippen können, was elendig lange dauerte, ja, ich würde nicht einmal eigenständig ein Schnitzel essen können!

Seufzend nahm ich Irenes Angebot an und verabredete mich mit ihr für den nächsten Vormittag an meinem Küchentisch. Seufzend trank ich danach meinen Kaffee aus und ging mich einhändig rasieren.

Um zehn nach vier kam Anja.

Sie küsste mich, kommentierte einige Stoppeln auf meiner Wange, die ich mit der rechten Hand nicht erreicht hatte, strich zärtlich über meine zusammengeschraubte Schulter und murmelte, mein Ausflugsvorschlag sei das Schönste, das mir seit unserer Wiedervereinigung eingefallen sei, sie fühle sich wie ein frisch verliebter Teenager.

Als Antwort rieb ich meine Nase an ihrer und fand den Zeitpunkt gekommen, ihre Zuneigung noch durch ein vertrauliches Geständnis zu mehren.

Danach wusste ich zumindest, dass ich ein miserabler Pharmakologe war, was die Kenntnis von Nebenwirkungen anbelangt.

6

»Wahrscheinlich sollte ich deiner Halbrussin dankbar dafür sein, dass sie keine Zeit hatte, dich zu fahren. Oder dieser Neuen, wie hieß sie gleich?«

»Lisa. Und sie ist nicht meine Neue, ebenso wie Irene nicht meine vorhergehende Neue war oder ist.«

»Oder waren die nur clever genug, zu begreifen, dass sie sich ins eigene Knie schießen, wenn sie dir beim Aufstöbern deiner überreifen Allerneusten helfen?«

»Anja! Irene hat Familie und Lisa Dienst.«

»Aha.«

»Nächste Ecke links.«

Mit eisigem Lächeln fuhr Anja an der angezeigten Straßenmündung vorbei und bog nach rechts zum Geltower Zentrum.

»Was tust du?!«

»Da vorn ist ein Supermarkt. Wir haben keine Milch mehr, und da ich mir den romantischen Spaziergang ja nun wohin schieben kann, werde ich einkaufen.«

Ich seufzte. Anja fühlte sich gelinkt und war sauer, nun gut. Irgendwann würde sie sich wieder einkriegen, am besten wartete ich einfach ab. Vielleicht konnte ich die Sache beschleunigen, indem ich die Rechnung für die Einkäufe übernahm.

Oder sie im Bäcker neben dem Supermarkt zu einem Mandelhörnchen und Kaffee einladen, räsonierte ich reumütig, nachdem sie meine großzügige Geste an der Kasse mit kühler Selbstverständlichkeit hingenommen hatte.

Zunächst schien ich auch mit dieser zweiten zu scheitern. »Ich hatte heute schon Kaffee«, sagte sie und schob die Einkäufe zum Auto. Einarmig und nutzlos stand ich neben ihr, während sie alles in den Kofferraum stapelte.

»Aber ein Mandelhörnchen meinetwegen.«

Nun muss man wissen, dass Mandelhörnchen in Anjas Rankingliste der Leidenschaften seit jeher ungeschlagen auf Platz eins stehen, noch vor *Downton Abbey*. Meine Einladung zurückzuweisen wäre daher der Zurückweisung der Krone durch den britischen Thronfolger gleichgekommen. Dennoch schöpfte ich Hoffnung.

»Glaub nicht, damit wäre die Sache erledigt«, sagte sie, als ich ihr das Hörnchen mit zerknirschter Miene überreichte, und biss in das Schokoende.

»Nein, ich weiß, dass ich dich verletzt habe. Ich war derart von meinem Ziel besessen, dass mir der Zweck jedes Mittel geheiligt hat. Und in meinem Egoismus hab ich übersehen, dass du kein Mittel bist, sondern meine Liebste. Eigentlich ist es mir schon direkt nach dem Anruf klar geworden. Verzeih mir.«

Sie hielt überrascht im Kauen inne.

»Du machst es mir aber in letzter Zeit auch nicht gerade leicht«, fügte ich mutiger hinzu. »Aus irgendeinem Grund reagierst du allergisch auf jedes weibliche Wesen unter achtzig, das nett zu mir ist. Das ist anstrengend.«

Zu meinem Erschrecken legte sie das Hörnchen auf den Teller.

»Die Einzige, auf die ich allergisch reagiere, ist deine kleine Co-Moderatorin. Und du weißt genau, warum.«

Eben das wusste ich nicht, auch wenn sie es mir seit Wochen hartnäckig zu suggerieren versuchte. Es sei denn, sie trug mir nach, dass ich mit Irene zuweilen Spaß hatte und sie attraktiv fand. Und einige Kleinigkeiten, die aber alle nichts bedeuteten und von denen Anja nebenbei auch nichts wissen konnte. Die Stimme der Vernunft riet mir jedoch, die Finger von dem Thema zu lassen, falls ich die fünf Kilometer von Geltow nach Hause nicht zu Fuß zurücklegen wollte.

Also sah ich ihr nur tief in die Augen und sagte: »Irene ist ein süßes Küken, aber du bist mein Schwan.« Ich ekelte mich vor mir selbst.

Aber es wirkte. Anja sah nur für eine Sekunde aus, als müsse sie sich übergeben, bevor sich ihr Mund zu einem breiten Grinsen verzog.

»Ich muss bekloppt sein, so einen in mein Bett zu lassen. Na gut, bringen wir die Freundin deiner Krankenschwester hinter uns. Und danach rufen wir Dietmar an.«

Ich hatte es geahnt.

Fünf Minuten später kroch Anjas altersschwacher Skoda den Vogelweg entlang. Er sah ungefähr so aus, wie ich ihn mir vorgestellt hatte: bürgerlich-ländliche Idylle verschiedener Geschmacksrichtungen, dahinter versteppte Brachfelder, links mehr Neubau, rechts überwiegend ältere Anwesen, durchsetzt mit Einfamilienhäusern, in denen ich mir weder Anja noch mich vorstellen konnte, ausgenommen im letzten vor dem Knick, Nummer 27. Was allerdings hauptsächlich daran lag, dass man es nicht sah, weil es hinter einer mannshohen Buchshecke verborgen war.

Als wir das Auto abgestellt hatten und hinüberschlenderten, entdeckten wir zwei Holztore vom selben Grün wie die Hecke. Am schmaleren prangte die Hausnummer neben einer mit *Kretzschmar* beschrifteten Klingel, einem Briefschlitz und einer leeren Zeitungsröhre. Ein grün-weißer Aufkleber wies darauf hin, dass die Bewohnerin die *Schönes Land* abonniert hatte.

»Eine wahre Eremitage«, sagte Anja und maß die Hecke mit den Augen.

»Wohl eher eine botanische Bastion.« Ich klingelte. Auf einem der Nachbargrundstücke schlug ein Hund an.

Nachdem wir eine halbe Minute lang gewartet hatten, zuckte Anja die Achseln.

»Wir hätten doch nach Sacrow fahren sollen.«

Statt einer Antwort wanderte ich die Hecke entlang, zum Knick des Vogelweges. Die Hecke knickte mit ab, setzte sich noch ungefähr zehn Meter fort und stieß dann gegen den

Metallzaun des nächsten Grundstücks. Dessen Herz bildete ein Haus, das wie frisch aus dem Katalog geschnitten aussah. Gestutzter Rasen, ein noch eingepackter Sonnenschirm über einem Sandkasten aus dem Baumarkt, ein halb gefüllter offener Carport, das zweite Auto war vermutlich unterwegs. Das Domizil einer glücklichen jungen Familie.

Ich ging wieder zurück und fand Anja am Lattenzaun des anderen Nachbargrundstücks der Ketzschmars in einer angeregten Plauderei mit einem älteren Herrn. Neben ihm knurrte ein Jagdhundverschnitt, wahrscheinlich der Beller von eben.

»Ruhig, Urban«, sagte der Alte, und Anja: »Das ist Herr Sattler.«

Urban winselte noch einmal auf und ließ seine Zunge aus dem Maul hängen.

»Herr Sattler sagt, Frau Kretzschmar ist zu Hause«, meinte Anja.

»Nein, ich hab gesagt, ich hab sie vorhin kommen hören, also müsste sie eigentlich da sein.«

»Gehört?«, fragte ich.

»Na, ihren Wagen und das Tor. Seit Wochen nimmt sie sich vor, die Angeln zu ölen. Wahrscheinlich muss ich es am Ende machen.«

»Sie und Frau Kretzschmar stehen sich wohl recht nahe?«, erkundigte sich Anja.

Sattler tätschelte Urbans Kopf. »Schon. Wir sind halt Nachbarn seit … dürften bald an die fünfzehn Jahre sein. Davor hat das Haus Albrecht Benskow gehört, falls Sie den kennen, seinerzeit ein hohes Tier auf den Werderaner Obstplantagen. Nach der Wende hat er ein paar Jahre eine Gartensendung auf rbb moderiert. *Rosenkohl und Rittersporn.*«

Wir schüttelten die Köpfe.

»Macht nichts. Die Hecke geht noch auf ihn zurück. Auf seine alten Tage ist Benskow ein bisschen schrullig geworden. Vielleicht hat er vor dem Zapfenstreich noch was aus der LPG-Kasse abgezweigt, jedenfalls hatte er panische Angst vor Einbrechern. Nur meine Frau und mich hat er noch reingelassen, Kinder hatte er keine. Wie er dann gestorben ist, haben seine Erben sich entschlossen, das Haus zu verkaufen. Um die Zeit wurde Potsdam gerade populär, die haben also einen hübschen Batzen dran verdient. Für Kretzschmar war's aber immer noch ein Schnäppchen, im Vergleich mit den Grundstückspreisen von heute. Und was mich angeht, hätte ich es mit ihm kaum besser treffen können. War ein netter Mensch, keiner von den Schnöseln, die mit der Stechuhr auf Mittagsruhe achten und die Nase in den Wolken tragen. Obwohl er Oberarzt war. Erst in Brandenburg, dann in Potsdam, also im Prinzip ein ähnlich hohes Tier wie der Benskow. Als ich meinen ersten Bypass gekriegt hab, hat er höchstpersönlich dafür gesorgt, dass ich beim Chefchirurgen unters Messer kam, das werde ich ihm nie vergessen, genauso wie die Betreuung von Rita, meiner Frau, während der Chemo. Hinterher hat er mir Urban besorgt. Angeblich wollte ein Kollege von ihm ihn loswerden, aber ich glaube, Kretzschmar hat befürchtet, dass ich mit dem Alleinsein nicht klarkomme. Nicht, mein Guter, so einer war das.«

Sattler kraulte seinen Hund energisch hinter den Ohren.

»Sind Sie Bekannte von Felicia, ich meine, Frau Kretzschmar?«

»Nicht direkt«, sagte ich und umriss mit wenigen Worten mein Anliegen. Es gab keinen Grund, diesem freundlichen Alten eine Geschichte aufzutischen. Wie er da so halb über seinen Zaun hing, eine Hand auf dem samtigen Hundekopf, in zerbeulten Cordhosen, zerknittertes Sakko über Rippunterhemd, erinnerte er mich an meinen Opa. Sogar die schuppigen Schrunden auf seiner Stirn. Auch mein Opa hatte unter trockener Haut gelitten.

»Tja«, sagte Sattler nachdenklich, »hier war wer, vor zwei, drei Tagen. Kann gut sein, dass Felicia Besuch gehabt hat. Hab jemanden lachen gehört, als ich abends mit Urban die Runde gedreht habe. Klang weiblich. Ob sie aber noch da ist ... Urban hat gestern und heute ein paar Mal angeschlagen, als wäre was Fremdes in der Nähe. Können aber auch Kaninchen gewesen sein oder der Waschbär, der sich hier rumtreibt. Zu dumm, dass Felicia nicht aufmacht. Vielleicht ist sie noch mal weg, dann aber nicht mit dem Auto, das hätte ich mitbekommen. Manchmal geht sie zum Bibelkreis im Ort oder zum Chor. Oder sie schläft, dann hört sie die Klingel nicht immer. Soll ich mal anrufen?«

»Ich weiß nicht«, meinte Anja. »Falls sie schläft …«

»Das wäre nett«, sagte ich.

Sattler wies auf das Tor in seinem Zaun. »Kommen Sie rein!«

»Ist kein Palast, wie Sie sehen«, brummte er, als er von einem altertümlichen Telefon in seiner Diele den Hörer abnahm und eine Nummer wählte. »Nur die Wohnung eines alten Witwers.«

Urban war in eines der angrenzenden Zimmer gestromert. Anja und ich drängten uns zwischen einer Garderobe aus Holzimitat und dem zierlichen Telefontischchen und sahen zu, wie Sattler dem Freizeichen lauschte. Nach schätzungsweise dem siebten Mal legte er den Hörer zurück.

»Macht nichts. Dann kommen wir eben später noch mal wieder«, sagte ich und ignorierte Anjas Stirnrunzeln. »Vielen Dank für die Mühe.«

Der Alte winkte ab.

»Sie können auch bei mir über einem Kaffee warten, wenn Sie wollen. Irgendwann wird ihre Veranstaltung ja mal vorbei sein.«

Es war Pulverkaffee wie früher bei meinem Opa. Wir tranken ihn an einem mit beigefarbenem Wachstuch bezogenen Tisch in Sattlers Küche, ein Ohr bei seinen Geschichten, das andere bei den Geräuschen hinter dem angeklappten Fenster. Vornehmlich erzählte Sattler von seiner Frau, die vor einigen Jahren an Krebs gestorben war. Irgendwann sprang er mitten im Satz auf, rannte aus der Küche und kehrte mit einem gerahmten Foto zurück.

»Das ist sie, meine Rita.« Er zeigte auf eine zierliche Frau mit Sonnenhut, die an einer mit Kuchen überladenen Tafel saß und in die Kamera lachte.

»Ihr letzter Geburtstag vor der Diagnose. Ihr Bruder mit Familie war da und einige Kollegen aus dem Sozialamt, wo sie gearbeitet hat. Und Kretzschmars natürlich.«

Sein Finger glitt auf das Profil eines bärtigen Mannes und eine attraktive Blondine neben Rita. Attraktiv, gemessen an ihrem Alter; ungefähr Ende vierzig. Ich versuchte, sie mir einige Jahre älter vorzustellen, was nicht sonderlich schwer war, weil sie ihrem Aussehen auch damals schon sichtbar nachgeholfen hatte. Ihre halblangen Locken waren für eine Endvierzigerin zu blond, um als natürlich durchzugehen, die Augenbrauen zu dunkel und schmal und ihr Teint etwas zu mediterran für einen Geltower Gartennachmittag. Daran würde sich kaum etwas geändert haben, ein paar Falten mehr sicherlich, und es war anzunehmen, dass sie inzwischen einige Pfunde zugelegt hatte, wie fast alle Frauen jenseits der Menopause.

Während meiner Überlegungen schwelgte Sattler in nostalgischen Erinnerungen.

»Kretzschmar hatte ein Spanferkel spendiert und stand den ganzen Abend am Grill, rot wie ein Apache. Und Ritas Kollegen haben ›Hoch auf dem gelben Wagen‹ gesungen, mit einem auf sie umgeschriebenen Text, ich weiß noch, dass sie Tränen in den Augen hatte.«

Er hatte selbst Tränen in den Augen. Und ich kam mir ein wenig taktlos vor, als ich fragte: »Da Sie immer nur von Felicia sprechen, lebt Dr. Kretzschmar wohl inzwischen nicht mehr hier?«

Sattler wischte sich mit dem Ärmel seines Sakkos über das Gesicht.

»Nein.« Er sah an die Decke seiner Küche. »Autounfall auf dem Rückweg von einer Weihnachtsfeier letzten Dezember, gar nicht weit von hier, auf der Bundesstraße hinter der Pirscheide. Wahrscheinlich war Alkohol im Spiel, Kretzschmar war da immer recht kulant, was das Autofahren betraf. In der Klinik haben sie erst noch gedacht, sie kriegen ihn durch, aber es hat wohl nicht sein sollen. Tja«, seufzte er, »seitdem ist auch der Kontakt zu Felicia ein wenig eingeschlafen. Wir plaudern hin und wieder, wenn wir uns treffen, ich kümmere mich um ihre Post und den Garten, wenn sie zu ihrer Tochter in die USA fliegt, die hat da zwei Kinder mit einem adretten amerikanischen Piloten, und umgekehrt passt sie auf Urban auf, wenn ich einen Termin habe, zu dem ich ihn nicht mitnehmen kann, aber sonst ... Vor ein paar Tagen hatten wir einen kleinen Streit wegen der Schubkarre. Wir teilen sie uns, schon immer. Als ich sie letztens für den Kompost brauchte, hat Felicia behauptet, sie wäre bei mir. Dabei weiß ich genau, dass ich sie im Herbst bei ihr abgestellt habe, mit einer Ladung Äpfel aus meinem Garten. Jetzt ist sie sauer, weil sie denkt, ich würde ihr Diebstahl unterstellen.« Er lächelte. »Sie beruhigt sich schon wieder, spätestens wenn sie die Karre gefunden hat. Seit Hagens Tod steht sie etwas neben sich, das kann man ihr nicht verübeln. Umso besser, dass sie in Ihrer Bekannten jetzt offenbar eine Freundin gefunden hat. Hab schon mitgekriegt, dass seit ihrem Krankenhausaufenthalt immer mal wieder jemand bei ihr war. Ist ja auch nichts für eine Frau, so allein hier draußen. Aber bevor ich noch mehr Unsinn erzähle, versuche ich sie lieber noch mal an die Strippe zu kriegen.«

Es blieb auch diesmal beim Versuch.

Bei seiner Rückkehr trug Sattler eine Brille und studierte ein aufgefaltetes Blatt.

»Hm. Laut Gemeindekalender ist heute weder Chorprobe noch Bibelkreis. Nur ein Vortrag über die Schöpfung des Weltalls, aber der beginnt erst um sieben. Dann ist sie vielleicht bei ihrer Pediküre. Oder bei Hauschkas, den neuen Nachbarn auf der anderen Seite, da habe ich sie letztens mal rauskommen sehen. Waren Sie schon bei denen?«

Er drehte sich um und pfiff. Eine Sekunde später kam Urban in die Küche geprescht.

»Wir gehen noch eine Runde, mein Großer.«

Der Hund sprang bellend an ihm hoch und versuchte, ihm die Nase zu lecken.

»Ist ja gut, mach sitz. Aus!« Sattler grinste uns entschuldigend an. »Er freut sich halt immer so.«

Um es vorwegzunehmen: Bei Hauschkas war Felicia Kretzschmar auch nicht. Dort trafen wir nur die Dame des Hauses und ihren etwa dreijährigen Sohn, der uns wie Marsianer anstarrte, während er mit dem Zeigefinger ein Brötchen aushöhlte. Madame Hauschka wischte ihm zerstreut mit einer Hand über den Mund. In der anderen hielt sie ein Smartphone, auf das sie alle zwei Sekunden schielte, als erwarte sie eine Heilsbotschaft. Wie wir auf die Idee kämen, dass Frau Kretzschmar bei ihr sei, wollte sie wissen.

»Herr Sattler«, sagte ich. »Der ältere Herr mit Hund, Frau Kretzschmars anderer Nachbar.«

Anja lächelte das Kind an, das sich daraufhin an einem Stück Brötchen verschluckte.

Ohne es anzusehen, klopfte seine Mutter ihm auf den Rücken. »Ach der. Und wie kommt der darauf?«

Als ich es ihr erzählte, flog ihr Blick zum Gartentor, als rechne sie damit, den Schatten des Alten dort aufragen zu sehen.

»Ja, sie war mal hier«, sagte sie widerwillig. »Nach unserem Einzug hatte mein Mann sie und einige andere Nachbarn zum Grillen eingeladen. Er dachte, es wäre von Vorteil, wenn wir uns hier ein bisschen bekannt machen würden.«

Ihre herabhängenden Mundwinkel verrieten, was sie von dieser Idee gehalten hatte.

»An dem Abend stellte sich heraus, dass Frau Kretzschmar für dieses Frühjahr mit einer Bekannten eine Pilgerwanderung auf dem Jakobsweg geplant hat.« Sie sah auf ihr Smartphone. »Von Poitiers bis Santiago. Dieselbe Strecke ist mein Mann schon mal gewandert, nur von Paris aus. Danach war sie noch zweimal hier, um sich Reiseführer zu leihen und zurückzubringen. Dabei hat Herr Sattler sie wohl ausgekundschaftet.«

»Er hat sie nicht ausgekundschaftet, er war mit seinem Hund unterwegs.«

»Wie Sie meinen«, sagte sie, schob ihren Sohn ins Haus und knallte die Tür zu.

Bevor wir ins Auto stiegen, klingelten wir noch einmal bei Felicia Kretzschmar. Anja bildete sich ein, hinter der Hecke etwas gehört zu haben. Aber auch diesmal öffnete niemand.

»Lass gut sein«, sagte ich, als sie ihr Gesicht in die widerspenstige Hecke bohrte. »Wir probieren es später noch mal. Oder ich allein, wenn du nicht willst.«

Anja zog den Kopf zurück. »Jetzt ist es weg.«

»Was?«

»Das Licht. Eben hat da noch was geleuchtet.«

»Du siehst das Haus doch gar nicht.«

»Na und, Licht dringt durch die schmalste Ritze. Und vorhin habe ich ein Rollo oder so was rasseln gehört.«

»Da hast du's: Du kannst nicht erst ein Rollo herunterfahren hören und dann Licht sehen.«

»Vielleicht ist es ja auch raufgefahren. Ich spinne doch nicht.«

»Wie auch immer, sie macht nicht auf. Und falls sie nicht unter der gleichen Paranoia leidet wie die Hauschka, bedeutet das, dass sie nicht da ist. Ich werde heute ganz sicher kein zweites Mal über ein Gartentor klettern.«

Zu spät bemerkte ich meinen Fehler.

»Welches war denn das erste?«

»Das von Renate«, sagte ich unbehaglich.

»Du bist in den Garten dieser Krankenschwester eingebrochen?«

»Nicht eingebrochen. Wir wollten nur sehen, ob wir Hinweise darauf finden, dass sie vorgestern dort war.«

»Wir?«

Nächster Fehler.

»Lisa, dieses Mädchen aus der Klinik, und ich. Ich hab dir von ihr erzählt!«

»Du hast gesagt, dass sie dich zum Mann der Krankenschwester begleitet hat. Nichts von gemeinsamen Abenteuern im Stil der Fünf Fragezeichen! In der Geschichte von der Gartenkolonie hast du sie mit keinem Wort erwähnt. Und von Einbruch war auch nie die Rede!«

»Weil es keiner war, verdammt. Auf dem Rückweg von Renates Mann sind wir halt an der Kolonie vorbeigekommen und haben spontan beschlossen, uns mal umzusehen. Mehr nicht. Bei der Gelegenheit haben wir die Idioten von der Bürgerwehr getroffen, und dann kam ihr Boss Hübner und hat Renates Stelldichein mit der Kretzschmar bestätigt, die fehlende Rose diagnostiziert und so weiter. Das hab ich dir alles auf dem Weg hierher treu berichtet.«

Anja drehte sich um und ging zum Auto.

Bevor sie einsteigen konnte, holte ich sie ein und legte meinen verfügbaren Arm um sie.

»Noch einmal fürs Protokoll: Es gibt keine Lisa zwischen uns, keine Irene, keine Jenny und keine Renate.« Dann beugte ich mich vor und küsste sie. Zwar war eine Anliegerstraße in Geltow nicht direkt das Ufer des Sacrower Sees, aber diesen Makel überbrückte ich, indem ich umso mehr Leidenschaft in den Kuss legte.

Als wir uns voneinander lösten, glänzten Anjas Augen wie Bachkiesel.

»Hey«, flüsterte ich. »War das Beweis genug?«

Sie seufzte, strich eine Strähne aus meiner Stirn und fragte: »Wer ist Jenny?«

So ging es nicht. Irgendetwas musste ich ändern, falls ich bei der Suche nach meiner Lieblingskrankenschwester nicht in einem Tsunami verrückter Weiblichkeit untergehen wollte. Und da Anja mir darin die Nächste und Gefährlichste war, beschloss ich, nach fünf Minuten schweigender Fahrt, sie noch umfassender einzuweihen. Ich ließ nichts aus, bis auf Irene, und zwar, weil sie an dieser Geschichte keinerlei Aktien besaß. Anja hörte schweigend zu, während sie uns durch den Feierabendverkehr fädelte. Einmal grinste sie, als ich ihr meinen Trick mit der falschen Adresse beichtete, sagte aber auch dazu nichts.

Wieder zurück, teilten wir uns partnerschaftlich die Reste der Essigeier.

Statt ihrer Pantöffelchen trug Anja Renates grüne Filzboote. Ich hatte sie ihr überlassen, nachdem sie sie im Flur neben den anderen Schuhen gefunden und neidisch betrachtet hatte.

»Solche wollte ich letztes Jahr zu Weihnachten für dich filzen«, hatte sie gesagt. »Nur in blau. In der *Schönes Land* war eine Anleitung, die gar nicht so schwierig aussah, aber ich wusste nicht, wie ich es anstellen sollte, ohne dass du es mitbekommst, also hab ich's schließlich gelassen. Deine Renate hatte offenbar mehr Gelegenheit für heimliche Handarbeiten.«

»Das bezweifle ich. Ihr Mann bekommt nur nicht mit, was sie einen Meter neben ihm tut. Sie könnte an einem Giftcocktail für ihn experimentieren, er würde es nicht merken. Das Einzige, was er hinterher mit Sicherheit wüsste, wäre, welchen Film sie dabei geschaut hat.«

Das könne er nur wissen, wenn er eine Verbindung zu den jeweiligen Handarbeiten zöge, und das wiederum ginge nicht, ohne dass man sie registriert, widersprach Anja.

»Registrieren und Verbindungen ziehen sind zweierlei. Und Michalski zieht sie eben nicht. Sein einziges Interesse gilt seinen Sportwetten. Erst als Lisa eine Bemerkung über den Marktwert von Renates Sachen gemacht hat, wurde er plötzlich wach. Was folgern wir daraus?«

Anja stand auf und stellte die Teller in die Spüle.

»Dass er Geld braucht.«

»Genau, und warum? Renate verdient schließlich und er bekommt Invalidenrente. Ich vermute, dass er Wettschulden hat.«

Anja ließ Wasser in die Spüle.

»Nebenbei rührt seine Ahnungslosigkeit von einer umfassenden und vermutlich seit Jahren gepflegten Gleichgültigkeit seiner Frau gegenüber her.«

Anja drehte sich zu mir. Sie lächelte irgendwie komisch.

»Welches Buch lese ich seit ungefähr einer Woche jeden Abend vor dem Einschlafen?«

Ich suchte mein Gedächtnis hektisch nach einem Titel ab. Aber alle, die mir einfielen, gehörten zu Büchern, die ich in Vorbereitung auf meine Sendung gelesen hatte. Ersatzweise probierte ich es mit einem Bild, kam aber auch damit nicht weiter.

»Das ist nicht fair«, maulte ich. »Wenn ich ins Bett gehe, schläfst du meistens schon.«

»Ja, aber das Buch liegt auf meinem Nachttisch. Und ich hab dir davon erzählt.«

Hatte sie das? Verdammt. Jetzt half nur noch, die Niederlage in einen Sieg zu verwandeln.

»Siehst du, da haben wir den Beweis. Gewohnheit meuchelt Aufmerksamkeit. Gut, dass Michalski uns darauf gebracht hat.«

»Ach, eben hast du es noch Gleichgültigkeit genannt. Falls es dich interessiert, ich lese gerade *Nullnummer* von Umberto …«

In das »Eco« hinein summte mein Handy. Und wer auch immer dafür verantwortlich war, ich hätte ihm dafür um den Hals fallen können.

Na ja, theoretisch. Es war Michalski.

»Bin ich richtig bei Verloren?«, nuschelte er.

»Das sind Sie. Gibt es etwas Neues?«

»Die haben sich wieder gemeldet. Diesmal per Telefon.«

Ich sah Anja an, legte einen Finger auf die Lippen und schaltete auf Mithören.

»Konnten Sie die Nummer sehen?«

»Nee, anonym.«

»Schade. Eine Stimme, die Sie später gegebenenfalls wiedererkennen würden?«

»Ja.«

»Sehr gut! Merken Sie sie sich!«

»Brauche ich nicht«, sagte er heiser. »Es war Renates.«

Sowohl Anja als auch ich zuckten zusammen.

»Oh. Was … hat sie denn gesagt?«

»Ich soll das Geld übermorgen Vormittag um zehn in ihrem Einkaufstrolley zum Markt am Bassinplatz mitnehmen und …« – wir hörten leises Rascheln, offenbar hatte Michalski sich die Anweisungen aufgeschrieben – »… mich beim Beelitzer Spargel anstellen, dem zur Gutenbergstraße hin. Gibt wohl noch andere.«

Anja signalisierte mir, dass sie wusste, um welchen Stand es sich handelte.

»Wozu ich Spargel kaufen soll, weiß ich nicht, ich mag keinen Spargel. Nach dem Bezahlen soll ich den Trolley neben dem Stand stehen lassen. So als ob ich ihn vergessen hätte.«

Anja holte unseren Notizblock vom Fensterbrett. Umsichtiges Mädchen.

»Gut. Schaffen Sie es denn allein mit dem Trolley bis zum Markt?«

»Muss ja. Zur Not bestelle ich mir ein Taxi.«

Anja schüttelte den Kopf.

»Brauchen Sie nicht, wir holen Sie ab«, interpretierte ich ihre Geste. Sie zog eine Grimasse und schloss die Augen.

»Hat Renate noch mehr gesagt? Etwas darüber, wo sie sich befindet und ob sie wohlauf ist?«

Es vergingen einige Sekunden.

»Nee«, sagte Michalski mit brüchiger Stimme. »Nur das, was ich Ihnen gesagt hab. Mit so komischer Betonung, als würde sie's irgendwo ablesen. Danach wollte sie, glaube ich, noch irgendwas über die Glinka loswerden, aber mitten im Satz wurde aufgelegt.« Vor Aufregung nuschelte er noch stärker. Aber letztlich gab es nicht viel misszuverstehen. Renate hatte eine persönliche Botschaft absetzen wollen und war daran gehindert worden.

»Wer ist die Glinka?«

»Die Schwester unserer Nachbarin.«

Seinem reservierten Ton entnahm ich, dass er nicht darauf erpicht war, noch mehr über die Glinka preiszugeben.

Anja ließ den Block sinken.

Interessant, aber jetzt nicht weiterfragen, sagte ihr Blick.

Also fragte ich etwas anderes.

»In dem Brief war ursprünglich von einer Übergabe am Montag die Rede. Übermorgen ist erst Samstag. Kriegen Sie bis dahin denn das Geld überhaupt zusammen?«

Michalskis Antwort war ein tiefes Seufzen.

»Die Sparkasse hat mir einen Termin für morgen Nachmittag gegeben.«

Zu spät. Selbst wenn es Michalski gelang, den Sparbrief aufzulösen, würde man ihm das Geld kaum in bar auszahlen, sondern es auf sein Konto überweisen, was wiederum mindestens einen oder zwei Tage dauerte. Bis Montag hätte er vielleicht eine Chance gehabt – der Optimismus der Entführer wunderte mich.

»Hören Sie«, sagte ich, »lassen Sie das mit der Sparkasse. Das Geld aus dem Sparbrief reicht ohnehin nicht und zum Feilschen sind Sie ja offenbar nicht gekommen. Wir holen Sie in jedem Fall Samstagmorgen um neun ab. Polstern Sie den Trolley bis dahin schon mal mit alten Zeitungen oder Taschenbüchern aus.«

»Und dann?«, krächzte Michalski. »Wollen Sie den Kerlen etwa auf dem Markt auflauern und sie an einen Baum fesseln? Davon kommt Renate auch nicht frei.«

So viel Mitgefühl hatte ich ihm gar nicht zugetraut.

»Renate wird wieder zu Ihnen zurückkommen, das verspreche ich Ihnen. Vertrauen Sie mir. Wenn die Entführer sich noch einmal bei Ihnen melden, rufen Sie mich bitte an. Ansonsten sehen wir uns übermorgen.«

»Versprechen! Vertrauen«, schnaubte Michalski und legte auf.

Behutsam, als hämmere die Wut des Alten noch im Gehäuse, wog ich mein Handy und suchte Anjas Augen.

Sie waren klar und ruhig.

»Wenn du Dietmar nicht anrufst«, sagte sie, »tu ich's.«

Um Missverständnissen vorzubeugen: Ich *wollte* Dietmar anrufen. Ich startete sogar einen Versuch, aber in seinem Büro nahm niemand ab, was vielleicht daran lag, dass es schon nach sieben war. Beim Wählen seiner Handynummer muss ich wieder mal mit dem Finger verrutscht sein, jedenfalls meldete sich statt des Hauptkommissars mein Redaktionskumpel und Freund Bert.

Er sprudelte über vor Entschuldigungen dafür, dass er mich im Krankenhaus nicht besucht hatte. Er habe es täglich vorgehabt, sagte er, aber es sei immer etwas dazwischengekommen, zuletzt eine Blasenentzündung des Chiefs, unseres Programmchefs, dessen Stellvertreter er ist.

»Schon gut. Es waren ja nur vier Tage, ich hab sie überlebt und bin bis auf den linken Arm fit.«

»Wunderbar«, seufzte Bert. »Was kann ich für dich tun?«

Ich schwöre, dass die vage Idee, auf die mich Michalski kurz zuvor gebracht hatte, erst in diesem Moment Gestalt annahm. Ich sah zu Anja, die fragend zurücklächelte und mir ein Zeichen machte, das ich als *Lass mich mithören!* deutete. Ich tat, als verstünde ich nicht, täuschte stattdessen ein Reißen in meiner Schulter vor und bat sie mit verzerrtem Gesicht, mir meine Schmerztabletten zu bringen, die irgendwo im Bad lagen.

»Du kannst mir mit einem Freundschaftsdienst dienen«, raunte ich Bert zu, als sie die Küche verlassen hatte. »Pass auf: Ich erzähl dir jetzt das Ende einer wahren Geschichte und werde dabei so tun, als wärst du unser LKA-Kumpel Dietmar. Wahrscheinlich nenne ich dich sogar ein, zwei Mal so, das macht die Sache glaubhafter, also wundere dich nicht.«

»Ich versteh kein Wort«, sagte Bert.

»Egal. Im ...«

»Die Pillen in der weiß-grünen Packung oder die in der Dose?«, rief Anja aus dem Bad.

»Dose!«, rief ich zurück und flüsterte ins Handy: »Ich rufe dich heute Abend noch mal an und erklär dir alles. Im Augenblick flehe ich dich nur an, mitzuspielen.«

»Okay, ich krieg mich kaum ein vor Erwartung.«

»Also: Es geht um eine Krankenschwester.«

Anja kehrte mit einem Deckelbecher aus milchigem Plastik in die Küche zurück. *Eine oder mehr?*, fragte sie mit den Fingern. Ich reckte den Daumen in die Höhe.

»Um eine Krankenschwester«, wiederholte ich, »die mich im Bergmann-Krankenhaus betreut hat. Von meinem Unfall hast du vielleicht gehört?«

»Klar, über den haben wir doch gerade geredet«, sagte Bert verwirrt.

»Wie auch immer. Es geht nicht um mich, sondern um die Kranken...«

»Ach so«, unterbrach Bert. »Nee, ich hab Dietmar noch nichts von dem Unfall erzählt. Soll ich?«

Ich lachte, als hätte Dietmar einen Witz gemacht. »Leider ist die Dame verheiratet, weit über fünfzig und wurde vor zwei Tagen entführt. Die Entführer wollen fünfzigtausend in der üblichen Scheingröße. Keine Polizei! Ich denke aber, beziehungsweise Anja ist der Meinung, wir sollten es dir trotzdem sagen.«

Eine Weile blieb es still in der Leitung.

»Das ist nicht dein Ernst«, sagte Bert endlich. »So wie diese Investorengattin und die Kleine vom Hotel?«

Ich fand, das konnte man so stehen lassen.

»Genau. Sie ist gestern und heute nicht zum Dienst erschienen und war auch nicht erreichbar, was ihre Kolleginnen und ich merkwürdig fanden. Nach meiner Entlassung hab ich deshalb ihrem Mann einen Besuch abgestattet und ihn so lange bearbeitet, bis er uns einen Brief mit einer Lösegeldforderung gezeigt hat. Ich hab ihn abfotografiert.«

Eigentlich erwartete ich jetzt ein Lob, egal ob von Bert oder Dietmar. Daher war ich ein wenig enttäuscht, als Bert stattdessen fragte: »Uns gezeigt? Wer ist *uns*?«

»Eine ihrer Kolleginnen und ich. Die Krankenschwester hat unlängst eine Mitgliedervertretung gegründet, die sich für verträgliche Arbeitszeiten der Angestellten im Bergmann und ordentliche Tarife und dergleichen einsetzt. Bei der Geschäftsführung dürfte sie deshalb nicht gerade beliebt sein. Aber in den eigenen Reihen ist sie ziemlich populär, und einer ihrer weiblichen Groupies hat mich zu ihrem Mann begleitet.«

»Aha, und jetzt vermutest du die Entführer deiner Aktivistin auf der Geschäftsführungsebene des Bergmann?«

Na endlich.

»Ich schließe es nicht aus, Dietmar«, sagte ich und nahm die Tablette, die Anja mir reichte, »dem steht allerdings entgegen, dass die Krankenschwester mit ihren Leuten für die nähere Zukunft gerade einen Streik plant. Falls also jemand aus der Geschäftsleitung hinter der Entführung steckt, würde ich annehmen, dass man ihre Abwesenheit zumindest so lange ausdehnt, bis der Termin für diesen Streik verflossen ist. Stattdessen haben die Entführer die Geldübergabe aber bereits auf übermorgen festgesetzt. Der Ehemann der Entführten hat heute einen entsprechenden Anruf erhalten. Und zwar von seiner Frau persönlich. Man hat sie offenbar gezwungen, die Anweisungen durchzugeben, und dabei zwei Fliegen mit einer Klappe geschlagen. Erstens weiß ihr Mann, dass sie lebt, zweitens ist ausgeschlossen, dass er hinterher jemanden anhand der Stimme identifizieren kann. Als sie den Anweisungen noch etwas folgen lassen wollte, wurde die Verbindung gewaltsam getrennt.«

»Verdammt, Just«, sagte Bert. »Wenn das keiner deiner morbiden Späße ist, sollte schleunigst der echte Dietmar davon erfahren!«

Jetzt hieß es, die Worte sorgfältig abwägen.

»Mir … uns lag zunächst einmal daran«, antwortete ich bedacht, »dir Bescheid zu geben. Vielleicht stellt sich heraus, dass diese neuerliche Entführung mit den beiden vorhergehenden zusammenhängt. Vielleicht aber auch nicht. In jedem Fall drängt die Zeit. Übermorgen ist bald, und der Ehemann der Krankenschwester wird es aller Voraussicht nach nicht schaffen, bis dahin das nötige Geld zu besorgen. Andererseits wagt er sich aus Angst um seine Frau aber auch nicht zur Polizei. Er hat keine Ahnung, dass ich dich ins Vertrauen ziehe.«

»Verstehe«, sagte Bert. »Ich werde es mir also verkneifen, übermorgen mit einem behelmten Sturmtrupp aufzutauchen. Und jetzt ruf gefälligst Dietmar an und gib mir die Nummer von diesem Ehemann!«

»Wie bitte?!«

»Die Nummer. Dietmar würde in jedem Fall darauf bestehen.«

Scheiße. Würde er das? Ja, wahrscheinlich.

»Gut, aber sei vorsichtig mit ihm. Und warte noch eine halbe Stunde. Lass mich ihn vorwarnen. Sonst dreht er mir den Hals um.«

Widerstrebend suchte ich Michalskis Nummer aus der Anrufliste und gab sie Bert durch.

»Soll ich dir auch noch die Fotos der Schnipsel-Collage schicken, die Michalski von den Entführern bekommen hat?«, fragte ich trocken.

»Willst du meine Antwort als Dietmar? Nein, ich will das Original, und das hole ich mir persönlich. Und jetzt ruf endlich den echten Dietmar an und klär mich danach darüber auf, was dieses Spaßtelefonat gerade sollte. Ich muss dringend noch ein paar Sachen vom Chief erledigen, du erreichst mich also entweder übers Handy oder in seinem Büro.«

»Wolltest du nicht Michalski anrufen«, fragte Anja, als ich das Telefon wegsteckte.

»Gleich.« Ich holte mir ein Glas Wasser, spülte die Tablette hinunter und sank auf einen Stuhl.

»Ich warte nur kurz, bis das Schmerzmittel wirkt, und denke dabei darüber nach, wie ich es ihm am schonendsten beibringe«, sagte ich erschöpft.

Bei der Erwähnung des Schmerzmittels wurden ihre Züge schlagartig weich, und meine Erschöpfung, die nur halb gespielt war, tat das Übrige. Sie setzte sich mir gegenüber.

»Sehr schlimm?«

»Nur eine Fleischwunde«, lächelte ich, während es in meinem Hirn ratterte wie in einer alten Registrierkasse. Zwanzig Minuten vielleicht, länger konnte ich den vermeintlichen Anruf bei Michalski nicht aufschieben. Das hieß, ich musste Anja irgendwie loswerden. Aber selbst wenn es mir gelang, würde übermorgen mit fast hundertprozentiger Sicherheit sowieso auffliegen, dass sich bei Michalski weder Dietmar noch sonst irgendjemand von der Polizei gemeldet hatte. Die Lösung kam mir in dem Moment, als wiederum mein Handy klingelte.

»Was ist?«, fragte Anja, als ich es nach einem Blick aufs Display stöhnend sinken ließ.

»Lisa, meine Vormittagsbegleitung.«

»Das haben wir gleich.« Sie nahm mir das Telefon aus der Hand.

»Hallo?«, flötete sie. »Nein, die stimmt. Just ist nur gerade … ah, da ist er ja. Moment … Es ist eine Lisa«, sagte sie laut und reichte mir mit zufriedenem Grinsen das Handy zurück.

»He, Lisa, was gibt's?«

»Hi, ich …«, sagte Lisa irgendwie hölzern. »Ich hab sie.«

»Wen?«

»Die Freundin von Renate. Vorhin hab ich mich durch die ehemaligen Patientinnen der Belvedere seit Jahresbeginn gearbeitet und dabei zwei gefunden, deren Vornamen mit F anfangen. Dem Alter nach kommt aber nur eine davon in Frage. Daraufhin hab ich das Telefonbuch bemüht und ihre Adresse herausgesucht. Also, mit neunundneunzigprozentiger Wahrscheinlichkeit handelt es sich bei Renates Freundin um eine Felicia Kretzschmar, wohnhaft in Geltow, Vogelweg 27.«

»Du bist eindeutig zu gut für einen Servicetresen«, lobte ich.

»Quatsch, das hätte mir viel früher einfallen können, wo ich schon an der Quelle sitze«, erwiderte sie ein wenig lockerer als zuvor. »Morgen habe ich übrigens um dieselbe Zeit Dienst wie heute. Was hältst du davon, wenn wir uns vormittags diese Felicia vornehmen?«

»Viel. Ich fürchte nur, das wird nichts. Ich muss arbeiten.«

Pause.

»Bist du nicht krankgeschrieben?«

»Es gibt Berufe, in denen man darauf keine Rücksicht nimmt. Ich bin Kulturjournalist und habe eine Sendung vorzubereiten. Leider brauche ich meine Schulter dazu nicht, und das wissen auch meine Kollegen.«

»Eine Sendung …« Sie ließ das Wort eine Weile schweben. »Ich hab mir übrigens deinen Blog angesehen. Er bräuchte mal wieder ein bisschen Aufwind, finde ich. Dieser Mindbeard ist sicher ein kluger Typ und alles, aber er reicht an deinen Witz nicht heran.«

Ich sah zu Anja, die betont gleichgültig eine Banane schälte.

»Sobald ich Zeit für ein Einfingerballett habe, kümmere ich mich darum«, sagte ich. Und hatte dabei die nächste Idee.

»Obwohl, ich kümmere mich lieber gleich. Vielleicht hast du Lust, heute Abend mal reinzugucken, es geht um das Bergmann.«

»Darf man kommentieren?«

»Ich bitte darum.«

»Dann gern. Und zu dieser Felicia fahre ich morgen eben allein. Bis nachher!« Sprach's und legte auf. Am Ende hatte sie fast wieder fröhlich geklungen.

»Um wen kümmerst du dich, wenn du Zeit für ein Einfingerballett findest?«, erkundigte sich Anja.

»Um meinen Blog. Er erfreut sich bei Krankenschwestern großer Beliebtheit. Aber vorher rauche ich noch eine.«

»Und was ist mit Michalski?«, rief sie mir nach, als ich die Küche in Richtung Balkon verließ.

»Den rufe ich dabei an.«

So schnell hatte Bert offenbar nicht mit meinem Rückruf gerechnet.

»Und, hast du Dietmar erreicht?«

»Nein«, sagte ich. »Und ich rufe ihn auch nicht an. Erstens wäre es zu gefährlich für die Krankenschwester und zweitens unnötig, wenn du mir hilfst. Ich werde auch noch ein paar andere Leute fragen, aber mir liegt besonders an dir.«

»Warum?«, fragte er misstrauisch.

»Zunächst einmal, weil wir uns sehr lange und gut kennen und ich, abgesehen von Anja, niemandem so vertraue wie dir. Sie ist übrigens auch mit von der Partie, ich hab sie gerade eingeweiht«, fügte ich hinzu. Wie Dietmar hielt Bert große Stücke auf Anja, es würde also durchaus ins Gewicht fallen, ob sie meinen Plan unterstützte oder nicht. Dass Anja von diesem Plan keine Ahnung hatte, musste er nicht wissen.

»Welcher Partie?«

Das Handy zwischen Ohr und gesunde Schulter geklemmt, schüttelte ich eine Filterzigarette aus der Schachtel, die ich als Antwort auf meine eingeschränkten manuellen Fähigkeiten im Geltower Supermarkt erstanden hatte.

»Gleich, vorher möchte ich wissen, ob du das Problem, das ich dir vorhin geschildert habe, erfasst hast.«

»Tja, lass mal sehen: Krankenschwester entführt, Entführer schicken einen Brief mit Lösegeldforderung bis dann und dann –«

»Ursprünglich bis Montag, jetzt plötzlich bis übermorgen.«

»Sind solche Terminverschiebungen bei Entführern üblich?«, fragte Bert.

»Keine Ahnung, könnte man recherchieren.«

»Außerdem haben sie was gegen Polizei am Übergabeort, irgendeiner Marktbude.«

»Dem Beelitzer Spargelstand auf dem Wochenmarkt am Bassinplatz. Kennst du den?«

Bert wohnt in Berlin, deshalb.

»Den kennt doch jeder«, sagte er. »Und da stehe ich also? Meinst du, dass Dietmars Leute Unterstützung brauchen oder soll ich dem Gatten der Krankenschwester Beistand leisten, falls er einen Schwächeanfall ...«

»Nein. Du, ich, Anja und vielleicht noch einige Freunde von mir werden Dietmar und seine Leute *ersetzen.*«

Bert hielt kurz die Luft an. Dann legte er los.

Ich zog an meiner Zigarette und wartete geduldig, bis er fertig war. Ich hatte seinen Protest erwartet. Na ja, vielleicht nicht in dieser Länge und mit einem etwas milderen Vokabular.

»Wie du dich eventuell erinnerst«, sagte ich, als er eine Atempause einlegte, »hatten wir hier in jüngerer Zeit bereits zwei Entführungen. Beide sind verhältnismäßig glimpflich ausgegangen. Und warum? Weil die betroffenen Familien das Geld gezahlt haben, ohne die Polizei einzuschalten.«

»Mit dem Ergebnis, dass die Erpresser noch immer auf freiem Fuß sind«, blaffte Bert. »Und ganz am Rande, die Familien *haben* das Geld rübergereicht. Was dein Michalski ja wohl nicht beabsichtigt, wenn ich es richtig sehe.«

»Weil er es nicht kann. Das ist der springende Punkt. Er wird also definitiv auffliegen, aber wenn es so weit ist, werden wir dabei sein und uns die Typen schnappen.«

»Ach, werden wir das? Im Übrigen meinst du vermutlich, Anja und ich werden sie schnappen und uns gegebenenfalls eine Kugel in den Kopf jagen lassen, während du als Versehrter gemütlich daneben stehst. So also verheizt du deine Freunde!«

»Du solltest deinen Actionserien-Konsum mal kritisch überdenken«, gab ich zurück. Außerdem habe ich vor, euch noch einige meiner Blog-Freunde zuzugesellen.«

Ich nahm einen Zug von meiner Zigarette. Nach dem übernächsten fand ich, dass Bert allmählich etwas sagen konnte.

»Bert?«

»Hier. Ich möchte nur sichergehen, dass meine Ohren in Ordnung sind. Die Anwesenheit von Dietmar und seinen geschulten LKA-Leuten ist dir für eine Geldübergabe an eine Bande von erpresserischen Entführern, aus Sorge um das Wohl der Entführten, zu heikel. Stattdessen willst du lieber einen Haufen abenteuerlustiger Laien auf sie loslassen.«

»Richtig.«

»Du hast sie nicht alle.«

»Ich gebe zu, dass es auf den ersten Blick so aussieht. Aber du irrst dich. Lies heute Abend meinen Blog. Und vertrau mir, Bert, ich habe die Sache im Kopf bereits bis ins letzte Detail durchexerziert. Michalski hat seit dem Erpresserbrief eine ausgewachsene Polizeiphobie entwickelt. Wären Dietmar und seine Leute vor Ort, würde man seinen Angstschweiß einen halben Kilometer weit riechen. Es hat meine Begleiterin und mich schon Anstrengung genug gekostet, ihn überhaupt dazu zu bringen, uns den Brief zu zeigen, solche Angst hat er vor den Konsequenzen einer Missachtung der darin enthaltenen Anweisungen.«

»Ich denke, er bringt nicht mal das Geld mit? Also, wenn *das* keine Missachtung der Anweisungen ist«, sagte Bert sarkastisch.

»Eben darum ist es unbedingt notwendig, ihnen in allen anderen Punkten zu folgen. Beim Abstellen des Einkaufstrolleys wird kein Bulle in der Nähe sein. Dafür aber etliche völlig unauffällige Leute, die ebenfalls ein starkes Interesse an Beelitzer Spargel bekunden oder verliebt über den Markt schlendern und dabei ein waches Auge auf ihre Umgebung haben. Sobald sich jemand dem Trolley nähert, sind sie bei ihm und nageln ihn fest.«

»Aha, und wie?«

»Handschellen«, erwiderte ich und fragte mich im nächsten Moment, wo ich so etwas innerhalb eines Tages herbekommen sollte. Zur Not tat es vielleicht auch Kabelbinder. Das hieß, ich musste morgen nach dem Treffen mit Irene noch zum Baumarkt. Irene!

Ich warf wieder einen Blick durchs Fenster. Anja legte ein Laken zusammen. Seufzend beschloss ich, meinen Joker aus dem Ärmel zu ziehen.

»Bert, mir läge viel daran, wenn Anja und ich übermorgen auf deine Unterstützung zählen könnten. Ich weiß, Dietmar ist auch dein Kumpel, und das Letzte, was ich möchte, ist, dich in einen Loyalitätskonflikt zu stürzen. Aber im besten Fall erfährt er nie von der Sache, und im schlimmsten schwöre ich ihm gegenüber jeden Eid, dass ich dir diesen Freundschaftsdienst gewaltsam abgepresst habe. Hast du eigentlich mal wieder was von Gabi gehört?«

Schweigen. Nach einigen Sekunden, in denen ich zusah, wie das Bügeleisen in Anjas Hand ruhig über das nächste Laken fuhr, knurrte Bert: »Wann soll ich wo sein?«

Er hatte begriffen.

Ich atmete tief durch und pries im Stillen Berts traurigen Versuch vom letzten Winter, sein ausgekühltes Bett mit Hilfe einer Internet-Partnervermittlung wieder zu wärmen. Ich hatte ihm dazu geraten, aber das ist nebensächlich. Nach dem Durchsortieren einer überraschend langen Liste von Bewerberinnen hatte er sich schließlich für eine üppige blonde Grundschullehrerin namens Gabi entschieden, die gerade aus der Nähe von Karlsruhe nach Berlin gezogen war und ihre letzte Beziehung zu Hause zurückgelassen hatte. Am Tag vor ihrem ersten Treffen war Bert kaum zu ertragen gewesen. Ununterbrochen hatte er Sinatra-Lieder gepfiffen und meinen weisen Rat, den Braten nicht vor dem ersten Bissen zu loben, mit herablassenden Bemerkungen über neidische Eherentner quittiert.

Da Gabi zwar wie er in Berlin wohnte, aber wie er in Potsdam arbeitete, hatten sie sich in einem Potsdamer Weinlokal verabredet. Die Empfehlung stammte natürlich von mir. Am Abend desselben Tages erreichte mich ein Anruf von Bert.

Er stünde in der Toilette des Lokals, flüsterte er, ich solle kommen und ihn retten, es sei furchtbar. Seine Erziehung verböte ihm jedoch, *das Weib* einfach sitzen zu lassen, weshalb leider auch das Klofenster keinen Ausweg darstelle, außerdem sei es zu klein. Seine Not klang so aufrichtig, dass ich mir auf der Stelle die Jacke überwarf. In dem bezeichneten Lokal fand ich Bert an einem Tisch mit einem blonden Nilpferd, das in eine Art Glitzerdecke gewickelt war, stürzte auf ihn und brüllte: »Mann, ich hab überall nach dir rumtelefoniert! Jacques hat es schon wieder versucht!«

Bert glotzte mich einen Moment lang entgeistert an, dann sprang er auf.

»Mein Gott«, stammelte er, während er fahrig nach seinem Mantel griff, einen Schein aus der Hosentasche zog und ihn auf den Tisch warf. »Jacques …« Er tat, als ränge er um Worte, und stürmte aus dem Lokal.

Ich wandte mich an seine verblüffte Begleiterin.

»Entschuldigen Sie vielmals, aber wissen Sie, der Kleine hat sonst keinen außer Bert.«

Dann folgte ich ihm.

Ich fand Bert keuchend hinter der nächsten Hausecke.

»Danke. Ich hätte es keine Minute länger ausgehalten. Nie im Leben war das die Gabi vom Foto. Sie hat die ganze Zeit über Lernmethodik geredet und dabei mit dem Fuß meine Wade gestreichelt.« Er schüttelte sich. »Wer ist übrigens Jacques?«

Ich hob die Schultern. »Eine Mischung aus Pudel und Basset, würde ich sagen. In Abständen überfällt er herrenlose Katzen, aber das solltest du eigentlich besser wissen, es ist schließlich dein verdammter Hund.«

Bert stutzte einen Augenblick und begann dann hysterisch zu kichern.

»Ein Basset-Pudel! Und ich dachte, du hättest mir einen selbstmörderischen Sohn erfunden.«

»Auch eine Option.«

Er gluckste in sich hinein.

»Gib mir Bescheid, wenn ich mich revanchieren kann.«

Und jetzt, fand ich, war es so weit.

»Übermorgen um zwanzig vor zehn am Portal der Kirche Sankt Peter und Paul neben dem Bassinplatz. Dort stehen meist irgendwelche Touristengruppen rum, ihr fallt also nicht auf. Schreib mir eine SMS, wenn du angekommen bist. Ich schicke die anderen zu dir, damit ihr euch schon mal gesehen habt und euch über den Markt verteilen könnt. Du fungierst als Chef für meine Eingreiftruppe, du instruierst die anderen, was sie zu tun haben. Ein oder zwei Leute postieren sich um den Beelitzer Spargelstand an der Gutenbergstraße herum, während die anderen die Nachbarstände glücklich machen oder sich sonstwie unauffällig in der Gegend herumtreiben. Betonung auf unauffällig. Dabei immer den Trolley im Auge behalten! Ich schick dir von unterwegs ein Bild vom Trolley aufs Handy, damit du es den anderen zeigen kannst. Michalski ist etwa Mitte sechzig und zeigt Symptome von fortgeschrittenem Parkinson. Also krummer Gang, fettige Haut und Haare, unsichere Bewegungen und so weiter. Er wird den Trolley irgendwo seitlich am Spargelstand abstellen und nach seinem Einkauf so tun, als ob er ihn vergessen hat. Sobald jemand anderer als er oder ich ihn sich holt, greift ihr zu und haltet ihn fest. Dann komme ich mit den Handschellen.«

»Und wo steckst du vorher?«, fragte Bert süffisant.

»Ich denke, Anja und ich werden uns eine Currywurst beim Currywurstmann holen und dann plaudernd zum Spargelstand schlendern, wo wir uns für das sonntägliche Mittagessen eindecken. In der Tasche trägt Anja einen Elektroschocker, das tut sie manchmal, wenn sie zum Beispiel fürchtet, ihren Ex-Freund zu treffen. Oder andere potenziell gewalttätige Leute.«

Anja nahm den Schocker zwar schon lange nicht mehr mit, wenn sie allein ausging, aber irgendwo musste er noch herumliegen.

»Sobald der Zugriff erfolgt, sind wir zur Stelle.«

»Was, wenn die Erpresser mehr als einen schicken?«, fragte Bert.

»Für den Fall stecke ich noch ein Seil ein.«

»Na schön. Sagen wir, dein Räuber-und-Gendarm-Spiel geht wider Erwarten auf. Wir haben diese Kriminellen überwältigt und sie liegen gefesselt auf dem Potsdamer Markt. Was dann? Du glaubst doch nicht etwa, dass die uns freiwillig den Aufenthaltsort dieser Renate verraten!«

»Wer hat denn gesagt, dass sie ihn uns *freiwillig* verraten?«

»Warum lassen wir sie den Trolley nicht holen und folgen ihnen, statt sie niederzuknüppeln?«, fragte Bert zurück. »Aller Voraussicht nach werden die ihre Beute doch wohl in ihr Versteck tragen, wo mit etwas Glück auch deine Krankenschwester sitzt.«

Ich frohlockte. Er begann mitzudenken. Gut so, denn er hatte recht.

»Ich wollte nur sehen ob du bei der Sache bist«, sagte ich und grinste Anja durch die Scheibe gequält zu. Sollte sie denken, dass Michalski mir das Leben schwer machte, Hauptsache, sie kam nicht raus!

»Genauso machen wir es. Wir beobachten den Abholer und folgen ihm nur, solange er den Trolley nicht öffnet oder Anzeichen von Argwohn und Fluchtverhalten aufweist. Sobald er das tut oder zum Handy greift, schlagen wir zu. Ansonsten verfolgen wir ihn weiter.«

»Natürlich immer auf die Gefahr hin, dass er cleverer ist als wir und uns abhängt«, ergänzte Bert.

»Eine hundertprozentige Garantie gibt's nie. Dietmar und seine Leute bleiben uns dann immer noch. Kommst du mit dem Auto?«

»Wie sonst?«

»Sei rechtzeitig da, damit du Zeit hast, einen Parkplatz in der Nähe des Spargelstands zu suchen. Dürfte schwierig werden. Wenn du nichts findest, musst du auf den Bürgersteig fahren und ein Knöllchen einkalkulieren.«

»Du«, sagte Bert. »Ich zahle keinen Cent.«

»Jaja. Anja und ich stellen unser Auto am Ausgang zur Kirche ab, damit haben wir ihn von zwei Seiten in der Zange. Eventuell kriege ich noch eine Freundin, die die dritte abdeckt. Alle anderen werde ich bitten, mit dem Rad zu kommen. Damit kann man, zumindest in der Innenstadt, auch ein Auto verfolgen. Okay, ich muss Schluss machen.«

Drinnen klappte Anja das Bügelbrett zusammen.

»Ich melde mich morgen Nachmittag noch einmal und gebe dir die Anzahl der Helfer durch, damit du weißt, mit wie viel Leuten wir ungefähr rechnen können.«

»Wenn dieser Spuk vorbei ist, kündige ich dir die Freundschaft«, knurrte Bert.

»Und, was sagt Michalski?«, wollte Anja wissen.

»Er war nicht sonderlich begeistert«, entgegnete ich vage. Wie gesagt habe ich seit dem ersten Tag unserer ersten Beziehung Probleme damit, sie zu belügen. »Aber ich konnte ihn überzeugen. Ich musste ihm nur versprechen, dass die Polizei in Zivil kommt und weder für Eingeweihte, noch für die Entführer zu erkennen ist. Das werde ich noch an Dietmar weitergeben.«

»Da ist er bestimmt selbst schon darauf gekommen. Schließlich leitet er eine Mordkommission.«

»Deshalb wird er möglicherweise auch gar nicht selbst erscheinen, sondern die zuständigen Kollegen schicken«, erwiderte ich, froh über diesen schlichten Grund, warum Anja Dietmar übermorgen nicht begegnen würde. »Immerhin gibt es in unserem Fall keine Leiche.«

Anja hängte sich die Laken über den Arm und nickte. In ihren Augen sah ich, dass wir beide dasselbe dachten. Noch.

Den Rest des Abends verbrachten wir getrennt. Anja lag im Bett und las ihren Eco, ich hörte die Sendung, die Irene und ich vor meinem Unfall noch zusammen aufgenommen hatten, und rüstete nebenbei meinen Blog mit einem ersten Beitrag über die Bergfrauen auf.

Vorher hatte ich versucht, Jenny anzurufen, aber sie ging

nicht ans Telefon. Vielleicht tagte die Sonderberatung zum Streik noch und es ging dort hoch her. Ich betete, dass Jenny alle Antennen ausfuhr, denn trotz des Rätsels um die verfrühte Geldübergabe schien mir ein Zusammenhang zwischen Renates Streikplanungen und ihrer Entführung die plausibelste Erklärung. Es war ja letztlich nicht gesagt, dass die Entführer sie nach der Geldübergbe sofort auf freien Fuß zu setzen gedachten. Genauso gut konnte meine Lieblingskrankenschwester auch einen oder mehrere Tage nach dem Streik auf irgendeinem Brandenburger Rübenacker zu sich kommen. Oder gar nicht mehr. Bei dem Gedanken wurde mir kalt.

Ich schüttelte ihn ab und begann zu tippen. Auch ohne den Live-Ticker-Bericht von der Krisensitzung der Bergfrauen verfügte ich über ausreichend Stoff, um meine Blog-Gemeinde für die Probleme des Pflegepersonals unseres städtischen Krankenhauses im Allgemeinen und das spezielle eines seiner Führerinnen zu sensibilisieren.

Mit dem Allgemeinen war ich nach einer Viertelstunde fertig. Was das Spezielle betraf, umging ich die von Bert genannten Gefahren einer konkreten Einführung in die Methodik zeitgenössischer Entführungen, indem ich meine Leser am Ende des Textes übergangslos für Sonnabend um zwanzig vor zehn zu einer kleinen Gedenkmesse mit einem Priester namens Bert vor dem Portal der Peter-und-Paul-Kirche am Bassinplatz einlud. Mit anschließendem Marktbummel. Die Einladung war so absurd, dass jeder, der auch nur halbwegs wach war, dabei stutzen musste. Und erst recht die Follower, auf die ich es abgesehen hatte.

Meine Rechnung ging auf. Binnen einer halben Stunde erntete ich neun Kommentare. Einer davon stammte von einem Neuzugang mit dem originellen Benutzernamen Lisa.

Lisa lobte mein Engagement für den Kampf der Bergfrauen und fragte, ob sie zu der geplanten Messe irgendetwas mitbringen solle, Kleingeld für die Kollekte oder ein Gesangbuch zum Beispiel. Ich grübelte eine Weile darüber nach, dann antwortete ich: *Ein Auto. Stell es so an der Kirche ab, dass du es schnell erreichen kannst. Das Bußgeld übernehme ich.*

Spätestens jetzt wussten auch die anderen, dass hinter der angekündigten Messe mehr steckte als ein Fürbittgebet. Entsprechend waren die Reaktionen. Mein Co-Administrator Mindbeard und Agro, Follower der ersten Stunde, kündigten ohne großes Tamtam ihr Erscheinen an. Ebenso drei andere. Mindbeard bedauerte nur, dass sein Auto gerade in der Werkstatt sei.

Kein Problem, schrieb ich. Und an alle*: Da es vermutlich eine bewegende Messe wird, empfehle ich Freizeitkleidung und Laufschuhe. Hochhackiges oder zu Enges wird als blasphemischer Affront verstanden und nicht zugelassen. (Jogginganzüge nur in Ausnahmefällen.) Alles andere erfahrt ihr von Bert, dem Popen. Ich selbst stoße erst beim Abschlusschoral zu euch. Bin vorher aber in der Nähe.*

Ich überlegte, ob ich bei der Gelegenheit nach Handschellen in die Runde fragen sollte, entschied mich jedoch dagegen. Mit einiger Sicherheit las Bert mit, und er ging davon aus, dass ich längst welche besaß. Die Handschellen mussten irgendwo anders herkommen. Ich verabschiedete mich aus dem Blog unter dem Vorwand, *noch ein wenig an der Liturgie arbeiten zu wollen*, lauschte mit halbem Ohr Irenes Vorschau auf die Sendung der nächsten Woche, dann schaltete ich Radio und Laptop aus, griff nach Zigaretten und Handy und ging auf den Balkon.

Offenbar kam Irene mein später Anruf etwas ungelegen. Ich erkannte es an ihrem knappen »Hallo«.

»Ich bin's, Just.«

»Hab ich gesehen. Geht es um die nächste Sendung?«

Ich sah sie vor mir, wie sie Stefan, dem Vater ihres Sohnes Max, einen entschuldigenden Blick zuwarf. Vielleicht sogar einen leicht genervten. Ich nenne ihn den Vater ihres Sohnes, weil sie die beiden immer nur zusammen erwähnt, als wären sie siamesische Zwillinge. *Ich lese das Buch xyz am Wochenende, wenn Stefan mit Max beim Turnier ist. Ich muss heute etwas früher los, weil Stefan und Max kochen. Stefan ist auf einer Dienstreise, aber er ruft jeden Abend an, um Max gute Nacht zu sagen.*

Ich hatte den vorbildlichen Stefan nie gesehen; alles, was ich über seine Vaterschaft von Max hinaus wusste, war, dass er dem Alter nach auch gut und gerne Irenes Vater hätte sein können. Durch meine Vorstellung geisterte er meist als gutmütiger Onkel mit randloser Brille und silbrigem Halbmond, der Max jeden Abend einen Kakao kochte und um zehn zu Bett ging. Zumindest in diesem Punkt hatte ich mich wohl getäuscht.

»Auch um die nächste Sendung, aber erst einmal möchte ich dir zu unserer aktuellen gratulieren. Du warst, wie immer, umwerfend.«

»Danke«, sagte sie, ein wenig gelöster. »Stefan meint, ich hätte dem Quizteilnehmer weniger Tipps geben sollen.«

»Ach was, damit hast du nur Herz bewiesen.« Ausgerechnet beim Quiz hatte ich geschrieben und nicht zugehört.

»Ja, schon. Aber Stefan meint, dass spätere Teilnehmer jetzt womöglich auf genauso viel Hilfestellungen pochen werden.«

Da hatte er recht.

»Mach dir keine Sorgen, das nächste Quiz übernehme ich. Was anderes: Mir ist aufgefallen, dass wir für die übernächste Sendung keine Lyrik im Programm haben.«

»Ich weiß. Eigentlich hatte Hala Badif für ein Interview zugesagt, aber vor einigen Tagen ist sie wieder abgesprungen. Hab ich dir das im … bei unserer letzten Besprechung nicht erzählt?«

Sie umging das Wort Krankenhaus – interessant!

»Doch, jetzt wo du es erwähnst. Ich war wohl nicht so ganz auf der Höhe.«

»Danach hab ich es bei einem Poetry-Slammer probiert, Eike Busch, aber der ist mit seiner Truppe unterwegs, da könnten wir höchstens was aus der Konserve bringen und vorab ein Telefoninterview führen. Ich wollte dich morgen fragen, was du davon hältst und ob du das übernehmen könntest.«

»Kann ich. Da wir schon bei morgen sind, besitzt du zufällig ein Paar Handschellen?«

»Wie bitte?«

»Handschellen. Zwei durch eine Kette verbundene verstell- und verschließbare Metall…«

»Schon gut, ich weiß, was Handschellen sind.«

»Sag einfach ja oder nein, ich will nicht, dass Stefan einen Herzinfarkt bekommt.«

»Ja«, erwiderte sie nach kurzer Pause.

»Wunderbar. Bring sie morgen mit. Und jetzt überlasse ich dich wieder deinem Hausfrieden.«

»Gut … dann …«, stotterte Irene, »… gute Nacht.«

Ich schickte ein Stoßgebet gen Himmel. Woher auch immer Irene Handschellen hatte und wofür auch immer sie sie brauchte, ich war bereit, sämtliche Poetry-Slammer westlich der Elbe für sie zu interviewen. Erwähnte ich schon, dass ich Poetry-Slam überflüssig finde? Ich hab nie verstanden, warum Leute Geld dafür bezahlen, dass andere ihren Verbalmüll vor ihnen auskippen, aber egal. Vielleicht würde ich diesen Eike Soundso um ein Stand up-Gedicht über Handschellen bitten.

Das Einzige, was jetzt noch ausstand, war der Rapport von Jenny. Ich versuchte es noch einmal auf ihrem Handy, und wieder meldete sich nur ihre Mailbox. Allmählich kam mir ihre Unerreichbarkeit seltsam vor. War irgendetwas passiert, hatte sie zum Beispiel auf dem Heimweg von ihrer Bergfrauensitzung einen Unfall gehabt? Oder war sie mit ihren streiklüsternen Kolleginnen nur einfach noch was trinken gegangen und hatte mich über dem zweiten Schoppen Blauer Zweigelt (oder was Krankenschwestern so trinken) vergessen? Da ich keinerlei Chancen sah, es ohne ihre Mitwirkung herauszubekommen, ging ich ins Bett.

Anja lag diagonal unter den Decken und ließ das regelmäßige, etwas röchelnde Atmen der Tiefschlafenden hören. Mir fiel ein, dass sie neben einem anstrengenden Partner auch einen ziemlich anstrengenden Job hatte. Behutsam schob ich sie auf ihre Bettseite und nahm mir vor, mich bei Gelegenheit mal wieder nach ihm zu erkundigen.

7

Pünktlich um zehn am nächsten Tag klingelte es. Anja war schon seit über zwei Stunden unterwegs, hatte mir aber einen gedeckten Frühstückstisch hinterlassen. An dem saß ich gerade, trank Kaffee und las Zeitung.

Sind Sie sicher, dass Sie zu mir wollen?, lag mir auf der Zunge, als ich die Tür öffnete. Tatsächlich brauchte ich eine Weile, um Irene zu identifizieren. Zu meiner Entschuldigung sei angemerkt, dass sie eines dieser weiblichen Wesen ist, die je nach Aufmachung völlig unterschiedlich aussehen. Aber immer bezaubernd. In etwa wie eine Barbie, nur mit dunkleren Haaren. Längeren und volleren. Meistens trägt Irene sie aus praktischen Gründen in einem voluminösen geflochtenen Zopf, dazu meistens Jeans und wahlweise schräg gemusterte Blusen oder formlose Pullover, die vermutlich nur ihr stehen. Meistens schminkt sie sich, wenn überhaupt, so dezent, dass man es kaum bemerkt.

An diesem Morgen stand sie mir in einem roten Wickelkleid gegenüber, dessen Ausschnitt den hartgesottensten Junggesellen bekehrt hätte, schwarzen Schaftstiefeln und mit einem glänzend schwarzen, kunstvoll drapierten Haarturban. An ihren Ohren schimmerten goldene Kreolen und dezent war an ihrem Make-up nichts. Nur die Tasche erkannte ich sofort.

»Du bist mit dem Auto gekommen«, stellte ich fest, um meinen Schreck und andere Reaktionen meines Körpers zu überspielen. »Sonst würdest du eine Jacke tragen.«

»Heißt das guten Morgen?«, fragte Irene.

Ich brummte etwas und winkte sie herein.

»Kaffee?«

»Gern.« Sie sah sich neugierig um. »Schön hier, gemütlich.«

Ich stellte ihr eine Tasse hin und setzte mich. Irene ließ sich auf Anjas Stuhl nieder. Als ich ihr einschenkte, berührte sie sacht meine zusammengeflickte Schulter. »Wie geht's dem Patienten?«

»Er pocht und ziept ein bisschen, fordert halt Beachtung, der kleine Narziss. Schlimmer ist, dass ich alles nur noch mono machen kann.«

»Ach herrje. Aber besser als gar nicht.«

Sie öffnete ihre Tasche und legte ein Paar durch eine Kette verbundene rote Puschel und einen zierlichen Schlüssel auf den Tisch.

Sprachlos starrte ich auf das Ensemble. Irene legte lächelnd eine Hand mit korallenrot lackierten Nägeln darauf.

»Es war etwas schwierig, sie an Stefan vorbeizumanövrieren. Er lag noch mit Max im Bett, als ich mich fertig gemacht hab. Im Schlafzimmer, verstehst du, wo ich auch die Handschellen und all das verwahre, im Kleiderschrank hinter den Socken. Ich hab sie schließlich zwischen einen Stapel Handtücher gesteckt und ins Bad getragen.«

Sie zwinkerte mir zu.

Plötzlich wurde mir heiß. Ihr Aufzug, die Nägel, die Bemerkung über Dinge, die sich zur Not auch einarmig verrichten ließen. Ihr Erdbeerlächeln. Und dazu diese plüschigen Handschellen.

Ich schluckte Kaffee, um meine Kehle zu befeuchten.

»Irene«, sagte ich behutsam. »Du bist eine der attraktivsten und klügsten Frauen, die ich kenne. Und du weißt, dass ich dich mag, sehr sogar. Ich freue mich über jede Sendung, die wir zusammen machen, und dieser Ausrutscher damals im Fahrstuhl nach dem Geburtstag des Chiefs … Na ja, wir hatten beide was getrunken. Du bist verheiratet und Mutter, und ich habe eine Freundin. Davon abgesehen, fürchte ich … es wäre unklug, Arbeit und Privates zu vermischen.«

Irene hob die Brauen.

»Es tut mir leid, wenn meine Frage nach den Handschellen falsche Erwartungen geweckt hat«, redete ich hastig weiter. »Daran hätte ich vorher denken sollen. Mein Fehler, bitte entschuldige.«

Irene kniff die Augen zusammen.

»Du hast dich so schön gemacht. Das heißt, nicht dass du es nötig hättest, du bist auch im Naturzustand umwerfend. Gott, ich komm mir …«

»Findest du mich zu stark geschminkt?«, unterbrach sie mich.

»Um Gottes willen! … Nur für ein Arbeitstreffen vielleicht.«

»Aber für ein Mittagessen zum Hochzeitstag ist es okay?«

»Für ein … oh pardon … nein – dafür ist es perfekt. Entschuldige nochmals.«

Ich kam mir wie der letzte Idiot vor.

Irene lächelte mit korallenroten Lippen.

»Da du mich also nicht an dein Bett zu ketten beabsichtigst, darf ich fragen, wozu du die Handschellen brauchst? Ich hoffe, nicht für deine Freundin. So viel Anstand würde ich selbst dir zubilligen, in dem Fall eigenes Liebesspielzeug anzuschaffen, statt es bei einer Kollegin zu borgen.«

»Danke. Ich gedenke, sie ihrem originären Zweck entsprechend zu benutzen«, sagte ich und weihte sie ein. Sie hatte es verdient. Als Eigentümerin der Handschellen und überhaupt.

»Aber behalte es für dich. Außer dir und Bert und einigen ausgewählten Freunden weiß keiner davon, und so muss es bleiben. Sonst könnte ich auch gleich zur Polizei gehen.«

»Warum tust du's eigentlich nicht?«

Ich erzählte ihr auch das. An Irenes Blick sah ich, dass sie nicht gänzlich überzeugt von meinen Gründen war. Aber ich wusste auch um ihre Neigung zu unorthodoxen Praktiken, vor allem, wenn sie Unterhaltung versprachen. Und um ihre Liebe zu Miss Marple.

Als wir uns in die Fragen für das Interview mit dem Poetry-Slammer versenkten, wunderte mich ihre beiläufige Zwischenfrage nach Ort und Uhrzeit für die als Freiluftgottesdienst getarnte Versammlung meiner Zugrifftruppe deshalb nur wenig.

Ich nannte sie ihr ebenso beiläufig. Dann redeten wir über etwas anderes. Aber ich musste mich schon sehr täuschen, wenn ich nicht soeben einen weiteren weiblichen Hilfssheriff gewonnen hatte.

Wir stritten gerade über das Ende des Interviews – ich beharrte darauf, dem Slammer das Stand up-Gedicht über Handschellen abzuringen, Irene fand die Idee mit dem Spontangedicht zwar prinzipiell gut, wollte aber lieber ein zum Thema der Sendung passenderes –, da rief Lisa an.

»Ich stehe in Geltow vor Felicia Kretzschmars Haus, aber sie macht nicht auf«, sprudelte sie heraus. Im Hintergrund waren Stimmen zu hören.

Ich gab Irene zu verstehen, dass sie sich an einem Termin für das Telefoninterview mit dem Slammer versuchen sollte, und verließ mit dem Handy am Ohr die Küche.

»Schade. Was ist das für ein Lärm da bei dir?«

»Ein Notarzt, ein Sanitäter und eine Postbotin. Deshalb rufe ich an. Sie versuchen gerade, beim Nachbarn der Kretzschmar einzubrechen.«

Ich stolperte beinahe über die Schwelle zum Wohnzimmer.

»Welcher Nachbar? Direkt neben der Kretzschmar oder um die Ecke?«

»Dane…« Sie stockte, dann fragte sie scharf: »Woher weißt du, dass Felicia Kretzschmars Haus an einer Ecke liegt?«

»Google Earth«, sagte ich und gab mir innerlich eine Kopfnuss. »Bleib, wo du bist, und halte Augen und Ohren offen. Ich bin in zehn Minuten da.«

»Wie willst du denn ohne Auto …«

»Warte einfach!«

Ich drückte Lisa weg und rannte in die Küche.

Irene überreichte mir einen Zettel mit einer Handynummer und dem Vermerk: *Eike Busch, Montag, 13.00 Uhr*. Ich warf ihn auf den Stapel mit unserem Fragenkatalog.

»Irene, wir müssen die Sitzung verschieben. Ich brauche dein Auto und dich als Fahrerin.«

Man stelle sich ein und dieselbe Straße vor: einmal im warmen Licht eines Spätnachmittags und so verschlafen, dass das Aufplatzen einer Obstbaumknospe einer Detonation gleicht. Und einmal vormittags um elf, nachdem eine Postbotin den Notarztwagen gerufen hat.

Er stand vor Sattlers Gartentor, daneben ein Krankenwagen und drum herum alles, was im Umkreis von einem halben Kilometer Beine hatte und keiner festen Arbeit nachging.

Wir parkten ein Stück unterhalb des Auflaufs und eilten Lisa entgegen, die bei Irenes Anblick unwillkürlich einen kleinen Ausfallschritt machte. Sie fing sich jedoch sofort wieder und verschanzte sich hinter einer neutralen Miene. Nur ihre leuchtenden Wangen straften ihre Gelassenheit Lügen.

»Sie haben ihn noch nicht rausgebracht«, sagte sie und deutete auf die offene Heckklappe des Krankentransporters. »Aber wie es scheint, war's ein Herzinfarkt. Älterer Mann, soll laut der Postbotin, die den Arzt gerufen hat, schon mehrere Bypässe und so haben. Sie ist vor ein paar Minuten los, um ihre Tour zu Ende zu bringen, aber vorher haben wir uns ein bisschen unterhalten. Es war blankes Glück, dass sie Herrn ...« – Lisa zog die Stirn kraus – »... Sattler gefunden hat. Eigentlich hatte sie nämlich ein Päckchen für Frau Kretzschmar. Als dort keiner aufgemacht hat, wollte sie es bei ihm abgeben. Das macht sie immer so. Bei Sattler tat sich aber auch nichts, nur sein Hund hat hinter der Tür gebellt. Und das hat sie gewundert. Entweder war Sattler unterwegs, dann nahm er den Hund mit, oder er war da, etwas anderes hatte sie noch nie erlebt. Deshalb ist sie zum Fenster und da hat sie ihn in der Küche liegen sehen. Da ist ihr, ich zitiere, ›schwammig geworden‹, denn sie hat sich plötzlich an die Herz-OPs erinnert, von denen der Herr Sattler ihr erzählt hatte, und sie hat den Notarzt gerufen.«

Erst jetzt entdeckte ich, halb vom Krankenwagen verdeckt, Felicia Kretzschmars Ecknachbarin zur Rechten. Hauschka, fiel mir ein. Sie hatte sich so fest in einen schwarzen Steppmantel gewickelt, dass sie auf den ersten Blick wie ein angekohlter Zaunpfosten aussah. Während die tuschelnden Rentner regelmäßig zu Sattlers Haustür linsten, konnte ich bei ihr nicht ausmachen, wohin sie sah. Sie wirkte wie jemand, der in zwei Paralleluniversen zugleich unterwegs war.

»Achtung!«, sagte Lisa plötzlich und rannte zu Sattlers Gartenpforte. Irene und ich folgten ihr.

Über den Zaun des Alten hinweg sahen wir eine Trage zwischen zwei Sanitätern aus der Eingangstür schaukeln. Ihre Fracht hing ein wenig schief, weil der hintere der beiden ein gutes Stück kleiner war als der vordere. Als die Trage an uns vorbeischwebte, erhaschte ich für Sekunden einen Blick auf Sattler. Seine Gesichtsfarbe erinnerte an Blauschimmelkäse, er hatte die Augen geschlossen und war mit einem Schlauch mehr bestückt, als ich nach meinem Unfall, aber offenbar lebte er.

»Durchhalten«, murmelte ich ihm zu, dann war er vorbei.

»Kümmert sich mal jemand um die Töle?«, schrie der hintere Sanitäter.

Urban hatte seine Zähne in den weißen Hosenstoff geschlagen und ließ sich knurrend durch den Staub schleifen. Einer der Rentner rief seinen Namen. Nichts passierte.

»Der hört nur auf Sattler«, sagte der Mann achselzuckend.

Die Sanitäter hoben die Trage in den Krankenwagen, wobei es den vom Hund befallenen beinahe zu Boden riss. Eine Frau in Norwegerstrickjacke über der weißen Dienstkluft eilte an uns vorbei und rammte Urban eine Spritze in die Flanke. Er ließ die Hose los, um nach ihr zu schnappen, doch sie hatte sich bereits hinter der Rentnergruppe in Sicherheit gebracht. Bellend torkelte Urban einige Schritte auf sie zu und fiel vor der als Pfosten getarnten Frau Hauschka um. Mit einem Schrei sprang sie zur Seite.

»Das ist ja wohl das Letzte«, sagte Lisa neben mir.

»Ja«, antwortete Irene.

In einer Art stiller Abmachung gingen die beiden Frauen

zu Urban hinüber, hoben ihn auf und trugen ihn in Sattlers Garten.

»Da kann er aber auch nicht bleiben«, meinte Irene, als sie zurückkamen. »Er muss irgendwo unterkommen. Ich versuch's mal bei den Nachbarn.«

Aber die schüttelten verschämt die Köpfe, und Frau Hauschka versank noch ein Stück tiefer im Flieder hinter sich, als Irene sie ansprach.

Schließlich zeigte Irene auf Felicia Kretzschmars Haus. Daraufhin kroch die Hauschka aus dem Flieder heraus und rang sich ein paar Worte ab.

»Sie ist hübsch«, sagte Lisa zu mir.

»Ihre Mutter ist Russin.«

»Was soll das heißen? Es gibt auch hässliche Russinnen. Aber du hättest mir sagen können, dass du eine Freundin hast.«

»Warum?«

Statt einer Antwort zog sie eine Tüte Fisherman's aus der Tasche und bot mir eins an.

»Nebenbei ist Irene nur meine Kollegin. Meine Freundin hattest du gestern am Telefon.«

Die Tüte in ihrer Hand zitterte leicht.

»Wenn man eine Frau kennenlernt und sie zum Kaffee einlädt, muss man damit rechnen, dass sie dieser Einladung eine Bedeutung beimisst. Besonders wenn man am Abend zuvor mit ihr geflirtet hat. Doch, das hast du«, beharrte Lisa, als ich widersprechen wollte. »Und beim Flirten tut man sich natürlich keinen Gefallen, wenn man seine Partnerin erwähnt. Also Schwamm drüber.«

Sie steckte sich ein Fisherman's in den Mund.

»Ich bin trotzdem froh, dass Irene nicht deine Freundin ist. Ich mag sie nämlich. Guck mal, wie sie die Ärztin anfaucht!«

Tatsächlich war Irene nach der Hauschka zu der weiß gekleideten Frau mit der Norwegerstrickjacke gewechselt und ließ eine wütende Tirade auf sie los. Kurz darauf stapfte die Ärztin zum Krankenwagen zurück und sprach einige Worte mit den Sanitätern, worauf der größere der beiden in Sattlers Garten zurückkehrte und Urban ebenfalls in den Krankenwagen wuchtete.

Mit glühendem Blick gesellte sich meine Co-Moderatorin zu uns.

»Gibt's so was? Die hätten beim Tierschutzverein angerufen und den Hund einfach so lange da liegen lassen, bis sich von denen einer her bequemt hätte! Und diesen elenden Voyeuren von Nachbarn ist das Unglück anderer nur so lange was wert, wie es vor der eigenen Haustür bleibt. Gucken gerne, aber bloß keine fremden Hundehaare auf dem Wohnzimmerteppich!«

Aus ihrem Haarturban hatte sich eine Strähne gelöst. Sie strich sie brüsk zurück.

»Was haben sie denn gesagt?«, erkundigte ich mich, während einer der Sanitäter vorn, der andere hinten in den Krankenwagen stieg. Die Ärztin ließ derweil den Motor an, wendete und fuhr der hastig auseinanderspritzenden Rentnertruppe beinahe über die Füße.

»Dass der Hund zu viel bellt und nur auf sein Herrchen hört. Die, die selbst Hunde haben, fürchten Rangkämpfe. Sie haben mich an eine Frau Kretzschmar verwiesen und gemeint, mit der würde Sattlers Hund noch am ehesten auskommen.«

»Womit sich die Katze in den Schwanz beißt«, sagte ich, »denn die Kretzschmar ist nicht da.«

»Und zwar die nächsten vier Wochen nicht«, ergänzte Irene und versuchte, die widerspenstige Strähne in den Turban zurückzustopfen. »Sie ist heute Morgen zu einer Pilgerreise aufgebrochen. Jakobsweg.«

Ich fuhr herum. »Heute früh? Wer sagt das?«

»Die Frau im schwarzen Mantel. Frau Kretzschmar hat ihr eine entsprechende Notiz, den Briefkastenschlüssel und eine Schachtel Pralinen hinterlassen. In ihrem eigenen Briefkasten.«

Ich sah zum Flieder, der bis eben noch die Hauschka beherbergt hatte. Sie war weg.

»Sie glaubt, dass Frau Kretzschmar die Briefkastenbetreuung während ihrer Abwesenheit mit ihrem Mann verabredet hat«, sagte Irene. »Der war auch schon mal auf dem Jakobsweg unterwegs und hat sich ein paar Mal mit ihr getroffen, um sie zu beraten.«

Ich weiß. Aber normalerweise überlässt sie ihren Briefkasten bei solchen Gelegenheiten dem alten Sattler, wollte ich sagen, verschluckte es jedoch, als mir einfiel, dass Lisa von meinem ersten Besuch im Vogelweg nichts wusste. Zum Glück wusste Irene davon ebenso wenig. Und so sagte sie in aller Unbefangenheit:

»Sie hat sich nur über den Termin gewundert. Eigentlich dachte sie, dass Frau Kretzschmars Reise erst im August stattfinden sollte. Allerdings hatte ich den Eindruck, dass sie insgesamt nicht allzu viel mitkriegt. Meiner Meinung nach wäre sie am besten bei einem Psychiater aufgehoben.«

Bis zur Moschee an der Breiten Straße leisteten Lisas Smart und Irenes VW sich Gesellschaft, dann bog Lisa mit einem freundschaftlichen Hupen in Richtung Bergmann ab, während Irene mich nach Hause fuhr. Angesichts der fortgeschrittenen Zeit wollte sie jedoch nicht mehr mit hochkommen.

»Denk an das Interview mit dem Slammer«, mahnte sie. »Und gib Jens rechtzeitig Bescheid, damit er die Aufnahme vorbereitet.« Jens war unser Techniker. »Wir brauchen außerdem noch ein Thema für die übernächste Sendung.«

»Krimi«, sagte ich zerstreut.

Sie stöhnte.

»Mit Live-Berichterstattung? Na gut, warum nicht. Vielleicht fallen dir im Zuge der aktuellen Ereignisse ja gleich ein paar passende Quizfragen ein.«

»Ja, vielleicht.« Ich klickte den Gurt auf.

»Just«, sagte sie. »Darf ich dich um etwas bitten?«

»Was?«

»Gib dem Detektiv bis zur Lösegeldübergabe morgen frei.

Auch wenn der Ausflug eben aufregend war, aus der Vogelperspektive betrachtet, ist in Geltow nichts passiert, was eine Ermittlung erfordert. Ein alter Mann mit mehreren Bypässen hat einen Herzanfall erlitten und seine Nachbarin ist auf eine lange geplante Pilgertour gegangen. Das Auffälligste scheint mir noch der Umgang mit dem Hund.«

»Am selben Tag«, sagte ich. »Sattler hatte seinen Anfall am selben Tag, an dem die Kretzschmar auf Pilgertour gegangen ist. Und zufälligerweise ist sie die beste Freundin von Renate Michalski.«

»Na und? Vielleicht sind die zwei ja zusammen unterwegs und die Entführung entpuppt sich am Ende als origineller Scherz der beiden Damen.«

»Na klar«, knurrte ich und stieg aus.

Auf dem Tisch standen noch die Reste unseres Arbeitsfrühstücks. Ich entsorgte sie, schluckte eine Schmerztablette, klaubte mein Rauchzeug zusammen und verfügte mich auf den Balkon.

Über mir in der Regenrinne kündeten tackelnde Geräusche davon, dass meine alte Bekannte, die Elster, wieder eingetroffen war und im Begriff stand, ihr Nest in der Linde vor dem Haus zu beziehen. Sie war über eine Woche im Verzug, die natürliche Ordnung wankte an allen Ecken und Enden. Selbst mein Feuerzeug ließ mich im Stich. Ich warf es auf den Tisch und machte mich auf die Suche nach Streichhölzern. Als ich zehn Minuten später welche im Gewürzregal fand, rief endlich Jenny an.

Sie habe, entschuldigte sie sich, ihr Handy gestern zum Feierabend in der Kitteltasche stecken lassen und nach der Sitzung der Bergfrauen keine Zeit gehabt, noch einmal in die Klinik zurückzufahren.

»Kaufland schließt um zehn und ich brauchte dringend noch ein paar Lebensmittel.«

»Haben Sie zu Hause kein Telefon?«, fragte ich mürrisch.

Doch, erwiderte sie, aber meine Nummer sei nun einmal nur in ihrem Handy gespeichert. Gerade eben erst sei sie zur Spätschicht auf der Belvedere eingetroffen. Sie ärgere sich maßlos über sich selbst, vor allem, weil es auch über die Bergfrauen-Sitzung hinaus etwas zu berichten gebe. Und zwar sei sie gestern Abend auf dem Parkdeck von Kaufland Felicia Kretzschmar begegnet.

Sie sagte das einfach so daher, als wäre es normal, die Frau, der ich seit zwei Tagen nachrannte, abends auf einem Parkdeck zu treffen.

»Sind Sie sich sicher?«

Na ja, meinte sie, vor Gericht würde sie es nicht beschwören, denn zwischen ihnen hätten ungefähr fünf Autos gestanden und die Kretzschmar sei kurz danach in ihres gestiegen, einen roten Peugeot, aber sie habe den Mantel erkannt.

»So einen schicken aus violetter Wolle mit eingewebten Röschen, sie hatte ihn immer an, wenn sie mit Renate in der Mittagspause in den Garten vom Krankenhaus runtergegangen ist. Aus irgendeiner Berliner Boutique, sie hat mir damals sogar den Namen gesagt, aber ich habe ihn vergessen. Sie war gerade dabei, Einkäufe in ihrem Kofferraum zu verstauen, deshalb hab ich sie nur halb gesehen, aber diesen Mantel erkenne ich überall.«

»Selbst wenn sie einen anderen getragen hätte, sie war's. Und zwar wegen des Peugeots. So einen fuhr die Frau, mit der Renate am Abend vor ihrer Entführung die Dulcinea ausgegraben hat, und das war Felicia Kretzschmar.«

»Wen hat sie ausgegraben?«, fragte Jenny.

»Eine Rose. Preisgekrönt. Verdammt, Jenny: Warum haben Sie die Kretzschmar nicht angesprochen, wenn sie Ihnen schon über den Weg läuft? Ich war zu diesem Zweck zweimal umsonst draußen in Geltow, und seit heute früh pilgert sie auf dem Jakobsweg. Vermutlich haben Sie sie beim Kauf ihres Reiseproviants getroffen.«

»Blumenkohl?«

»Wie bitte?«

»Seit wann nimmt man Blumenkohl mit auf eine Reise? Und ich *wollte* sie ansprechen. Aber als ich endlich begriffen hab, woher ich den Mantel kenne, ist sie eingestiegen und losgefahren. Nur der Einkaufswagen stand noch da. Und darin lag ein Blumenkohl. Ich hab mich noch gefragt, wieso es jemand so eilig hat, dass er auf einen Teil seiner Einkäufe verzichtet.«

»Tja, wie wäre es damit: Sie hat Sie auch erkannt, sie wusste, dass Sie eine Kollegin von Renate sind, und wollte um jeden Preis vermeiden, auf sie angesprochen zu werden.«

»Aber warum? Sie wird doch wohl nicht ihre eigene Freundin entführt haben, das wäre … Nein, das kann ich mir nicht vorstellen.«

Unwillkürlich fiel mir Irenes Idee ein.

»Wie gut haben Sie Felicia Kretzschmar während des Aufenthalts auf Ihrer Station eigentlich kennengelernt?«

»Ungefähr so gut wie Sie, also kaum. Sie war nett, die Witwe eines ehemaligen Arztes aus unserem Haus. Auf der Intensiv, glaube ich.«

»Also quasi gar nicht«, fasste ich zusammen. »Moment: War Renate früher nicht auch auf der Intensiv? Das heißt, sie kannte diesen Dr. Kretzschmar!«

»Was Sie alles wissen«, sagte Jenny leicht verschnupft.

»Der Nachbar von Frau Kretzschmar hat es mir erzählt, ein ausgesprochen netter Mensch. Leider hatte er heute früh einen Herzinfarkt.«

»Oh.«

»Ja. Worauf ich hinaus will: Wenn Renate Dr. Kretzschmar kannte, dann kannte sie vielleicht auch seine Frau schon vor ihrem Aufenthalt auf der Belvedere.«

»So wirkte es aber nicht«, sagte Jenny nach kurzem Schweigen. »Was spielt das überhaupt für eine Rolle?«

»Weiß ich nicht. Ich sammle bloß. Und aktuell komme ich bei Felicia Kretzschmar kaum hinterher, obwohl ich keine Ahnung habe, warum sie Renate entführen und deren Mann erpressen sollte. Es wäre auch hirnrissig, weil Renate sie nach Zahlung der Lösegeldsumme und ihrer Entlassung locker anzeigen könnte. Es sei denn …«

Ich versank in Gedanken. Dann fragte ich Jenny, was bei der Sitzung der Bergfrauen herausgekommen war.

Wenig. Der Streik sei auf unbestimmte Zeit verschoben worden, was zum Teil Renates Verschwinden, vor allem aber einem Verhandlungsangebot der Klinikleitung geschuldet war. Man hatte sich nach längerer Diskussion darauf geeinigt, den Termin mit der Geschäftsleitung erst einmal abzuwarten. Für den Fall, dass Renate bis dahin nicht auftauchte, hatte Schwester Claudia beschlossen, eine andere Kollegin als Unterstützerin und Zeugin dorthin mitzunehmen.

»Na, das klingt doch hoffnungsvoll«, sagte ich und fügte, als Jenny darauf nichts erwiderte, hinzu: »Oder etwa nicht?«

»Ich weiß nicht«, sagte sie gedehnt. »Vor einigen Wochen gab es schon einmal so ein Angebot. Renate hat darauf beharrt, es abzulehnen, nachdem der Vertreter der Geschäftsführung sich geweigert hatte, in unsere Versammlung zu kommen und es uns allen zu unterbreiten. Sie fürchtete, die Leitung würde versuchen, sie und Schwester Claudia in einem Vieraugengespräch einzuschüchtern oder über den Tisch zu ziehen. Im Gegensatz zu ihr wäre Schwester Claudia damals gern hingegangen. Sie wollte sich das Angebot wenigstens einmal anhören. Aber Renate ist stur geblieben. Die meisten von uns waren auf ihrer Seite, deshalb wurde nichts daraus.«

»Und jetzt argwöhnen Sie, dass man Schwester Claudia und ihre neue Ersatzbegleiterin …«

»Die ich wäre«, sagte sie. »Ich hab mich angeboten, um am Ball zu bleiben. Außerdem hab ich das Gefühl, dass Schwester Claudia mit irgendetwas hinterm Berg hält.«

»Wollen Sie damit andeuten, dass die Doppelspitze der Bergfrauen einen Knacks hatte?«

»Ich will gar nichts andeuten«, sagte Jenny süßlich. »Ich sammle bloß.«

»Na gut. Mal sehen, wer am Ende die dickeren Äpfel im Korb hat. In dem Zusammenhang: Haben Sie dieses Wochenende Dienst?«

»Morgen, Spätschicht. Am Sonntag nicht, weil ich Geburtstag habe und meine Schwiegereltern kommen. Wieso?«

»Falls Sie für die Feier zufällig eine Torte planen: Auf dem Markt gibt es bestimmt schon Erdbeeren. Heutzutage baut man ja praktisch alles unter Folie an.«

»Sie machen mich fertig. Wenn Sie mir nicht sofort sagen, was Sie von mir wollen, lege ich auf.«

Ich erklärte es ihr. Da ich inzwischen Routine darin hatte, dauerte es keine zwei Minuten. Danach blieb es eine Weile still. Ich erwartete die übliche Frage nach der Polizei und legte mir schon die Antwort zurecht, als Jenny nach einem tiefen Seufzer sagte: »Von Erdbeeren kriege ich Ausschlag. Aber ich backe ja auch nicht für mich. Und vielleicht bekomme ich auf dem Markt Bärlauch für die Suppe zum Abendbrot. Hat Ihnen übrigens schon mal jemand gesagt, dass Sie ziemlich durchgeknallt sind?«

»Viele.«

»Sie sollten mal darüber nachdenken. Also, morgen um zehn.«

Bevor Anja am frühen Abend mit Tüten bepackt nach Hause kam, meldete sich Lisa, um mir mitzuteilen, dass Sattler im Bergmann eingeliefert worden war. Das zu checken war ihre erste Amtshandlung bei Dienstantritt gewesen. Er lag auf der Intensivstation, mehr wusste sie nicht, aber sie versprach, sich auf dem Laufenden zu halten. Dann rief Michalski an, der sich erkundigte, ob es bei unserer Abmachung für den nächsten Vormittag bliebe.

Trotz seines üblichen monotonen Genuschels klang er nervös. Ich beruhigte ihn, auch als er sich vergewisserte, dass die Polizei von der Sache keinen Wind bekommen hatte.

»Kein Lüftchen. Dafür werden sich einige Freunde von mir unter den Marktbesuchern herumtreiben, die Ihren Trolley im

Auge behalten und sich unauffällig an die Fersen desjenigen heften, der ihn abholt. Keine Sorge, sie werden von den anderen Marktbummlern nicht zu unterscheiden sein. Ich wette, dass nicht einmal Sie sie erkennen. Es ist alles todsicher durchgeplant.«

Michalski brummte etwas, das nach »Mehr tot als sicher« klang, und fügte deutlicher hinzu: »Hab ihn mit Renates Zeitschriften ausgestopft und paar Fünfziger obendrauf gepackt.«

»Sehr gut.«

»Wehe, wenn die hinterher weg sind!«

Ich verbiss mir die Bemerkung, dass ein paar verlorene Fünfziger in meinen Augen immer noch ein guter Schnitt waren, wenn man dafür seine Frau wiederbekam.

»Geld verschwindet nicht«, sagte ich nur. »Es wechselt höchstens den Besitzer.«

Ein Witz mit einem Bart so lang wie der des schlummernden Barbarossa. Aber für Michalski gut genug.

Diesmal lag zur Abwechslung ich schon im Bett als Anja ins Schlafzimmer trat.

An ihrer ausgestreckten rechten Hand baumelte etwas Rotplüschiges. Instinktiv kroch ich ein wenig tiefer unter die Decke.

»Was ist das?«, fragte sie.

»Was?«

Sie trat näher und ließ Irenes Handschellen über meiner Nase pendeln.

»So kann ich nichts sehen.«

Sie hob sie einige Zentimeter höher.

»Handschellen?«

Anja lächelte frostig.

»Sie lagen in deiner Schreibtischschublade. Ich wollte etwas überweisen und habe den Tan-Generator gesucht.«

»Und, hast du ihn gefunden?«, erkundigte ich mich, bereit, dieses Spiel noch eine Weile weiterzuspielen.

»Ja. Unter anderem.«

»Auf diese Art zu lächeln muss doch weh tun«, sagte ich.

»Woher kommt dieses Spielzeug? Ich kann mich nicht erinnern, es mit dir schon einmal ausprobiert zu haben.« Sie schnupperte an dem Plüschbezug, mit dem die Handschellen gepolstert waren, und verzog das Gesicht.

»Und ein derart aufdringliches Parfüm würde ich niemals auflegen. Also!«

Wieder streiften die plüschigen Fesseln drohend meinen Nasenrücken. Vorsichtshalber schob ich mich samt Decke einige Zentimeter im Bett nach oben, während ich fiebrig überlegte. Irene als Besitzerin der Handschellen zu enttarnen war eine Sache. Weitaus gefährlicher Anjas mögliche Reaktion, wenn ich ihr gestand, wozu ich sie zu benutzen gedachte. Für sie gab es nur einen, der ermächtigt war, Handschellen bei sich zu führen. Dietmar.

Aus dieser Überlegung ergaben sich zwei weitere Probleme. Das erste war ein bekanntes. Ich konnte Anja nicht belügen, ohne dass sie es merkte. Die Halbwahrheiten über mein angebliches Telefonat mit Dietmar hatten mich schon an die äußerste Grenze meiner nervlichen Belastbarkeit getrieben. Und da hatte nicht einmal in Plüsch eingenähtes Metall über mir gependelt.

Das zweite: Bevor sie auf die dämliche Idee mit der Überweisung gekommen war, hatte Anja geduscht. Ihre Haare waren noch feucht und sie trug einen kurzen silbergrauen Schlafanzug aus irgendeinem glänzenden Gewebe. Ihre drohende Miene und die Handschellen taten das Übrige. Ich umfasste ihr Handgelenk und zog sie halb zu mir herunter, halb mich zu ihr hinauf.

»Verrate Bert bitte nicht, dass ich sie so schlecht versteckt habe«, murmelte ich.

»Bert?«, fragte sie baff.

»Ja. Er hat sie im Netz für eine Kontaktbörsen-Flamme ersteigert, die ihm ihre sexuellen Präferenzen signalisiert hat.

Neue waren ihm zu teuer, er weiß ja noch nicht, ob es mit der Frau wirklich was wird.«

Sie schwieg einen Augenblick. »Und warum liegen die Dinger dann bei uns?«

»Du kennst doch Bert«, erwiderte ich und liebäugelte mit ihrem Dekolleté. »Er hat sie an meine Adresse senden lassen, weil er befürchtet, dass die Post sie ihm in seiner Abwesenheit zustellen könnte und ein Nachbar das Päckchen annimmt. Hatte wohl Schiss, dass sie in der Originalverpackung kommen. Sprich ihn bloß nicht darauf an, ich musste ihm versprechen, dir nichts davon zu sagen.«

Dabei nahm ich Anja die Handschellen ab und ließ eine davon um das Gelenk der Hand schnappen, in der sie sie gehalten hatte. Die andere befestigte ich am Bettpfosten.

»Das meinst du nicht ernst«, sagte sie.

Ich ließ meine Rechte unter ihr silbernes Hemd gleiten.

»Gerechtigkeit. Ich bin auch einarmig.«

Und Irene sinngemäß zitierend, fügte ich hinzu: »Besser einarmig als gar nicht.«

8

Beim Frühstück am nächsten Morgen – auch wenn es etwas knapp ausfiel, weil wir erst um Viertel neun aufgestanden waren, obwohl ich uns für um neun bei Michalski angekündigt hatte – herrschte zwischen Anja und mir eine seltsame Stimmung. Anders als sonst suchten wir häufig den Blick des anderen, um ihm dann lächelnd auszuweichen. Ungefähr so stellte ich mir ein Paar vor, das gerade gemeinsam durchgebrannt war und nun verliebt, aber ein wenig orientierungslos auf einer einsamen Insel saß. Oder Bonnie und Clyde.

Das traf es vielleicht sogar besser. Wir waren zwei Verschworene, durch ein exklusives Erlebnis mit einem Paar Handschellen und dessen tiefe Wirkung auf unser Liebesleben aneinander gefesselt.

Im Nachhall dieser Stimmung wagte ich, Anja zu beichten, dass ich Berts Liebesspielzeug zur Lösegeldübergabe mitzunehmen gedachte. Für den Fall und da wir sie nun schon einmal hatten. Sie runzelte die Stirn, erhob aber keinen Einspruch. Sie bestand nur darauf, die Puschelschellen in ihrer Obhut zu behalten, damit ich keinen Unfug damit trieb.

»Außerdem stehen mir im Gegensatz zu dir zwei Hände zur Verfügung.«

Dazu schwieg ich diplomatisch.

Auch im Auto hielt die besondere Stimmung noch an. Selbst als wir bei Michalski klingelten und er uns gefühlte zehn Minuten später öffnete. Sogar als er nuschelte, dass meine Freundin sich über die letzten beiden Tage ziemlich verändert habe.

»Das macht sie regelmäßig, darin liegt sozusagen das Geheimnis unserer Beziehung«, antwortete ich und grinste Anja an, die nach kurzem Stirnrunzeln zurücklächelte. »Sie hat sogar den Namen gewechselt, heute heißt sie Anja. Aber das sollte Sie nicht weiter beschäftigen. Wo ist der Trolley?«

Er schlurfte ins Wohnzimmer und zeigte ihn uns. Ein vorsintflutliches grün-schwarz kariertes Ding mit Kunstlederklappe. Es war offen und offenbarte den Blick auf einige Fünfzigeuroscheine, zwischen denen buntes Papier hervorschimmerte.

»So geht das nicht, da können Sie die Scheine auch gleich weglassen. Haben Sie nicht ein paar mehr?«

»Bin ich Krösus oder was«, knurrte Michalski und zog unbeholfen seinen Pullover über die Jogginghose.

»Dann müssen wir unterwegs an einer Sparkasse halten«, sagte ich seufzend. Fürs Erste schnürten und klappten wir den Trolley zu.

In die Jacke kam Michalski noch allein, bei den Schuhen mussten wir ihm helfen, sonst wären wir erst mittags losgekommen. Für seinen Versuch, den ersten Schnürsenkel zu einer Schlaufe zu legen, gingen fünf Minuten drauf. Irgendwann hielt Anja es nicht mehr aus und brachte die Sache zu Ende. Ich hätte gern den anderen Schuh übernommen, aber mein Arm hinderte mich.

Ersatzweise sah ich nach, ob der Herd ausgeschaltet und alle Wasserhähne zugedreht waren, fotografierte den Trolley und schickte das Bild, wie versprochen, an Bert. Dann rief ich ihn an und erkundigte mich leise nach dem Stand der Dinge.

»Bin auf der Glienicker Brücke«, knurrte er und drückte mich weg. Ich verübelte es ihm nicht. Wer stand an einem arbeitsfreien Sonnabend schon gern früh auf?

Als ich, der Vollständigkeit halber, auch den Fernseher überprüfte, bemerkte ich auf dem Boden neben Michalskis Sessel einige von Renates handgearbeiteten Sofa-Kostbarkeiten. Auf dem Tisch standen der aufgeklappte Laptop und ein Stativ mit einer Digitalkamera. Wie es aussah, hatte Lisas Bemerkung über den Verkaufswert von Strickwaren bei Michalski den von mir vermuteten Nerv getroffen. Im Stillen hoffte ich, dass Renate ihm nach ihrer Befreiung dafür eins mit dem Wollbeutel überbriet.

Im selben Moment, als wir die Wohnung verließen, öffnete sich die Tür gegenüber. Eine hübsche, etwas mollige Mittdreißigerin erschien, die die Tür zuerst reflexhaft wieder schloss, bevor sie sie erneut öffnete und mit einer Mülltüte herauskam.

»Guten Morgen, Herr Michalski«, sagte sie mit rollendem R und hartem H.

Michalskis sonst eher gelbstichigen Wangen wurden ein bisschen rot.

»Moin.«

Ein Blick unter gesenkten Wimpern, gefolgt von einem scheuen Nicken, dann huschte die Frau mit klappernden rosa Pantoffeln die Treppe hinunter.

»Ist das die hilfreiche Schwester Ihrer Nachbarin?«, fragte ich.

Michalski bewegte mehrdeutig den Kopf und schlurfte zur ersten Treppenstufe. Mir schwante, dass auch sein Abstieg ohne Hilfe das Potenzial hatte, bis zum Mittag zu dauern.

»Sie haben sie nicht gesehen«, brummte er. »Wenn jemand mitkriegt, dass ihr Visum abgelaufen ist, ist sie dran.«

»Falls in diesem Moment irgendjemand auf dem Treppenabsatz unter oder über uns steht, hat er es gerade erfahren«, sagte ich und nahm den Trolley von Anja in Empfang, damit sie Michalski stützen konnte.

Wir mussten uns beeilen, es war fast halb zehn.

Um zehn vor zehn parkte Anja neben einem Halteverbotsschild am Markt. Das Knöllchen war uns quasi sicher. Das erste hatten wir zehn Minuten zuvor kassiert, als ich in der Sparkasse am Platz der Einheit zweihundert Euro in Zwanzigern abgehoben und damit die Lücken zwischen Michalskis Fünfzigern gestopft hatte. Vorausgesetzt, er schlenkerte mit dem Trolley auf dem Weg zum Spargelstand nicht allzu wild herum, wirkte der jetzt – zumindest auf den ersten Blick – wie bis obenhin mit Geld gefüllt. Da ich mein Werk aus naheliegenden Gründen nicht in der Sparkasse selbst oder dem Platz davor hatte verrichten wollen, hatte ich es im Auto getan, gedeckt von Anja und begleitet von mehr oder weniger verständlichen Kommentaren Michalskis, und mir dabei beinahe auch noch einen Hexenschuss geholt.

»Deine Renate hat die *Schönes Land* abonniert«, hatte Anja beim Kaschieren eines glänzenden Zeitschriftencovers bemerkt. »Wollte ich auch mal. Aber dann hat mir eine Ehrenamtliche aus dem Bürgerhaus gesagt, dass man die Anleitungen und Rezepte daraus auch im Internet findet.«

»Das Internet im Hause Michalski wird wahrscheinlich durchgehend von unserem wettsüchtigen Klienten blockiert«, hatte ich flüsternd erwidert.

Und jetzt waren wir auf dem Markt. Dem Ort des Geschehens, dem Showdown eines dreitägigen Privatkrimis möglicherweise. Mit ungewissem Ausgang. Aber ich war bereit, auf der Fahrt zur Sparkasse hatte ich prophylaktisch mein Schmerzmittel-Depot aufgefüllt. Michalski war den Umständen entsprechend ebenfalls bereit, er stand mit seinem Trolley neben Anja. Sie sah sich um.

»Siehst du Dietmar irgendwo?«

»Wer ist das?«, fragte Michalski argwöhnisch.

»Einer meiner Helfer«, sagte ich.

»Ach so. Und, sehen Sie ihn?«

»Nein, und das sollte Sie beruhigen, denn genauso war es abgemacht. Er und seine Leute werden sich derart unauffällig verhalten, dass sie mit der Menge verschmelzen. Sind halt Profis.«

Dabei spähte ich selbst über den Markt. Aber entweder waren Bert und sein Trupp tatsächlich Profis, oder sie zelebrierten noch ihre Bergfrauen-Messe. Eine dritte Möglichkeit hatte ich keine Lust, mir auszumalen.

Anja sah zur Uhr. »Fünf vor zehn. Wir sollten uns allmählich in ein Marktpaar verwandeln.«

Michalski blickte trostsuchend auf seinen Trolley. Es sah aus, als würde er sich gleich in die Hosen machen.

»Nur Mut«, sagte ich. »Meine Freundin und ich werden uns in Ihrer Nähe halten, aber es muss den Eindruck erwecken, als wären Sie allein hier. Schauen Sie sich nicht nach uns um. Wenn wir uns begegnen, kennen Sie uns nicht.«

»Der Beelitzer Spargelstand ist von uns aus links«, fügte Anja hinzu und ging noch einmal zum Auto zurück.

Ich klopfte Michalski ermunternd auf die Schulter. »Bleiben Sie einfach ganz entspannt. Das wird schon.«

»Wehe nicht.«

Er schlang eine vibrierende Hand um den Griff des Trolleys und schurrte davon. Als er hinter dem markteigenen City-Klo verschwand, tauchte Anja mit einem Henkelkorb auf.

»Damit wir echt wirken.«

Es lag sogar schon ein Bund Möhren darin, unter dem etwas Rotes, Plüschiges hervorlugte. Meine Bonnie.

Sie hakte sich bei mir ein.

»Der Korb ist nicht nur Spielzeug. Wo wir schon mal hier sind, hätte ich gern ein Pfund Salzgurken.«

In einiger Entfernung meinte ich, Jennys taubenblauen Mantel hinter einer Traube Touristen am Würstchengrill zu erkennen. Und gleich darauf ein Stück weiter, an einem Stand, dessen Angebot ich nicht erkennen konnte, Berts royalblaue Jacke. Allerdings trug aktuell gefühlt die Hälfte aller Juristen, leitenden Angestellten und Rundfunkredakteure dieses Blau. Nicht einmal ein Sechzehntel aller Männer dagegen sah aus wie ein rasierter Hercule Poirot. Eigentlich kannte ich nur einen: Dietmar. Und doch kreuzte im Fahrwasser des Royalblau für Bruchteile von Sekunden der schnurrbartlose belgische Ermittler mein Sichtfeld, schlug einen Purzelbaum und feixte mich an.

Ich blinzelte erschrocken. Als ich wieder klar sehen konnte, saß dort, wo ich ihn erblickt hatte, eine traurige Dogge.

»Ist was?«, fragte Anja.

»Nö.«

Am Stand mit den Spreewaldgurken positionierte ich mich so, dass ich Michalski im Blick hatte, der schräg gegenüber in der Schlange der Spargelinteressenten Halt an seinem Trolley suchte. Die Leute vor und hinter ihm kamen mir bis auf einen jüngeren Mann am Ende der Reihe harmlos vor, überwiegend waren es ältere Damen. Ich konzentrierte mich also auf den Jungspund. Er trug eine dieser beuteligen hippen Hosen zu Turnschuhen und eine Sweatjacke mit tief in die Stirn gezogener Kapuze. Darunter lugten der Schirm eines Basecaps und eine Nasenspitze hervor. Eigentlich schloss ich seine Jugend nur aus den Klamotten und seiner schluffigen Haltung, vielleicht war er auch ein dynamischer Fünfzigjähriger. Im Gegensatz zu den anderen trug er weder einen Beutel noch einen Korb.

»Hm«, sagte Anja, als ich sie auf ihn aufmerksam machte, und wandte sich dem Händler zu.

Michalski rückte indessen eine Position vor. Der Kapuzentyp zog ein Smartphone aus der Tasche und tippte darauf herum. Wieso tat er das, das passte nicht in meine Vorstellung, nach der er auffällig unauffällig auf Michalskis gekrümmten Nacken starren sollte. Nach einigen Sekunden steckte er das Handy wieder weg. Na gut. Vielleicht gehörte es zur Tarnung oder er hatte seinen Kumpels eine Nachricht gesandt: »Zielperson mit Ware eingetroffen.« Etwas in der Art.

Auf jeden Fall musste man ihn im Auge behalten.

Anja bezahlte ihre Gurken und verabschiedete sich.

»Was hältst du von einem Kilo frischem Spargel zum Abendbrot?«, fragte sie lächelnd.

»Gute Idee«, sagte ich laut. »Aber nur Beelitzer. Da drüben gibt's, glaube ich, welchen.«

»Ich hab auch Spargel, Madame«, sagte der Gurkenverkäufer und deutete auf eine mit hellen Stängeln gefüllte Plastikkiste. »Schmeckt mindestens genauso gut wie der Beelitzer, wahrscheinlich sogar besser, weil mein Boden noch nicht so ausgelutscht ist. Und im Gegensatz zu den Beelitzer Polenkompanien werden meine Stecher fair mit acht fuffzich bezahlt.«

»Aha …«, sagte Anja unsicher. »Na gut, dann nehme ich ein Pfund.«

Ich seufzte. Als ich den Preis des fair gestochenen Gemüses hörte, noch einmal. Michalski rückte derweil wieder einen Platz vor. Noch ein Kunde, dann war er dran. Der Kapuzentyp kaute an seinen Nägeln, dieweil von den Bänken an der Gutenbergstraße her niemand Geringeres als Drecklock den Markt enterte, die letzte Person, die ich vor meinem Unfall bewusst wahrgenommen hatte. Und die vorletzte, nach Dietmar, die ich jetzt sehen wollte. Er schnürte zielgerichtet auf den Kapuzentyp zu.

»Wollten Sie ursprünglich nicht ein Kilo?«, fragte der Gurkenbauer Anja.

Der Kapuzentyp wich angeekelt vor Drecklock zurück. Wahrscheinlich hatte er ihn um einen Euro oder eine Kippe angeschnorrt und dabei sein Odeur verströmt.

»Die andere Hälfte kaufe ich am Beelitzer«, antwortete Anja. »Kleiner Geschmacksvergleich.«

»Ich hoffe, Ihre beneidenswerten Angestellten sind auch krankenversichert«, ergänzte ich und zog sie weiter.

So gelassen wie möglich wechselten wir zum Beelitzer Spargelstand und stellten uns ans Ende der Schlange. Drecklock nahm von der Dame vor dem Kapuzentyp etwas entgegen, verbeugte sich und hielt es gegen die Sonne, um es zu betrachten. Es sah aus wie eine Streuselschnecke. Dann kam er zu uns.

Ich glaube, ich bemerkte bereits, dass er der Vorletzte war, nach dem mir der Sinn stand, noch dazu nur ungefähr zwanzig Meter vom Ort meines Radsturzes entfernt.

»Heute nicht«, blaffte ich deshalb, noch bevor er den Mund aufbekam.

Er winkte ab und schlurrte zum nächsten Stand, einer Art offenem Hutladen.

Michalski hatte seinen Einkauf mittlerweile getätigt und

hielt der Verkäuferin seine Geldbörse entgegen. Vom Trolley sah ich nichts.

»Er ist da, wo er hin soll«, murmelte Anja, meinen Blick deutend.

Beim Hutstand war Drecklock das Glück offenbar nicht hold gewesen. Er trottete an uns vorbei in Richtung Gurkenmann. Mieser Stundenlohn, dachte ich.

»Pardon, ich will mir den Spargel nur mal ansehen.« Eine junge Frau in hellem Trenchcoat drängte sich zwischen Anja und mir hindurch an den Stand.

»Meine Güte, das sind ja stolze Preise!«

Für einen Moment stockte mir der Atem, als ich sie erkannte. Offenbar hatte Lisa sich in Vorbereitung auf ihren Undercovereinsatz mehrere Hitchcock-Filme angeschaut. Sie sah aus wie ein Zwilling von Ingrid Bergman. Die gleichen dramatischen Lippen im blass gepuderten Gesicht, sogar die Haare hatte sie in seidige amerikanische Vorkriegswellen gelegt. Ohne ihr freches Grinsen hätte ich sie um ein Autogramm gebeten.

Ich fühlte mich ein bisschen mies, als Anja mit freundlichem Lächeln sagte: »Hier geht es ja noch. Dort drüben«, sie deutete auf den Gurkenstand, »bezahlen Sie für ein Pfund Spargel einen vollen Mindeststundenlohn plus Weihnachtszulage.«

»Unglaublich«, flötete Lisa, während ich Michalski dabei zusah, wie er seine Börse in der Jackentasche verstaute. »Man sollte solche Halsabschneider boykottieren.«

Ein Stück abseits von uns stand der Typ mit der Kapuzenjacke und war schon wieder mit seinem Handy beschäftigt. Als Michalski an ihm vorbeischlich, hob er kurz den Kopf, dann tippte er weiter.

Wir rückten auf. Und jetzt sah ich auch den Trolley, halb verborgen unter der Platte des Verkaufstisches. Ich spürte eine leichte Anspannung, während Anja noch immer mit Lisa plauderte.

»Das Problem in einer Stadt wie dieser ist«, sagte Lisa, »dass jedes noch so abstrus teure Produkt seine Abnehmer findet. Einige meiner Bekannten kaufen sogar bewusst nur die teuersten. Nicht weil sie sich einbilden, dass Preis und Qualität spiegelgleich sind, sondern als sichtbaren Ausdruck ihres Status …« Sie unterbrach sich, um jemandem zuzuzwinkern. Ich drehte mich um. Hinter uns spazierte Bert vorbei, im Anzug und mit einer Dame im Arm. Die Dame trug einen Blumenstrauß und wurde von einer Haarflut umwallt, die ich in jeder Verkleidung erkannt hätte. Im Unterschied zu Lisa hatte Irene jedoch auf Maskerade verzichtet, sie trug einfach Jeans, Parker und Sneakers.

Anja zupfte mich am Arm.

»Der Trolley!«, sagte sie und zeigte bleich auf die Stelle, wo er eben noch gestanden hatte. Dabei starrte sie auf mein linkes Ohr, als hätte sie ihn dort gerade entdeckt.

»Verdammt«, schrie Lisa.

Dann überschlugen sich die Ereignisse.

Lisa rannte zum Ausgang des Marktes, gefolgt von Anja, die sich im Laufen nach mir umdrehte. Eine Sekunde später fielen auch Bert und Irene in Galopp. Dann sprang der Typ mit dem Kapuzenshirt vor und noch einige andere, die ich für Passanten gehalten hatte, und von irgendwoher stürzte jemand Graues herbei. Aller Ziel war Drecklock, der gemütlich einen karierten Trolley unter den Linden am Marktrand entlangzog.

»Nicht!«, brüllte ich.

Aber zu spät. Als ich Drecklock erreichte, lag er bereits bis auf den letzten seiner filzigen Haarstränge unter Leibern begraben. Mit mir langten drei weitere Jäger bei ihm an. Einer sah wie ein Student aus, einer wie ein Hausbesetzer der zweiten Stunde, der dritte war der Kapuzentyp.

»Falls ihr euch auch noch auf diesen bedauernswerten Obdachlosen werfen wollt, nur zu«, forderte ich sie auf. »Ich sag's euch aber gleich: Er ist der falsche.«

»Woher weißt du das?«, fragte der Student, ein etwas abgekämpft wirkender Bärtiger mit stahlblauen Augen.

»Der da klaut alles, was bei drei nicht im Schließfach verschwunden ist.«

»Scheiße.«

»Ja. Wer bist du?«

»Erik. Alias Mindbeard.«

Der Bärtige lächelte. Ich lächelte traurig zurück. Das erste Livetreffen mit meinem Lieblingsfollower und Co-Administrator hätte unter einem günstigeren Stern stehen sollen.

»Freut mich. Und lass mich raten: Agro«, sagte ich zu dem Hausbesetzer.

»Korrekt, Meister.«

Mein zweitliebster ... oder na ja, jedenfalls ebenfalls langjähriger Follower strahlte mich an. Er sah genauso aus wie in meiner Vorstellung.

»Und du?«, fragte ich den Kapuzentyp.

Er zog eine Brieftasche aus der Tasche seiner Kapuzenjacke und klappte sie auf. »Kommissar Rilke, LKA.«

Ich schluckte.

»Wird Justs Blog jetzt schon überwacht?«, fragte Agro konsterniert.

»Keine Ahnung. Jedenfalls nicht von mir. Ich gehöre zu ihm.« Der Kommissar deutete auf ein dickliches Männlein in grauer Windjacke, das eben aus dem langsam zerfallenden Knoten um Drecklock tauchte. Dietmar?!

»Entschuldigt«, sagte Rilke und ging zu ihm hinüber.

Ich folgte ihm mit meinen treuen Anhängern. Wobei Treue eigentlich ein Wort war, das seine heilige Bedeutung soeben für immer verloren hatte.

Drecklock hockte wimmernd am Boden und machte es zwei Fremden, die wie normale Wochenmarktbesucher aussahen, aber vermutlich keine waren, so schwer wie möglich, ihn auf die Beine zu ziehen. »Macht die ab«, greinte er und hielt theatralisch seine Hände in die Höhe, an deren Gelenken gleich zwei Paar Handschellen klirrten, ein silbernes und ein rotes. »Ich hab nichts dabei, durchsucht mich doch, ihr Wichser!«

»Wir haben es schon gefunden«, sagte Dietmar und bückte sich nach dem Trolley, während Rilke Drecklock mit einem kräftigen Ruck auf die Füße stellte.

Drecklock versuchte wieder einzuknicken, ließ es aber, als der Kommissar ihm sanft ins Genick griff. »Seid ihr jetzt auf Taschendiebe aus oder wie? Den da habe ich nicht geklaut, den hat ein alter Typ vergessen. Ich wollte ihm den gerade bringen.«

»Dafür bist du aber in die falsche Richtung gerannt«, sagte Dietmar und wandte sich an Michalski, der von einer Frau herbei eskortiert wurde.

»Ist das Ihrer?«

»Ja«, sagte Michalski. Er sah aus, als bräuchte er auch jemanden, der ihn aufrecht hielt.

»Haben Sie den Trolley nach Ihrem Einkauf am Spargelstand vergessen?«

»Nicht direkt, ich …« Michalski warf mir einen verständnislosen Blick zu. »Ich sollte ihn da stehen lassen.«

»Und woher soll ich das bitteschön wissen?«, keifte Drecklock.

»Wo waren Sie, als dieser Mann sich Ihren Trolley geschnappt hat?«, fragte Dietmar den Alten unbeirrt.

»Ich, na ja«, stotterte Michalski, »ein bisschen weiter, an einem Stand mit so Haushaltskram …«

»In der Gegenrichtung also«, sagte Dietmar. »Wenn du den Trolley wirklich hättest zu ihm bringen wollen, wärst du zum Haushaltswarenstand gelaufen und nicht vom Markt weg.«

Drecklock bewegte vorsichtig seinen Kopf, wie um zu prüfen, ob er noch mit dem Rumpf verbunden war.

»Dann bin ich wohl dem falschen Alten hinterher. Die sehen von hinten alle gleich aus. Außerdem ist in dem Ding wahrscheinlich sowieso nur Müll, ich verstehe nicht, weshalb ihr deshalb so einen Zirkus macht. Nehmt mir endlich die Fesseln ab!«

Dietmar blickte nachdenklich auf die beiden Paar Handschellen.

»Die silbernen bleiben so lange dran, wie wir es für nötig halten. Wem gehören die anderen?«

»Mir«, antworteten Anja, Irene und ich synchron, worauf Anja die Lippen zusammenkniff und uns beide nacheinander anstarrte. Spätestens jetzt wusste ich, dass die Aktion in die Hose gegangen war.

Das Einzige was mir noch blieb, war, dem Hauptkommissar zu sagen: »Drecklock ist es nicht, lass ihn laufen.«

Statt einer Antwort gab Dietmar seinen Leuten die Anweisung, ihn abzuführen. Und das taten sie, ruhig, autoritär, ungerührt von Drecklocks Lamento und dem Getuschel des sich langsam zerstreuenden Publikums.

»Das war's, Ende der Vorstellung«, sagte der Hauptkommissar, zwinkerte Anja zu und schloss sich ihnen an. Anja?! Anja hatte ihn ...?

Jetzt war ich es, der in die Knie ging. Und kein Rilke fing mich auf.

Nach einigen Metern drehte Dietmar sich um und winkte mich zu sich.

»Dir ist klar, dass ich dich eigentlich gleich mit einlochen müsste.«

»Er ist es nicht«, wiederholte ich. »Ihr vergeudet nur kostbare Zeit mit ihm. Nimm diesen Rat als Zeichen meiner Reue.«

»Reue weswegen? Weil du der Polizei ein Kriminaldelikt verschwiegen und damit eine Frau in Lebensgefahr gebracht hast, oder weil dein Detektivspiel so grandios gescheitert ist?«

»Es ist allein deinetwegen gescheitert! Ich hätte Drecklock niemals angefasst!«

Dietmar betrachtete mich einige Sekunden lang, vergewisserte sich dann mit einem Blick über die Schulter, dass Drecklock ordnungsgemäß verklappt war, und zog ein Zigarettenpäckchen aus der Innentasche seiner Jacke.

»Ronny Lobetal, den du so liebevoll Drecklock nennst, und ich kennen uns bereits aus meiner letzten Dienststelle in Berlin. Seit ein paar Jahren hat er auch bei der hiesigen Polizei regelmäßige Gastauftritte. Die hiesigen Kollegen könnten dir stundenlang aus seiner Akte vorlesen. Bevor er in Potsdam aufgetaucht ist, saß Ronny vier Jahre in Königs Wusterhausen, und zwar nicht wegen Taschendiebstahls, mein Lieber. Und es war nun einmal er, der sich das Lösegeld geschnappt hat.«

»Ein blöder Zufall«, sagte ich, die neuen Informationen mühsam verdauend. »Der Markt ist Drecklocks Jagdgebiet, das hätten die Entführer bedenken sollen. Vielleicht hat er sich inzwischen auf herumstehende Taschen spezialisiert. Das ist weniger kriminell, als sie jemandem von der Schulter zu schneiden, und einträglicher als Betteln.«

»Eine unterhaltsame Theorie. Allerdings erklärt sie nicht, wie du diese Lösegeldübergabe hättest retten wollen. Selbst wenn Ronny sich den Trolley nur zufällig vor den Entführern geschnappt und Bert mich nicht eingeweiht hätte ...«

Also doch. Es war zumindest ein schwacher Trost, dass nicht meine Freundin mich verraten hatte, sondern nur mein bester Freund.

»... dann hätte sich statt unserer Leute deine Spaßmannschaft auf Ronny gestürzt, oder sehe ich das falsch? Das Ergebnis wäre das gleiche gewesen: Die Entführer hätten begriffen, dass die Übergabe überwacht wird, und sich aus dem Staub gemacht.«

»Falsch«, sagte ich wütend. »Ich hätte dafür gesorgt, dass meine Spaßmannschaft Drecklock gehen lässt und ihm unauffällig folgt. Weil die Entführer ihm mit ziemlicher Sicherheit auch gefolgt wären, um ihm den Trolley irgendwo in einer stillen Ecke abzunehmen. Danach wären wir *ihnen* gefolgt. Zugeschlagen hätten wir nur, wenn sie den Trolley geöffnet und den Fake vorfristig bemerkt hätten. Das Ding ist hauptsächlich mit Zeitungen gefüllt.«

»Und dann?«

»Hätten wir sie nach dem Aufbewahrungsort von Renate

Michalski ausgequetscht. Wenn alles nichts geholfen hätte, hätten wir sie dir ausgeliefert.«

Dietmar rauchte und nickte.

»Nur sind deine Leute Ronny leider nicht gefolgt, sondern wie brünstige Hirsche auf ihn losgestürmt. Uns blieb kaum etwas anderes übrig, als uns dazwischenzuwerfen.«

Ich schwieg. Es machte keinen Spaß, ihm recht zu geben. Außerdem war klar, wer die grundsätzliche Schuld an dieser Pleite trug. Bert hatte sich zwar die Zeit genommen, mich zu verpfeifen, nicht aber die, meine Leute ordentlich einzuweisen. Vielleicht sogar mit Absicht! Ich wünschte mir plötzlich, es würde nach Meer riechen. Tang, Salz, Fisch – das beruhigt mich immer.

»Fall es dich tröstet: Ich bin überzeugt davon, dass Ronny als Geldbote rekrutiert wurde«, sagte Dietmar. »Und zwar aus denselben Gründen, die du zu seiner Verteidigung anführst. Er ist auf dem Markt bekannt wie ein bunter Hund, egal, wo er herumschnüffelt, es fällt nicht auf, das kennt und erwartet man von ihm. Außerdem bettelt er. Und stinkt, weshalb man ihm möglichst aus dem Weg geht. Die perfekten Voraussetzungen für einen, der unbeachtet eine Tasche holen soll. Und falls es doch jemand bemerkt oder Herr Michalski«, er deutete auf den Alten, der einige Meter neben uns von Kommissar Rilke einen dampfenden Becher empfing, »entgegen der Anweisung in Begleitung echter oder selbst ernannter Polizei kommt, hat Ronny eine typische Ronny-Ausrede parat. Aber diesmal werden wir ihm die Daumenschrauben anlegen, verlass dich drauf.«

Mit zwei Fingern berührte er meine Armbinde.

»Sollte sich herausstellen, dass ich danebenliege, werde ich mich natürlich in aller Form bei ihm entschuldigen.«

»Bis dahin kann es zu spät sein«, presste ich hervor.

Dietmar steckte die Hände in die Taschen und spitzte die Lippen.

»Wie wär's mit einem Angebot? Dein Wissen plus meins.

Bert hat mir über die Entführung erzählt, was er wusste. In ihrer wesentlichen Struktur gleicht sie den beiden vorangegangenen. Nur dass bei denen die Geldübergabe geklappt hat. Auch da haben die Angehörigen darauf bestanden, die geforderten Summen zu zahlen. Sie hatten sich allerdings schon vor dem Eingang der Lösegeldforderungen an die Polizei gewandt. In solchen Fällen begleiten wir die Betroffenen, werten Briefe und Anrufe aus, überwachen den Übergabeort und heften uns, wenn möglich, an die Fersen der Abholer, greifen aber nicht in die Übergabe ein. Sobald das Opfer wieder zu Hause ist, oder falls es trotz Lösegeld verschwunden bleibt, legen wir mit unserem Material los.«

»Und wie weit seid ihr mit eurem Material in den ersten beiden Fällen gekommen?«

Dietmar zog eine flache Dose aus der Tasche und drückte seine Kippe darin aus.

»Ich muss mich um Herrn Michalski kümmern«, sagte er. »Wo finde ich dich heute Nachmittag?«

»Wo schon?«

»Gut. Erwarte mich um die Kaffeezeit.«

9

Ich bitte um Verständnis dafür, dass ich die folgenden zweieinhalb Stunden übergehe. Aus ermittlungstechnischer Sicht waren sie uninteressant und aus persönlicher demütigend. Vielleicht nur so viel: Bert, der Feigling, hatte sich während meines Gesprächs mit Dietmar jeglicher Rechenschaft mir gegenüber durch Flucht entzogen. Auch Anja war verschwunden, ebenso ihr Skoda. Nur vermutete ich hinter ihrem Abgang eine andere Ursache als bei Bert, die sich kurz mit »rot und plüschig« zusammenfassen lässt.

Das Setting, mit dem ich hier wieder einsetze, stellt sich wie folgt dar: Die Küche eines Literaturrezensenten mit eigener Radiosendung in der Gutenbergstraße. Um einen mit Tassen beladenen Tisch gruppieren sich in loser Formation: der Literaturrezensent selbst, Dietmar, ein Hauptkommissar des LKA, und zwei junge Frauen namens Jenny und Lisa. Erstere eine Krankenschwester, die in Vorbereitung auf ihren Geburtstag eigentlich Erdbeerkuchen backen wollte, dieses Vorhaben aber vorübergehend zurückgestellt hat. Lisa dagegen säße seit zwei Stunden hinter dem Aufnahmeschalter des Bergmann-Klinikums, wäre ihr nicht unvorhergesehen eine akute Magengrippe dazwischengekommen, die ihr ein befreundeter Arzt kurz vor ihrer Ankunft noch schnell attestiert hat, obwohl sie quicklebendig wirkt. Wegen des Attests ist sie etwas später als die anderen am Set eingetroffen.

Am Tisch finden wir außerdem die attraktive Co-Moderatorin des Literaturrezensenten – nein, leider nicht.

Irene hatte zwar Interesse an Informationen über Fortschritte im Fall Renate bekundet, sich aber nicht zu mir getraut, weil sie Anjas Blick auf dem Markt (wahrscheinlich zu Recht) als Morddrohung gedeutet hatte. Ich solle erst mal meine Beziehung ins Reine bringen, hatte sie gesagt.

Dazu jedoch hätte Anja da sein müssen.

Ich war davon ausgegangen, dass sie vom Markt nach Hause gefahren war und mich in ihrer Wut zurückgelassen hatte. Aber dort war sie nicht. Ebenso wenig in ihrem Bürgerhaus, ihrem zweitliebsten Rückzugsort. Schließlich hatte ich ihre beste Freundin Madeleine angerufen, an die sie ihre Wohnung nach unserer Wiedervereinigung untervermietet hatte. Nada. Ihre Eltern: ebenso. Mehr war mir nicht eingefallen. Ich war gerade am Überlegen gewesen, ob sie irgendeinen Termin erwähnt hatte, als Dietmars Ankündigungsanruf gekommen war. Darauf hatte ich eilends meine Task Force zusammengerufen, und nun saßen wir hier, ohne Anja, dafür mit zwei potenziellen Objekten ihrer Eifersucht.

Dietmar war zunächst wenig erfreut über die Damen in meiner Küche gewesen, bis ich ihm die Sache erklärt hatte. Da waren zunächst die Bergfrauen mitsamt ihrem Streik, der Renates Entführung wegen nun vielleicht ausfiel und Verhandlungen ihrer Kollegin Schwester Claudia möglich machte. Verhandlungen, die Renate abgelehnt hatte. Dietmar hörte sich dieses mögliche Entführungsmotiv mit gerunzelter Stirn an, notierte es sich und stellte Jenny einige Fragen zu etwaigen Drohungen oder Warnungen, die Renate in ihrer Funktion als Mitarbeitervertreterin erhalten hatte. Davon wusste Jenny nichts, was aber wenig besage, wie sie meinte, denn Renate neige nicht dazu, sich einschüchtern zu lassen.

Dann Felicia Kretzschmar. Eine Freundin, mit der Renate vermutlich die letzten Stunden vor ihrer Entführung verbracht hatte und die plötzlich Hals über Kopf zu einer Pilgerreise aufgebrochen war, die sie eigentlich erst später hatte antreten wollen. Die andererseits aber auch keinen erkennbaren Grund hatte, Renate zu entführen, es sei denn … Ich schluckte und gab Irenes skurrile Idee zum Besten: vorgetäuschte Entführung, um Renate die nötige Freiheit zu verschaffen, sie auf der Tour zu begleiten.

»Absurd«, sagte Dietmar, der emsig auf die Innenseite einer

leeren Mehltüte schrieb, die er sich aus der Altpapierkiste geangelt hatte.

»Wieso? Hätte sie um den Urlaub gebeten, wäre er mit an Sicherheit grenzender Wahrscheinlichkeit abgelehnt worden, zumindest von ihrem Mann«, verteidigte ich Irenes Theorie, ungeachtet meiner gestrigen Meinung dazu. Irene war meine Partnerin, ergo war ich der Einzige, dem es zustand, ihre Ideen absurd zu finden. Und gerade jetzt fand ich diese hier ziemlich brillant.

»Eine gefakte Entführung wäre Renates reellste Chance, für eine Weile zu verschwinden, ohne hinterher einen Haufen Ärger zu bekommen. Ihre Freundin hilft ihr dabei, eben weil sie ihre Freundin ist und weil sie nicht allein pilgern will. Vorher setzen die beiden noch Dulcinea vorübergehend aus Renates Garten in ihren um …«

»Wen?«, erkundigte sich Dietmar.

»Eine prämierte Teerose.«

»Ach so. Aber warum sollten sie die umsetzen, wenn in den Wochen darauf beide nicht da sind?«

Verflixt. Ich hatte gleich gewusst, dass die Idee Blödsinn war.

»Die Nachbarn«, warf Lisa ein. »Wenn meine Eltern wegfahren, kümmern sich immer ihre Nachbarn um den Garten. Leider hatte der von Frau Kretzschmar gestern einen Herzinfarkt.«

»Tragisch.«

Lisa stand abrupt auf und verließ die Küche, während Dietmar etwas auf der Mehltüte durchstrich, etwas anderes hinzufügte und sie schließlich zerknüllte. »Wäre es möglich, ein Blatt zu bekommen?«

»Wie groß?«

»Ein normales Blatt.«

Ich ging ins Wohnzimmer, um eins zu holen. Dort ließ Lisa gerade ihr Handy sinken.

»Herr Sattler ist gestern Nachmittag gestorben«, sagte sie leise. »Eine knappe Stunde nach meinem Dienstbeginn.«

In ihren Augen standen Tränen. Auch mir setzte der plötzliche Tod des Alten zu. Erstens hatte er mich an meinen Großvater erinnert. Und außerdem nahm er nun mit ins Grab, ob Felicia Kretzschmar den Schubkarrenstreit vor ihrem Aufbruch noch beigelegt und ihm die Pflege ihres Gartens angetragen hatte. Beziehungsweise zunächst einmal in die Pathologie oder einen Kühlraum oder wo immer man im Bergmann frische Leichen ablegte.

Dietmar bedankte sich artig für das Blatt, das ich ihm auf den Tisch warf, und erhob sich.

«Wenn Sie erlauben, würde ich Ihnen Ihren Ermittlungsleiter für einen Augenblick entführen.«

Wie auf Befahl sprang Jenny auf. Lisa griff nach ihrer Tasche.

»Nicht doch«, sagte Dietmar erschrocken. »Wir gehen nur für fünf Minuten auf den Balkon! Danach hätte ich gern auch von Ihnen noch etwas gewusst.«

Mit roten Wangen setzte sich Lisa wieder, was mich einmal mehr vor die Frage stellte, woher der dicke Hauptkommissar mit der beginnenden Scheitelglatze und den feuchten braunen Augen seine Wirkung bezog. Anja hatte meine diesbezüglichen Überlegungen einmal schlicht mit »Charme« beantwortet, aber für charmant halte ich mich, in aller Bescheidenheit, auch. Ich will mich nicht über meinen Erfolg bei Frauen beklagen, aber, und auch das in aller Bescheidenheit: Ich bin nicht nur charmant, geistreich, witzig, originell und bescheiden, sondern auch fast zehn Jahre jünger als Dietmar. Und selbst wenn ich älter wäre, würde ich noch besser aussehen. Trotzdem folgten die Blicke der beiden Frauen nicht mir, als wir die Küche verließen.

Auf dem Balkon hob Dietmar unter den skeptischen Augen der Elster einen Blumentopf mit Bohnenkeimlingen von einem Holzhocker, während ich meinen üblichen Raucherstuhl am Tisch belegte. Die Elster legte den Kopf schief, wetzte ihren

Schnabel einige Male an der Brüstung und kletterte auf ihr entlang zu einem Balkonkasten mit Stiefmütterchen hinter Dietmars Kopf. Dort ließ sie sich nieder.

»Bei mir zu Hause sind die Vögel nicht so draufgängerisch«, bemerkte Dietmar und rutschte etwas näher an den Tisch.

»Das ist eine alte Bekannte.«

»Ach so.«

»Vermutlich sucht sie gerade den optimalen Ansatzpunkt, um deinen Schädel aufzupicken.«

Leider hörte Dietmar nicht hin, sein Handy hatte sich gemeldet. Während er telefonierte, warf ihm die Elster glänzende Blicke zu. Es sah nicht so aus, als dächte sie daran, seinen Hinterkopf aufzupicken. Eher als wolle sie seine spärlichen Haare sortieren. Also auch du, Brutus, dachte ich deprimiert. Auch dich hat er erobert.

Nach einer knappen Minute beendete Dietmar sein Telefonat, bei dem es um Drecklock gegangen war.

»Er beharrt immer noch darauf, den Trolley in niemandes Auftrag genommen zu haben. Seiner neuesten Version nach wollte er ihn im Fundbüro vom Stadthaus abgeben. Das passt zu der Richtung, die er eingeschlagen hatte, aber er lügt trotzdem. Ich nehme ihn mir nachher noch einmal in Ruhe vor.«

»Und wenn er die Wahrheit sagt? In dem Fall wissen die Entführer jetzt, dass die Polizei an der Sache dran ist.«

Dietmar tippte eine kurze SMS.

»Würde mich wundern. Ich hab dir doch von Ronnys illustrer Vergangenheit erzählt.«

»Na ja, ein bisschen Drogen, ein bisschen Diebstahl, ein bisschen Gewalt …«

»Von allem ein bisschen viel, um es vorsichtig auszudrücken. Und das meiste davon im Dunstkreis einer Berlin-Brandenburger Truppe, von der er sich nach seinem letzten Knastaufenthalt verabschiedet haben will. Glaub ich aber nicht. Einmal Mitglied, immer Mitglied. Und selbst wenn doch: Vielleicht haben seine angeblichen Ex-Kumpel noch eine Rechnung mit ihm offen, vielleicht schuldet er ihnen noch was. Es gibt tausend Gründe, aus denen er sich verpflichtet gefühlt haben könnte, ihnen zuzuarbeiten. Erst recht, wenn dabei vielleicht noch eine Aufwandsentschädigung rausspringt.«

»Willst du damit andeuten, dass Drecklocks Ex-Bande sich inzwischen auf Entführungen spezialisiert hat?«, fragte ich ungläubig. Die Elster schob ihren Schnabel langsam in Richtung von Dietmars linkem Ohr. Ohne es zu bemerken, zog er seine Zigarettenschachtel aus der Tasche und griff nach meinem Feuerzeug.

»Oder mit einer solchen Bande zusammenarbeitet. Das scheint mir wahrscheinlicher. Mal sehen, was ich aus Ronny rauskriege.«

Wenn überhaupt einer etwas aus diesem Ronny rauskriegt, dann er, schnarrte die Elster zärtlich. Dietmar fuhr zusammen. Darauf zuckte auch sie zurück und begann hektisch, im Blumenkasten zu graben.

»Macht die das öfter?«

»Nur wenn sie jemanden nicht leiden kann«, sagte ich. »Im Übrigen ist deine Theorie genauso absurd wie meine von Renates Scheinentführung zum Zwecke einer ungestörten Pilgerreise.«

»Mitnichten«, erwiderte der Hauptkommissar und stippte ein unsichtbares Häufchen Asche von seiner Zigarettenspitze. Seine stoische Ruhe begann mich allmählich zu nerven.

»Du hast mich hoffentlich nicht auf meinen Balkon beordert, um mich mit Andeutungen und einem ›Mitnichten‹ abzuspeisen! Wenn doch, sehe ich dieses Meeting als beendet an!«

»Mit dieser Ungeduld wirst du nie im *Carcassone* gegen mich gewinnen«, bemerkte Dietmar trocken. »Im Übrigen habe ich dich hierher beordert, um dich an meiner Theorie zu den Entführungen teilhaben zu lassen. Dass du darüber den Mund hältst, versteht sich von selbst.«

Er überbrückte einen kurzen Moment des Nachdenkens,

indem er einen nahezu perfekten Rauchkringel aus seinem Mund fließen ließ.

»Es wird sich nicht vermeiden lassen, dass ich bis zu den beiden vorangegangen Entführungen aushole«, sagte er dann. »Bei der ersten wurde der Ehemann des Opfers aufgefordert, das Geld in den Briefkasten eines leerstehenden Ausflugslokals an der Havel zu werfen, das er im letzten Jahr erworben hat. Leider steht es relativ frei direkt am Ufer, und leider wurde dem Mann der Ort zu kurzfristig mitgeteilt, als dass wir großartige Vorbereitungen hätten treffen können – nämlich im Auto, nachdem er auf Befehl der Entführer eine halbe Stunde durch die Stadt gegondelt war und sein Ziel quasi schon erreicht hatte. Uns blieb nur übrig, ihm zu folgen und den Briefkasten im Auge zu behalten, nachdem er den Umschlag eingeworfen hatte. Anderthalb Tage und eine Nacht haben wir im Wagen gesessen, ohne dass etwas passiert ist. Am dritten Tag rief der Ehemann an und teilte uns mit, seine Frau wäre wieder da. Auf welche Weise sie aufgetaucht ist, hast du wahrscheinlich gehört. Darauf haben wir den Briefkasten geknackt und …« Dietmar räusperte sich. »In die Wand dahinter hatte man ein Loch gebrochen. Darum kam niemand, um den Kasten zu leeren. Das Geld ist direkt ins Haus gefallen, vielleicht geradewegs in die Hände des Abholers, der damit vermutlich durch einen Hinterausgang zu einem auf der Havel wartenden Boot gelaufen ist, während wir uns vor dem Haus die Hintern platt gesessen haben.

Bei der Hoteliertochter so ähnlich: Autofahrt, an einer Kreuzung plötzlich ein Anruf mit der Aufforderung, den Umschlag auf der Beifahrerseite aus dem Fenster zu halten, was erklärt, warum die Mutter des Mädchens ebenfalls mitfahren sollte. Kaum streckt sie den Arm raus, schnappt sich ein Radfahrer den Umschlag, fegt bei Rot über die Kreuzung und verschwindet im Labyrinth der Kulturschuppen in der Schiffbauergasse. Von dort kann er überall hin sein, der Komplex hat zig Ausgänge in verschiedene Richtungen. Wir hätten ohne

Verzögerung das ganze Gelände abriegeln müssen, um ihn zu kriegen.«

»Wow«, sagte ich. »Der Typ hat Spaß an seinem Job.«

Dietmars Augen verengten sich.

»Nicht der, *die*. Wir haben drei entführte Frauen in einer Stadt innerhalb von drei Wochen. Sozusagen im üblichen Fernsehserienrhythmus. Und bei allen finden wir die gleiche Methodik: Entführung jeweils am Abend, am zweiten Tag danach Lösegeldforderung via Post an die Familien der Opfer.«

»Nur die Höhe der geforderten Summe divergiert«, bemerkte ich.

»Die Summe spielt in meiner Theorie keine Rolle«, sagte Dietmar und winkte ab, als er mein Gesicht sah. »Also, der Termin der Geldübergabe wird jeweils telefonisch mitgeteilt, in den ersten beiden Fällen über Prepaid-Handys aus verschiedenen Funkwaben. Der Ort, wie schon erwähnt, quasi spontan. Außer bei Michalski. Er hat seinen Anruf früher erhalten als die anderen und ihm wurde dabei bereits der Ort genannt. Das hat mich zunächst gewundert. Doch dann ist mir eingefallen, dass er nicht fahrtüchtig ist, man ihn also nicht wie die anderen in der Stadt herumscheuchen kann. Wie auch immer, in Fall eins und zwei wird gezahlt und die Ware erscheint exakt einen Tag später wieder auf der Bildfläche, unterkühlt und ohne Erinnerung an die letzten Stunden. Und nun frage ich dich, wer in der Lage ist, innerhalb so kurzer Zeit zwei, vielleicht drei Entführungen derart planvoll durchzuziehen? Sieht das nach einem Einzeltäter aus?«

»Kaum«, gab ich widerwillig zu.

Dietmar nickte. »Nein, das sieht nach einem straff organisierten, professionellen Team aus.«

Irgendwie fiel es mir schwer, mir Drecklock in einem solcherart beschriebenen Team vorzustellen. Da ich in diesem Punkt jedoch keine Zustimmung von Dietmar erwartete, fragte ich bloß: »Und nach welchen Kriterien wählt dein Entführungsteam seine Opfer aus? Nach der Höhe ihres Vermögens auf ihren Schweizer Konten ja wohl kaum. Siehe Michalski, der nicht mal fünfzigtausend zusammenkratzen konnte.«

Über das Gesicht des Hauptkommissars ging ein seltsames Leuchten.

»Es wählt sie gar nicht aus.«

»Bitte?«

»Es ist umgekehrt«, sagte Dietmar heiter, »die Bande wird gebucht, nachdem die Opfer bereits feststehen. Erinnerst du dich an die Bremer Entführungsserie vor vier Jahren?«

Halbherzig grub ich in meinem Gedächtnis.

»Die Ukrainer, die man nie gefasst hat?«

»Genau. Sind wahrscheinlich zurück in die Heimat. Nebenbei müssen sie mindestens einen Deutschen an Bord gehabt haben. Die Lösegeldbriefe waren sprachlich einwandfrei. Egal, in Bremen waren es auch drei Opfer, die in kurzen Abständen verschwanden und nach Zahlung der Lösegelder wieder auftauchten. Zwei Frauen und ein Jugendamtsleiter, der sich gerade auf den Posten des Sozialbeigeordneten beworben hatte. Sein Fall wurde von den Medien damals groß aufgezogen. Einer seiner Mitbewerber …«

»Ich weiß«, murrte ich. »Er hatte die Ukrainer gekauft, um den Jugendamtstypen bis zur Wahl aus dem Weg zu räumen, und sich dann bei einer Routinebefragung verplappert. Von Erinnerungslücken bei den Entführten war da aber nie die Rede.«

»Die Bande könnte ihre Methoden verfeinert haben«, sinnierte Dietmar. »Eins der damaligen Opfer hatte ein ukrainisches Kindermädchen, das dauernd telefonierte, weshalb sie die Sprache, in der sich ihre Entführer unterhielten, einordnen konnte. Als Reaktion darauf sediert man die Opfer jetzt während der Phasen, in denen verbale Verständigung nötig werden könnte.«

»Du hast eben gesagt, dass die Ukrainer wieder in die Ukraine zurückgekehrt sind.«

Dietmar sah mich an wie ein Lehrer einen störrischen Hilfsschüler.

»Es wäre mir neu, dass man eine Grenze kein zweites Mal passieren kann. Außerdem behaupte ich nicht, dass wir es hier mit den gleichen Ukrainern oder überhaupt Ukrainern zu tun haben. Genauso gut können es Ungarn, Tschetschenen oder Deutsche sein, die nach dem Bremer Muster vorgehen. Wir werden sehen«, sagte er und drehte seine Zigarettenschachtel einmal um sich selbst.

»Wie ist dieser Mitbewerber für den Job damals eigentlich an die Ukrainer gekommen?«, erkundigte ich mich spitz. »Über eine Zeitungsannonce?«

»Wieder umgekehrt«, sagte Dietmar. »Sie haben ihn gefunden, damit er sie finden konnte. Eines Tages trudelte eine Mail mit einem Link bei ihm ein, hinter dem sich eine Lebensberatungsanzeige und ein weiterer Link verbargen, der zu einer Telefonnummer führte ... Erspar mir die ganze Geschichte«, bat Dietmar. »Die Seiten hinter den Links waren bei der späteren Überprüfung alle gelöscht. Entscheidend scheint mir die Mail. Denn sie beweist, dass die Truppe nicht wartet, bis sie zufällig von jemandem gefunden wird, sondern selbst aktiv nach potenziellen Auftraggebern sucht. Übrigens glaube ich, dass die Ukrainer damals ohnehin spätestens nach einer vierten Entführung die Mücke gemacht hätten.«

»Warum?«

»Wegen des Aufwands. Beginnend bei der Akquise der Auftraggeber und geeigneter Verstecke über die Erstellung der temporären Kontaktseiten im Netz, Planung und Simulation der Abläufe, um Sicherheitslücken aufzuspüren, bis zum Aufsetzen der Lösegeldbriefe. Ich glaube, dass die Abläufe bereits bis ins letzte Detail standen, ehe man überhaupt Kontakt mit möglichen Auftraggebern aufnahm. Und auch die Zahl. Drei oder vier, mehr nicht, in schneller Folge, sodass die Polizei sich aufsplitten und an mehreren Fällen parallel arbeiten muss. Überarbeitete Beamte neigen irgendwann zwangsläufig zum Schludern. Und dann, nach Opfer drei oder vier, verstreut sich die Bande in alle Richtungen ...«

Dietmar griff nach seinen Zigaretten und klopfte eine aus der Schachtel. Ich sah auf die Uhr meines Handys. Neun Minuten.

»Bei der Hoteliertochter«, fuhr der Hauptkommissar fort, nachdem er einen Zug inhaliert hatte, »hab ich mich zum ersten Mal gefragt, ob wir es hier mit einer ähnlichen Geschichte zu tun haben. Dafür spricht auch die örtliche Begrenzung. Wir haben einen unserer Computerleute darauf angesetzt, der sich rund um die Uhr auf der Suche nach verdächtigen Seiten durchs Darknet wühlt. Ein hartes Stück Brot, er muss sich durch Labyrinthe von Filtern und Nebenstraßen kämpfen, aber er ist ehrgeizig, ein Beißer. Irgendwann hat er Erfolg.«

Entführung als Dienstleistung, Darknet. All das zu schlucken war ebenfalls hartes Brot. Dietmar ließ mir Zeit und rauchte seine Zigarette. In der Regenrinne über uns tackelte die Elster.

»Okay, nehmen wir mal zum Spaß an, dass Renate Michalski und die beiden Frauen davor tatsächlich von einer solch kruden Bande verschleppt worden sind«, sagte ich. »Dann müssten sich irgendwo in ihrem Umfeld die Auftraggeber für die Entführungen herumtreiben, mitsamt den entsprechenden Motiven, richtig? Wäre es nicht sinnvoller, danach zu suchen, statt mehr oder weniger blind im Internet zu stochern?«

»Endlich«, seufzte Dietmar und lehnte sich zurück, »sind wir am Punkt. Was glaubst du wohl, was wir gemacht haben? Es ist nur so: Auch ein gesprächsgeschulter Kommissar bleibt in den Augen der Leute vor allem ein Polizist. Und einem Polizisten gegenüber verhält man sich anders als, sagen wir, zum Beispiel einem jungen Mann mit Armschlinge. Man passt auf, dass nicht zu viel Dreck aufgewirbelt wird, mit anderen Worten, wir treten ein wenig auf der Stelle. Und jetzt, wo uns noch ein dritter Fall anhängt, beginnen uns auch die Kapazitäten zu fehlen. Wie lange bist du eigentlich noch krankgeschrieben?«, fragte er übergangslos.

Ich starrte ihn eine Sekunde lang an, ehe ich begriff.

»Ein Weilchen. Ich arbeite trotzdem!«

»Bestimmt nicht voll«, sagte Dietmar liebenswürdig. »Du warst doch auch vor dem Unfall höchstens zwanzig Stunden beschäftigt.«

Ich schwieg. Eine Weile hörten wir nur der Elster zu, die in der Rinne über uns eine Art Brautwerbetanz aufführte. Wir hätten reingehen können. Sollen. Jenny und Lisa fragten sich bestimmt, wo wir blieben, falls sie nicht schon nach Hause gegangen waren. Stattdessen nahm ich mir eine Zigarette.

»Wie war es bei Michalski?«

Während ich das Feuerzeug klicken ließ, forschte ich in Dietmars Miene nach Zeichen von Enttäuschung über den Themenwechsel. Zu meiner eigenen Enttäuschung fand ich keine.

»Er war verständlicherweise mitgenommen von der Lösegeldübergabe. Hat uns trotzdem an seinem mageren Wissen teilhaben lassen. Verabredung seiner Frau mit einer Freundin am Abend vor der Entführung, im Großen und Ganzen nichts Neues.«

»Vielleicht hab ich was«, sagte ich erhaben. »Vorgestern haben Lisa und ich uns in der Gartenkolonie umgesehen, in der Renate sich mit Felicia Kretzschmar getroffen und diese Rose ausgegraben hat. Dort gab es einen menschlichen Wachhund, der eine Art Bürgerwehr befehligt, eine Handvoll Möchtegern-Rambos, die rund um die Uhr in der und um die Gartensiedlung patrouillieren. Angeblich wegen benachbarter Flüchtlinge, denen sie Einbrüche in die Sparten nachsagen. Mir scheinen sie nicht ganz sauber.«

Dietmars linkes Augenlid zuckte leicht. Er ließ er sich Namen und Lage der Siedlung nennen und kritzelte sie auf sein Blatt.

»Hat Michalski die Kolonie nicht erwähnt?«, fragte ich verwundert.

»Nein. Nur dass sich seine Frau mit einer ihm unbekannten Freundin treffen wollte.«

»Merkwürdig. Vielleicht nagt die Krankheit an seinem Gedächtnis.«

»Oder die Verzweiflung. In seinem Wohnzimmer lagen ganze Gebirge von Wollkissen und Decken herum. Als ob er anstelle seiner Frau wenigstens ihren Kram so dicht wie möglich um sich haben wollte.«

»Auf die Gefahr hin, deine romantische Vorstellungen über die Liebe älterer Paare zu zerstören: Ich glaube, er beabsichtigt, das Zeug zu verkaufen«, sagte ich und berichtete ihm von Lisas Bemerkung über den Wert der Handarbeiten und Michalskis Reaktion darauf.

Dietmar beugte sich vor, die Augen nahezu schwarz, wie die der Elster.

»Er verkauft die Sachen seiner Frau?«

»Oder versucht es jedenfalls. Michalski ist ein Spieler. Sportwetten. Nebenbei pflegt er ein recht vertrautes Verhältnis zur Schwester seiner Nachbarin, einer Osteuropäerin ohne gültiges Visum.«

Ich kam mir ein bisschen schäbig vor, als ich das sagte.

Dietmar warf seine Zigarette in den Aschenbecher.

»Eine Blonde, am Ansatz nachdunkelnd, schmale Nase, braune Augen?«

Ich kratzte mich verlegen am Kinn. »So genau hab ich nicht hingesehen. Bei unserer Begegnung trug sie rosa Pantoffeln.«

»Genau! Sie kam, während ich mich verabschiedete, stellte eine Tüte ab und weg war sie wieder. Ich dachte, irgendein Sozialdienst.«

»Meines Wissens bestand Michalskis Sozialdienst aus seiner Frau«, sagte ich.

Ich hasste Dietmar. Für die Frechheit, mir einen Vasallenjob in einem Fall anzubieten, der ohnehin meiner war. Und dafür, wie er nach unserer Rückkehr in die Küche Lisa und Jenny umgarnte und spielend alles, was sie je über Renate und ihr Umfeld gewusst hatten, aus ihnen herausholte, indem er

Charme absonderte wie ein Stier Moschus. Im Besonderen interessierten ihn die Bergfrauen und Renates Werdegang in der Klinik. Er wollte wissen, auf welchen Stationen sie gearbeitet hatte, ließ sich ihr Verhältnis zu Vorgesetzten, Kollegen und zu ihrer Mit-Bergfrau Schwester Claudia schildern und notierte alles, was Jenny ihm erzählte. Dann dankte er ihr warm für die Auskünfte, was einen zartrosa Schleier auf Jennys Wangen zauberte, und ermunterte sie, Schwester Claudia unbedingt zur Verhandlung mit der Klinikleitung zu begleiten und die Beziehung zu ihr zu intensivieren.

»Es könnte sich um eine bedeutsame Spur handeln«, sagte er. »Folgen Sie ihr, versuchen Sie herauszufinden, wie Renate Michalski in letzter Zeit zu Schwester Claudia stand und Claudia wiederum zur Gewerkschaft und zur Klinikleitung. Erwähnen Sie ihr gegenüber ruhig auch die beiden Entführungsfälle der letzten Zeit und deren Ähnlichkeiten, und prägen Sie sich ihre Reaktion ein. Aber seien Sie vorsichtig«, schloss er mit einem besorgten Lächeln. »Ich möchte Sie nicht auch noch als Vermisstenanzeige auf meinem Tisch finden. Hier ist meine Karte. Melden Sie sich, wenn Sie auf etwas Mitteilenswertes stoßen. Jederzeit, auch nachts. Warten Sie, ich schreibe Ihnen meine Handynummer auf die Rückseite.«

Er reichte Jenny das Kärtchen und sie nahm es ehrfürchtig entgegen. Als sie sich verabschiedete, um sich endlich um ihre Geburtstagsvorbereitungen zu kümmern, hätte sie niemand mehr als blass bezeichnet.

Danach eine Variation des gleichen Spiels bei Lisa. Von ihr ließ Dietmar sich ausführlich unseren Besuch in Renates Garten beschreiben und lauschte ihr so aufmerksam, als hätte er noch nie ein Wort darüber gehört. Aus Protest räumte ich unter lautest möglichem Geschepper den Tisch ab und begann abzuwaschen.

»Würdest du ein wenig leiser sein, mein Lieber?«, fragte Dietmar. »Dann muss deine Freundin nicht so schreien.«

Ich knallte den Lappen in die Spüle und verließ die Küche.

Im Bad fummelte ich fluchend eine Tablette aus der Packung und warf sie mir ein. Als ich zurückkehrte, war Lisa gerade bei Hübner und seiner Bürgerwehr.

»Drei Typen zwischen achtzehn und Mitte dreißig, wahrscheinlich arbeitslos und auch eher aus dem ... Wie soll ich sagen. Zwischen Weltliteratur und Musikinstrumenten sind die eher nicht aufgewachsen, und zu ihren Freundinnen sagen sie bestimmt Häschen oder Mäuschen. Der eine trug eine Bomberjacke, einer eine Polojacke, einer ein Kapuzenshirt mit riesigem Tag drauf.«

»Verstehe«, meinte Dietmar schmunzelnd.

»Der Älteste hatte einen Schlagstock aus Eisen ...«

»Ein Stück Rohr«, knurrte ich.

»Die anderen Messer, mit denen sie vor unseren Nasen rumgefuchtelt haben. Vermutlich hätten sie sie auch eingesetzt, wenn Hübner nicht aufgetaucht wäre.«

»Das bezweifle ich«, sagte ich, gegen die Spüle gelehnt. »Die wollten uns bloß einschüchtern. Aus irgendeinem Grund haben sie uns für Ausländer aus einem der umliegenden Flüchtlingsheime gehalten. Dass sie denen Einbrüche in die Gärten unterstellen, hab ich dem Hauptkommissar schon erzählt.«

Lisa trank einen Schluck kalten Kaffee. »Also, wenn ich dort einen Garten hätte, würde ich ihn lieber vor statt von diesen Jungs schützen lassen.«

»Interessant«, sagte Dietmar. »Würden Sie ihnen auch eine Entführung zutrauen?«

»Denen würde ich fast alles zutrauen«, antwortete sie, »außer die Entführung von Renate. Sie war ja in Gesellschaft von Felicia Kretzschmar. Herr Hübner hat die beiden beim Ausheben der Dulcinea überrascht.«

»Die Teerose«, murmelte ich.

»Genau. Also hätten sie Frau Kretzschmar gleich mit entführen müssen, damit sie hinterher nicht plappert.«

Sie wandte sich zu mir und forderte mit kokettem Blick

meine Zustimmung. Aber ich war es leid, von ihr als Abnicker benutzt zu werden.

»Wir waren uns einig, dass Renate auch nachdem sie sich von der Kretzschmar verabschiedet hat, entführt worden sein kann.«

»Wir waren uns noch einiger, dass sie ihre Rose bis zur Neuverwurzelung begleitet hätte«, rief Lisa.

»Kinder!«, sagte Dietmar.

Wir verstummten, jeder den Blick in eine andere Richtung gewandt, während er seinen Zettel mit weiteren kryptischen Schriftzeichen füllte.

»Wisst ihr die Namen der drei Jungs?«, fragte er, als er fertig war

Lisa blähte die Nasenflügel.

»Der Älteste heißt Alex und scheint der Sohn vom Hübner zu sein. Die anderen wurden uns nicht vorgestellt.«

Dietmar notierte den Namen, faltete den Zettel und stand auf. »Danke, Sie sind eine hervorragende Zeugin. Just kann sich glücklich schätzen, so aufmerksame, hübsche Mitarbeiterinnen zu haben.«

Auf Lisas Gesicht zeigte sich eine Mischung aus Verlegenheit und Stolz.

»Dafür hast du die Schneider«, murrte ich. Dietmar stutzte kurz.

»Stimmt«, gab er lächelnd zu. »Die ist zumindest zuverlässig.«

Bald danach ging auch Lisa.

»Man möchte kaum glauben, dass dein Bekannter beim LKA ist«, sagte sie, als sie ihre Schuhe anzog. »Er hat keinen einzigen dieser typischen Begriffe wie Spurensicherung oder Tatbestand oder so gebraucht.«

»In Renates Fall gibt es bis jetzt auch nicht allzu viele Spuren zu sichern«, entgegnete ich steif. »Und der Tatbestand ist klar: Entführung.«

Noch gestern hatte Lisa wie eine Klette an mir gehangen und schwer an der Tatsache geschluckt, dass ich eine Freundin hatte, und kaum säuselte ein Dicker mit beginnender Glatze ihr ein paar Komplimente zu, drehte sie bei und segelte ihm hinterher.

Was wiederum die Frage in mir aufwarf, wo zum Teufel Anja steckte. Am Ende segelte sie aus purer Rachsucht vielleicht auch gerade jemandem hinterher? Nach dem Tohuwabohu um Drecklock und die pelzigen Handschellen hatte ich sie kurz neben Mindbeard stehen gesehen. Oder ihn neben ihr, je nach Sichtweise, jedenfalls für meinen Geschmack ein My zu dicht. Ich erinnerte mich, dass er während meiner Unterhaltung mit Dietmar am Straßenrand auf sie eingeredet hatte. Danach waren beide weg gewesen.

Zerstreut knautschte ich den Zettel, den Dietmar mir beim Abschied überreicht hatte, in der Hand. Es war nicht das Notizblatt mit den unleserlichen Schriftzeichen, sondern ein Computerausdruck, der die Adressen der letzten beiden Entführungsopfer nebst stichpunktartigen Hinweisen zu ihren Lebensumständen und denen ihrer Angehörigen enthielt.

»Nur falls du Lust hast, über meinen Vorschlag von vorhin nachzudenken«, hatte er gesagt. »Ich würde mich freuen. Du bist kein Kriminalist, Just. Dafür hast du die feine Antenne eines Journalisten für Geschichten hinter dem Banalen. In unserem Fall könnten sie Gold wert sein. Solltest du auf solch eine Goldader stoßen, ruf mich an. Wir sind für alles dankbar, was uns der Bande näherbringt. Natürlich bin ich mir darüber im Klaren, um was ich dich da bitte«, hatte er nach einem flüchtigen Blick zu Lisa, die gerade aus dem Bad kam, leise hinzugefügt. »Die Sache ist zeitaufwändig, falls du zum Beispiel das Tanzstudio besuchst, in dem die Hoteliertochter trainiert, oder das Lieblingslokal der Investorengattin. Aber ich kenne kaum jemanden, der so rasch Sinnzusammenhänge herstellt wie du. Allein deine These von Renate Michalskis vorgetäuschter Entführung, herrlich!«

»Könnte es auch sein, dass du mich nur beschäftigen willst, um mich aus dem Weg zu haben?«

Darauf hatte Dietmar gerufen: »Genau das meine ich!« und war lachend die Treppe hinabgestiefelt.

Lisa hatte ihre Schuhe zugebunden und richtete sich auf.

»Tja, wie es aussieht, endet hier unsere gemeinsame Ermittlung und Hauptkommissar Elmers übernimmt. Schade eigentlich.«

Elmers? Offenbar meinte sie Dietmar.

Ja, wollte ich sagen, aber in diesem Moment durchzuckte mich eine Idee.

Ich reichte ihr Dietmars zerknitterten Computerausdruck.

»Nicht unbedingt. Hauptkommissar Elmers hat mich gebeten, dir das hier zu geben.«

Prompt wurde sie rot. Ich hasste Diet...

»Und was ist das?«

»Die letzten beiden Entführten und ihre Angehörigen in Stichpunkten und mit Adressen.«

Ich würgte meinen Ärger herunter und wiederholte originalgetreu Dietmars Referat vom Balkon, ergänzt durch sein Abschlusskompliment. Danach sah Lisas Gesicht aus, als wäre es von einem heftigen Ausschlag befallen.

»Er hat mitbekommen, dass du dich eigens wegen unserer Besprechung hast krankschreiben lassen. Und auf dem Balkon wollte er wissen, wie ich die Chancen sähe, dich für diese besondere Aufgabe zu gewinnen. Er braucht einen Zivilen. Am besten eine Frau, und zwar eine mit den Vorzügen, die ich gerade genannt habe.«

»Warum hat er mich nicht selbst gefragt,«

»Wollte er. Aber du warst im Bad und er musste los.«

Ich lächelte.

»Ganz schön dreist, ich weiß. Ich meine, du bist keine Polizistin und diese Recherchen sind aufwändig und nicht ganz ungefährlich. Darum habe ich ihm keine übersteigerten Hoffnungen gemacht, fühl dich also bloß nicht unter Druck gesetzt oder so. Wenn du nicht willst, mache ich es.«

Sie überflog das Blatt.

»Aber dazu muss man herumfahren, die Leute wohnen an entgegengesetzten Enden von Potsdam«, sagte sie, als sie es sinken ließ. »Man braucht ein Auto dazu. Und außerdem hast du eine kaputte Schulter.«

»Ich krieg das schon irgendwie hin. Vielleicht ist die Schulter sogar hilfreich, um mit den Leuten ins Gespräch zu kommen. Ein Verletzter wirkt harmloser als ein Gesunder, er weckt Mitgefühl und Neugier. Das mit dem Auto ist natürlich ein Punkt.«

Ich tat, als grübele ich über das Problem nach. »Ich müsste mir halt ein Taxi bestellen oder meine Freundin bitten, mich nach der Arbeit zu fahren.«

»Zu unflexibel. Und Hauptkommissar Elmers hat sich eine Frau für den Job gewünscht, richtig? Was übrigens für seine Menschenkenntnis spricht, denn eine Frau wirkt noch harmloser als ein Verletzter.«

Sie schob das Blatt in ihre Tasche.

»Sag ihm, ich mache es und erstatte ihm täglich Bericht.«

Verdammt, die Berichte.

»Danke. Dann kann ich dir jetzt auch gestehen, dass ich es wie Dietmar sehe: Keine ist dafür besser geeignet als du. Ich hab dich schließlich bei Michalski, in der Gartenkolonie und in Geltow erlebt. Nur sollst du bitte deine Berichte nicht bei Dietmar, sondern bei mir abliefern.«

»Warum?«

»Er möchte es so. In der nächsten Zeit braucht er hundert Prozent Konzentration für die Suche nach Renate und der Bande, deren Auftraggeber du aufzuspüren versuchst. Deshalb und weil er mir auch eine kleine Aufgabe zugedacht hat, die regelmäßigen Rapport erfordert, hat er mich gebeten, ihm alle neuen Informationen jeden Abend gesammelt zuzuführen, damit er sie über Nacht verarbeiten und in Handlungsanweisungen für seine Leute umwandeln kann.«

Aus ihrem Blick sprach Enttäuschung. »Darf ich erfahren, welche Aufgabe du übernimmst?«

»Hauptsächlich Computerkram. Mehr darf ich nicht sagen. Aber sie ist lange nicht so bedeutsam wie deine.«

Sie nahm es hin, wie sie vermutlich alles hingenommen hätte, das von Dietmar kam. Und ich hatte freies Feld, um meiner eigenen Wege zu gehen. Dazu brauchte ich allerdings wirklich ein Auto.

10

Abends um sieben rief ich abermals sämtliche von Anjas Verwandten und Bekannten an, deren Nummer ich besaß. Ohne Erfolg, wenn man davon absieht, dass ihre Eltern angesichts meiner Unruhe und der Tatsache, dass ihre Tochter ihr Handy abgeschaltet hatte, langsam selbst unruhig wurden. Ich tröstete sie mit der Lüge, der Akku von Anjas Handy sei hinüber und leere sich seit einer Weile binnen einer knappen Stunde, wahrscheinlich sei sie einfach bei einer Freundin.

Dabei flog mich ein Gedanke an, der meine latente Beklemmung in einen ersten Panikschub verwandelte. Dietmar mochte von Drecklocks Rolle als Honorarkraft einer Entführungsdienstleisterbande überzeugt sein, ich war es nicht. Damit aber rückte die Anwesenheit mindestens eines der echten Entführer in meinen Fokus, den niemand von uns auf dem Markt bemerkt hatte. Er dagegen hatte uns mit Sicherheit sehr deutlich wahrgenommen. Vielleicht sogar schon vor dem Sturm auf Drecklock.

Mir brach der Schweiß aus. Mühsam versuchte ich mir das letzte Bild vor Drecklocks Trolleydiebstahl in Erinnerung zu rufen. Lisa und Anja am Spargelstand in einem Gespräch über exorbitante Preise. Etwa einen Meter schräg vor uns der Kapuzentyp, der sich später als Kommissar Rilke entpuppt hatte. Noch ein Stück weiter Bert und Irene, letztere atemberaubend wie immer.

Dann macht Anja mich auf den fehlenden Trolley aufmerksam.

An der Stelle hielt ich die Rückblende an und ließ sie in Zeitlupe weiterlaufen. Um mich herum der beginnende Aufruhr, das Zerbröckeln der friedlichen Marktkulisse. Doch obwohl ich mich wieder mitten darin wähnte, gelang es mir nicht, Details scharfzustellen. Solange ich die Szenerie im Ganzen betrachtete, war alles in Ordnung, sobald ich aber einzelne Gesichter einzufangen suchte, verschwammen sie wie unter einem Weichzeichner oder sahen aus wie meine Mutter, Kollegen vom Sender oder bekannte Schauspieler. Es war offensichtlich, dass mein Gehirn sich alle Mühe gab, die vorhandenen Lücken irgendwie zu füllen und dabei auf Archivmaterial zurückgriff.

Resigniert wollte ich eben in die Gegenwart zurückkehren, als es unerwartet noch einmal in meinem Kopf aufsurrte und meine innere Kamera auf den Moment switchte, in dem Anja mich auf den fehlenden Trolley aufmerksam gemacht hatte. Sie hatte »der Trolley!« gesagt und zum Verkaufstisch gezeigt. Diese Erinnerung war echt, so viel stand fest. Und sie ging noch ein Stück weiter, ehe sie in den falsch restaurierten Teil abglitt. Anja deutete zwar zum Tisch, starrte dabei aber mein linkes Ohr an, als spräche sie nur zu ihm und nicht zu mir im Ganzen. Das machte mich stutzig. Niemand sprach mit einem Ohr! Ergo hatte Anja etwas angestarrt, das sich hinter dem Ohr befunden hatte.

Und jetzt fiel mir auch wieder ein, dass sie, im Gegensatz zu Lisa, nicht sofort losgerannt war. Erst nach Bert und Irene.

Es ließ sich nicht vermeiden: Ich rief Lisa an.

»Gut, dass du dich meldest«, sagte sie. »Ich kann dir heute noch keinen Bericht liefern, ist mir einge…«

»Ich brauche keinen Bericht, sondern eine Auskunft«, unterbrach ich sie. »Erinnerst du dich an den Moment auf dem Markt, als Anja bemerkt hat, dass der Trolley weg ist? Genauer gesagt an die Sekunde danach, ehe du ihn bei Drecklock entdeckt hast?«

»Heißt der wirklich so? Das ist ja mal ein fieser Na…«

»Ja oder nein?«

»Klar, an den erinnere ich mich wahrscheinlich noch in zehn Jahren.«

»Und ist dir da hinter meinem linken Ohr etwas aufgefallen?«

Sie schwieg einen Moment. »Hinter deinem linken Ohr?«

»Ja, da war irgendwas, das Anjas Aufmerksamkeit auf sich gezogen hat. Aber ich kann sie nicht fragen, sie ist noch unterwegs und bei ihrem Telefon ist wahrscheinlich schon wieder der Akku leer.«

»Hat Hauptkommissar Elmers dir aufgetragen, herauszufinden, was dieses Etwas war?«

»Gewissermaßen.«

»Okay, Moment.«

Es verging eine Minute, in der ich schwankte, ob ich Dietmar verprügeln oder küssen sollte, dann sagte sie bedauernd: »Nein. Ich hab nicht zu deinem Ohr geschaut, sondern auf Irene und deinen Freund, der uns an der Kirche eingewiesen hat. Dann hat Anja gesagt, dass der Trolley weg ist, und ich habe mich automatisch umgeblickt. Tut mir leid.«

»Macht nichts, war nur ein Versuch.«

»Nachher bin ich zu einem Jazzkonzert eingeladen, da könnte ich noch mal in mich gehen«, schlug sie vor. »Ich kann Jazz eh nicht leiden, der macht mich aggressiv.«

»Tu das. Bis morgen.«

Um acht öffnete ich das zweite Bier und warf einen lustlosen Blick in meinen Blog.

Agro und Mindbeard hatten sich gemeldet und fragten, mehr oder weniger codiert, ob ich schon Neues wisse.

Der Schmutzige sitzt noch immer beim Friseur, schrieb ich. *Hat scheinbar aus seinem früheren Leben haufenweise Läuse auf dem Kopf, die bürsten sie ihm jetzt aus. Ich für meinen Teil glaube, dass die Läuse nicht unser Problem sind.*

Also hat der Friseur sich den falschen Kunden in den Salon geholt?, wollte Mindbeard wissen.

Ja. Hast du übrigens eine Ahnung, wo die brünette junge Frau mit der Lederjacke hin wollte? Als die Angestellten des Friseurs mit ihrem Fehlgriff abgedampft sind, stand sie neben dir.

Meinst du deine Ex? Keine Ahnung. Wir haben ein bisschen geplaudert, aber sie war irgendwie nicht richtig bei der Sache. Hat dauernd so rumgeguckt, bis sie plötzlich mitten im Satz sagte, dass sie los müsste, und weg war sie. Schade, ich wollte sie gerade nach ihrer Nummer fragen. Ich hoffe, das stört dich nicht, schließlich wart ihr ja mal zusammen.

Ich schluckte. Ex?

Ach wo, stach ich mit taubem Zeigefinger in die Tasten. *Es ist nur so, mein Rucksack liegt noch in ihrem Auto und ihr Telefon ist aus. Hat sie wirklich keine Andeutung gemacht, wo sie hin wollte?*

Nein. Sie ist über die Straße in Richtung Markt, mehr weiß ich nicht. Ist das eigentlich normal bei ihr, dass sie mitten im Gespräch wegrennt?

Ja, das macht sie ständig. Ein krankhafter Fluchtinstinkt, hat was mit ihrer Kindheit zu tun. Aber sie ist in Therapie deswegen.

Oh, schrieb Mindbeard. Mehr nicht, dafür schaltete sich einer meiner neueren Follower namens Galahad ein.

Was ist das für ein merkwürdiger Friseur, über den ihr euch da eben unterhalten habt?

Ein Stümper, antwortete ich ihm. *Bert heißt er, aber falls dir an deinen Haaren was liegt, lern ihn besser gar nicht erst kennen.*

Ich hakte Mindbeard ab und versuchte, mich zu entspannen.

Anja war eine erwachsene Frau, die das Recht hatte, ihrem Groll auf mich zu frönen, wo und so lange sie wollte. Meinetwegen auch in einem Hotel oder bei einer Kindergartenfreundin.

Gegen neun jedoch war ich fast so weit, sie mir in Mindbeards Arme zu wünschen. Quid pro quo – mein vermeintliches Verhältnis mit meiner Co-Moderatorin gegen ihres mit meinem Co-Administrator.

Es hätte geschmerzt und meinem freundschaftlichen Verhältnis zu Mindbeard einen nachhaltigen Schmiss versetzt, aber ich hätte es wenigstens *gewusst*!

Im Dunkel der Ungewissheit aber kroch der gestaltlose Schatten, den Anja hinter meinem linken Ohr gesehen hatte, immer näher an mich heran und flüsterte mit Mindbeards Stimme: *Sie war irgendwie gar nicht richtig bei der Sache, hat dauernd so rumgeguckt, bis sie mitten im Satz …*

Ich trank mein Bier aus und starrte über die Balkonbrüstung in die Linde vor dem Haus. Dort war alles ruhig. Offenbar hatte selbst die Elster mich verlassen.

Den ersten Teil des Sonntags verdämmerte ich auf dem schweißfeuchten Laken von Anjas Betthälfte. Am frühen Nachmittag schleppte ich mich ins Bad und von dort in die Küche. Auf dem Tisch kündeten vier leere Tassen vom Treffen mit Dietmar und der Hälfte meiner Task Force. Doch wesentlich deutlicher als sie sah ich die drei fehlenden. Na gut, Irene verschmerzte ich leidlich. Und Bert konnte mir so gestohlen bleiben wie der blaue Frühlingshimmel, den ich als blanken Hohn empfand.

Aber Anja.

Ich kochte Kaffee und rief Dietmar auf dem Diensttelefon an. Zwar war Sonntag, aber den Tag nach einer geplatzten Lösegeldübergabe würde er wohl kaum im Zoo verbringen.

Dass es auch andere Ausflugsziele gab, wurde mir klar, als mir die jugendliche Stimme von Kommissar Rilke nach der Begrüßung kundtat, Hauptkommissar Elmers sei unterwegs. Dafür stünde er zu meiner Verfügung.

Ich überlegte hastig. Falls Dietmar gerade einer Fährte seiner Entführerbande folgte, versprach auch ein Versuch auf seinem Handy wenig Erfolg. Zumal mein Anliegen eine längere Einführung erforderte und ein Schatten darin vorkam, den außer Anja niemand gesehen hatte.

Also versuchte ich es mit dem jungen Kommissar. Und tatsächlich hörte er geduldig zu und unterbrach mich nur einmal, um sich zu vergewissern, dass ich von meinem linken, nicht dem rechten Ohr gesprochen hatte. Als ich fertig war, ließ er einige Sekunden verstreichen, dann räusperte er sich und fragte: »Bei den Freunden und Verwandten Ihrer Freundin haben Sie sich vermutlich schon nach ihr erkundigt?«

»Selbstverständlich«, erwiderte ich gereizt. »Die sind allesamt genauso besorgt wie ich. Es ist noch nie vorgekommen, dass Anja sich einfach unangekündigt abgesetzt hat.«

Dasselbe hatten die Kolleginnen von Renate auch gesagt.

»Und nun bedenken Sie mal die Situation, in der sie zum letzten Mal gesehen wurde: direkt nach der Festnahme von Dreck... Ronny. Laut Aussage eines Kumpels ist sie während einer Plauderei mit ihm quasi mitten im Satz weggerannt. Warum? Weil etwas auf der anderen Straßenseite ihre Aufmerksamkeit erregt hatte, genauso wie zuvor schon einmal hinter meinem Ohr.«

»Ah ja, das Ohr.« Rilke schwieg einen Moment. »Haben Sie schon in Ihrem Briefkasten nachgesehen, ob dort eine Nachricht für Sie liegt?«

»Am Sonntag?«

»Sie muss ja nicht mit der Post gekommen sein.«

Mir fuhr es wie Eis in die Glieder.

»Bleiben Sie dran!«

Mein Nachbar Pachulke und die Freese aus dem Ersten stoben erschrocken auseinander, als ich zwischen ihnen hindurch zu den Briefkästen stürzte.

In meinem lag der Werbeprospekt einer Pizzeria.

»Heut ist Sonntag«, sagte Pachulke mit mildem Vorwurf.

Ich knallte den Briefkasten zu und stürmte die Treppe wieder hoch.

»Nichts ...« Keuchend fiel ich auf den nächsten Stuhl. »Was jetzt?«

»Tja, solange es keinen Hinweis auf ein Verbrechen gibt, kann ich nichts machen«, sagte der Kommissar bedauernd.

Ich sprang wieder auf.

»Hören Sie, Herr Rilke, vielleicht habe ich mich missverständlich ausgedrückt, aber ich hab Sie nicht zum Spaß angerufen, sondern weil seit der Sache auf dem Markt gestern meine Freundin weg ist und ich beschissene Angst habe, dass ihr etwas zugestoßen sein könnte!«

»Das verstehe ich. Nur wissen Sie, wir beschäftigen uns hier mit einer aktuellen Entführungsserie, und bisher deutet bei

Ihrer Freundin nichts darauf hin, dass sie dort hineingehört. Sicher klärt sich die Sache innerhalb der nächsten Stunden oder Tage auf. Ansonsten rate ich Ihnen zu einer Vermisstenanzeige bei der örtlichen Polizeidienststelle. Soll ich Ihnen die Nummer heraussuchen?«

»Nein, danke!«

Ich drückte ihn weg. Freundlich, korrekt bis ins Mark und dumm wie Heu!

Ich wartete, bis mein Puls sich beruhigt hatte, und gab Dietmars Handynummer ein. Beim vierten Freizeichen ging er ran.

»Ungünstiger Zeitpunkt, Just«, sagte er. »Ich rufe dich in einer halben Stunde zurück.«

Bevor er auflegte, hörte ich im Hintergrund eine Stimme, die mir irgendwie bekannt vorkam. Ich sann kurz darüber nach, woher, dann vergaß ich sie.

Eine halbe Stunde. Das war etwas anderes als ein, zwei Tage. Eine halbe Stunde ließ sich aushalten.

Als Dietmar vierzig Minuten später anrief, war ich mit den Nerven am Ende.

»Entschuldige. Dieser Hübner war ein zähes Leder.«

»Hübner?«, brüllte ich unkontrolliert. »Der Spartenwachhund?«

»Und zwei seiner Rambos. Dieser Alex, von dem deine Freundin erzählt hat, war auch dabei. Er ist wirklich Hübners Sohn. Einer, bei dem sich der Vaterstolz in Grenzen halten dürfte, allerdings. Hat mit zweiunddreißig noch keine Ausbildung zu Ende gebracht, obwohl Papa ihm laufend neue besorgt. Seit einer Weile jobbt er bei einer Veranstaltungsagentur, wahrscheinlich schleppt er Kabel. Der andere Rambo trägt Zeitungen aus. Nebenbei spielen sie mit vier Kumpels die Bürgerwehr von Hübner, offenbar mit eher mäßigem Erfolg, denn einer der Gärtner hat mir gesteckt, dass die Zahl der Diebstähle seit ihrem Einsatz kein bisschen abgenommen hat.«

Er kicherte vergnügt, was den Bienenschwarm in mir noch wilder summen ließ.

»Schade, dass die Sache nicht in mein Ressort fällt. Umso interessanter dafür die Reaktion der beiden Hübners auf meine Fragen zu Frau Michalski.«

»Nämlich?«, knurrte ich, ging ins Wohnzimmer und trat ein paar Mal mit Wucht gegen das Sofa, um mich nicht an Dietmar abzureagieren. Ich brauchte seine Hilfe.

»Vom jüngeren keine. Sein Vater musste förmlich aus ihm herausprügeln, dass er die Michalski und ihre Freundin letzten Dienstag gesehen hat. Wenn du mich fragst, hat der keinen gesehen und behauptet es nur, um den Hausfrieden zu retten. Oder das Thema Michalski behagt ihm nicht. Genauso wenig hat ihm übrigens eine lose fallen gelassene Bemerkung über eine Bande von Entführungsdienstleistern behagt. Er stand so neben sich, dass er seine Zigarette am falschen Ende angezündet hat. Sein Kumpel hat derweil Löcher ins Universum geguckt. Ich glaube, es lohnt sich, die mal etwas genauer unter die Lupe zu nehmen, ich meine, neben denen von den Eigentumsdelikten.«

Ich hielt es nicht mehr aus. »Das ist alles schön und gut, aber Anja ist weg!«

Es war heraus.

»Das tut mir leid«, erwiderte Dietmar ernst. »Endgültig?«

»Ich hoffe nicht, aber sie hat sich seit der Lösegeldübergabe nicht gemeldet und mir geht der Arsch allmählich auf Grundeis.«

»Ach so«, meinte Dietmar in verändertem Ton, der mich sehr an den seines weichgespülten Kommissars erinnerte.

»Und bevor du mir jetzt auch noch mit Geduld und der Vermisstenstelle kommst«, fügte ich deshalb hinzu, »sie ist in Gefahr, das hab ich im Urin. Gestern auf dem Markt hat sie irgendetwas oder irgendjemanden hinter mir gesehen. Weil aber gerade der Sturm auf Dreck… Ronny losging, hab ich nicht weiter darauf geachtet. Es fiel mir erst gestern Abend wieder ein. Einer meiner Blog-Kumpel, der nach dem Ende des Spektakels noch mit Anja zusammenstand, bestätigt meinen Eindruck. Irgendetwas auf dem Markt hat sie so sehr gefesselt, dass sie mitten im Gespräch mit ihm weggegangen und losgefahren ist, und seitdem ist sie Luft. Sie hat sich nirgendwo gemeldet und ihr Handy ist aus.«

»Augenblick.« Ich hörte Dietmar leise einige Worte am Telefon vorbei sagen. Um meine Nervosität zu unterdrücken, begann ich, durch die Wohnung zu laufen.

»Also, wenn ich deine Ausführungen richtig verstehe«, meldete sich Dietmar wieder, »glaubst du, dass Anja einem Typen gefolgt ist, der ihr aus irgendwelchen Gründen verdächtig vorkam und der sie sich, als es ihm auffiel, geschnappt hat?«

Ich blieb stehen.

»So ungefähr.«

»Was bedeuten würde, dass Ronny der falsche Mann wäre.«

»Das hab ich doch von Anfang an gesagt!«

»Oder aber, dass es außer ihm noch jemanden gab, der die Geldübergabe aus einigem Abstand im Auge behalten hat, um sich zu vergewissern, dass Ronny sich mit dem Geld nicht aus dem Staub macht.«

»Nur hat Anja ihn eben bemerkt!«

»Schön. Jetzt hat Ronny noch eine Frage mehr zu beantworten«, sagte Dietmar zufrieden. »Hätte mich auch gewundert, wenn man ihn mit dem Geld unbeaufsichtigt gelassen hätte.«

»Mir egal«, krächzte ich. »Bis Drecklock den Mund aufmacht, können Tage oder Wochen vergehen, falls er's überhaupt tut. Was hat er schon zu verlieren, was nicht mit einer geheizten Zelle und drei Mahlzeiten täglich aufzuwiegen wäre? Derweil verrecken Renate und Anja womöglich jämmerlich irgendwo. Kannst du das mit deinem Gewissen vereinbaren?«

In meine Hörmuschel drang ein leises Pfeifen.

»Nun, nun. Ich kann auf die bloße Idee eines amorphen Geiselnehmers hin keine Großfahndung auslösen, das ist dir doch klar? Was, wenn Anja mittendrin frisch und munter von beispielsweise einem kleinen Selbsterfahrungstrip zurückkehrt?

So sehr ich mit dir fühle, Just, mein Weg führt über Ronny. Ich verspreche dir, ihn mir sofort nach meiner Rückkehr noch mal vorzuknöpfen. Vielleicht hat ihn der Bier- und Tabakentzug inzwischen mürbe gemacht. Andernfalls müssen wir ihn morgen laufen lassen, aber los wird er uns deshalb noch lange nicht. Lenk dich derweil am besten mit den Hintergrundrecherchen ab, um die ich dich gebeten habe.«

Das Handy in meiner Hand zitterte. Meine Zunge formte hilflos Worte: Die Angst möge ihn einmal ebenso quälen wie mich die Ohnmacht, eine Geliebte in den Fängen einer kaltblütigen Bande zu wissen, ohne etwas für sie tun zu können. Aber sie fanden den Weg zu meinen Stimmbändern nicht und verdorrten, während Dietmar mit seiner herzlichen Stimme sagte: »Versprich mir, dass du keinen Blödsinn machst, ja?«

Erst da kam ich zu mir und drückte auch ihn weg.

Unfähig zu denken, stand ich im Schlafzimmer und starrte auf das Bett. Auf der Holzkiste, die Anja als Nachttisch benutzte, lag der Eco auf einem Stapel Zeitschriften. Darunter eine Ausgabe der *Schönes Land*. Ein roter Papierstreifen ragte heraus. Ich schob das Buch beiseite, schlug die Zeitschrift auf der entsprechenden Seite auf und stieß auf eine Stickanleitung für einen Herrenpullover mit skandinavischem Muster. Beabsichtigte Anja, mir einen Norwegerpulli zu stricken? Eine sinnlose Frage, aber ein weiterer Hieb auf meine blanken Nerven.

Wenn ich nicht verrückt werden wollte, musste ich etwas tun. Dietmars Liste mit den Hinweisen zum Leben der beiden ersten Entführten fiel aus, um die kümmerte sich Lisa. Was gut für sie war, für die Liste, meine ich, denn nach dem Telefonat mit Dietmar hätte ich sie zweifellos verbrannt. Ersatzweise stolperte ich in die Küche an die Tafel, die Anja bei der Schließung des historischen *Melodie*-Kinocafés vor anderthalb Jahren abgestaubt hatte und die seit ihrem Wiedereinzug neben der Spüle prangte. Ich klaubte mir ein Kreidestück aus der Schale darunter und schloss die Augen vor der Unordnung in der Küche, um sie auf meine innere zu richten.

Irene hatte mir zu Beginn unserer Zusammenarbeit die Kunst des Mindmappings beigebracht, eine Methode, die mir helfen sollte, mein chronisches Gedankenchaos in ein übersichtliches System zu bringen. Kommentiert hatte sie ihre pädagogische Maßnahme mit der Bemerkung, sie wundere sich, dass ich bei meinem bisherigen Lebens- und Arbeitsstil überhaupt so alt geworden sei. Anfangs war ich an die Sache mit brandenburgischem Argwohn herangegangen: Mindmap, schon der Anglizismus, warum nicht Gedankenkarte? Wahrscheinlich wieder eine dieser unnützen Erfindungen irgendwelcher Coaches – auch so eine Bezeichnung –, die armen Firmenangestellten einen Trainingsbedarf suggerierten, den sie ohne sie nie hätten.

Inzwischen wusste ich die unnütze Erfindung zu schätzen, obwohl ich sie weiterhin standhaft »Gedankenkarte« nannte.

In die Mitte der Tafel malte ich eine Blase und schrieb *Anja* hinein. An ihr lag mir im Moment am meisten, und ich redete mir ein, über sie auch auf Renate zu stoßen, schließlich gründete das Verschwinden der einen ja irgendwie auf dem der anderen.

Dann zog ich von der Blase aus einen kurzen Strich, an dessen Ende ich wiederum eine Blase zeichnete, die ich mit *letzte Sichtung durch Mindbeard, Samstag ca. 11 Uhr, Anja geht plötzlich – Entdeckung 2?*, füllte. Strich, neue Blase. *Entdeckung 1 hinter meinem Ohr?* Strich, Blase: *Skoda.* Also hatte sie sich motorisiert an die Fersen ihres Observationsobjektes geheftet.

Ich zog einen neuen Strich. Aber so sehr ich mein Hirn auch marterte, es spuckte keine weitere Blase mehr aus. Zähneknirschend stimmte ich Dietmar zu: Eine Beobachtung, die außer Anja niemand gemacht hatte, war ein schwacher Ausgangspunkt für eine Ermittlung. Ich wischte mein Bild schweren Herzens wieder ab und begann ein neues. Dann eben umgekehrt: über die Krankenschwester die Geliebte finden.

Dass der Fall Renate weitaus mehr hergab als Anjas, war

von vornherein klar gewesen, trotzdem staunte ich, als ich eine Viertelstunde später von der mit Strichen und Blasen übersäten Tafel zurücktrat. In dem Durcheinander zeichneten sich deutlich drei Hauptstränge und einige interessante Mehrfachverbindungen ab. Zum Beispiel bei der Rose. Das musste nicht zwangsläufig etwas heißen, Dulcinea konnte auch eine bedeutungslose Blume am Wegesrand sein, falls Renate tatsächlich nur geholfen hatte, sie in das Auto der Kretzschmar zu verladen, und erst im Anschluss entführt worden war. Womit die traurige Bürgerwehr wieder nach vorn rückte, egal, ob sie einer auf Entführungen spezialisierten Firma zuarbeitete oder ein eigenständiges Unternehmen war. Vielleicht hatten die Jungs Felicia Kretzschmar die kostbare Rose vor ihrer Abfahrt auch wieder abgejagt, sie mit ihren Rohren und Butterflys eingeschüchtert (eine mögliche Erklärung dafür, warum sie sich in ihrem Haus verschanzt und dann vorzeitig in ihre Pilgerreise geflüchtet hatte) und versuchten inzwischen, Dulcinea zusätzlich zu Renate zu verticken.

Allmählich begann die Rose mich zu nerven. Ein aufdringliches Gewächs, süchtig nach Aufmerksamkeit, eine wahre Diva. Sie zwang mich, Gedanken zu denken, die ich nicht denken wollte, weil Dietmar sie schon dachte, und warf Fragen auf, die ich aus dem gleichen Grund am liebsten sofort wieder vergessen hätte. Aber einmal unter die Nase gestäubt und eingeatmet, saßen sie in meinem Kopf fest. Klebrige Fragen wie: War es möglich, dass Hübner sich die Geschichte der mit der Rose beschäftigten Damen nur ausgedacht hatte, um davon abzulenken, dass seine Bürgerwehr-Jungs sie geklaut hatten? Vielleicht sogar unter seiner Aufsicht? Und beim Abtransport hatten sie das Blatt verloren.

Nach einer Weile verwarf ich die Idee wieder. In dem Fall hätte er uns wohl kaum auf ihr Fehlen aufmerksam gemacht. Also stimmte sein Bericht von der Exhumierung der Rose durch die beiden Frauen, also hatte Dulcinea die Kolonie mit Renate und ihrer Freundin verlassen.

Und dann? Möglichkeit eins: Abfahrt Felica und Dulcinea in Richtung Geltow und einsamer Marsch von Renate zur Straßenbahn? Ich holte meinen Laptop, rief das Potsdamer Verkehrsnetz auf und fand zwei Straßenbahnhaltestellen, die in Frage kamen, am Schlaatz und am Hauptbahnhof. Dazu eine Bushaltestelle, ebenfalls am Hauptbahnhof. Von der Kolonie lagen alle Stationen ungefähr gleich weit entfernt und alle hatten Vor- und Nachteile. Der Weg zum Hauptbahnhof führte an einer stark befahrenen Straße entlang und war gut ausgeleuchtet. Zum Schlaatz gelangte man entlang der Nuthe über einen Fußweg, der zwar vielerlei Möglichkeiten für hinterhältige Überfälle bot, aber mit einem Auto kam man dort nicht weit. Die Entführer hätten Renate, nachdem sie sie überwältigt hatten, von dort wegtragen müssen. Dass jemand sie auf den zweihundert Metern zwischen ihrer Zielhaltestelle am Stern und den heimischen vier Wänden mitten im Feierabendbetrieb vom Bürgersteig gezogen hatte, konnte ich mir gleich gar nicht vorstellen.

Schließlich entschied ich mich für die Strecke zwischen Garten und Hauptbahnhof. Diese Strecke musste ihren Entführern bekannt gewesen sein, womit ich wieder bei den Jungs von der Bürgerwehr landete. Ich dachte an Alex' unwillige Auskünfte, die zu dieser Theorie passten. Hübners Beteiligung schloss ich aus. Michalskis ebenfalls, es sei denn, er hatte Alex mit der Entführung beauftragt, um Renate gegen seine junge Nachbarin austauschen zu können. Vielleicht hatte er sogar irgendwie dafür gesorgt, dass seine Frau an jenem Abend ohne Auto unterwegs war. Die Vorstellung war nicht ohne Reiz.

Doch aus zwei Gründen mochte ich das Szenario nicht. Erstens: Dietmar. Wenn er sich ohnehin an Alex und seine Jungs hängte und an meiner Idee was dran war, würde er irgendwann auch bei Michalski landen. Das Jagdrevier war also bereits vergeben. Zweitens: Mein Instinkt sagte mir, dass Michalski nicht der Typ Mann war, der eine Entführung in Auftrag gab. Er schien mir eher einer vom Schlag: Trau keiner Stulle, die du nicht selbst geschmiert hast. Oder deine Frau. Für eine eigenständige Entführung dieser Art jedoch waren Alex und seine Jungs in meinen Augen schlicht zu blöd. Wenn es aber weder die Jungs noch Hübner noch Michalski gewesen waren, dann blieb nur die andere Möglichkeit: Jemand, den ich noch nicht kannte, der aber mit Renates Gewohnheiten bestens vertraut war. Wie von selbst schwenkten meine Augen auf die vergleichsweise übersichtlichen Blasen des Bergmann-Strangs und dort auf *Schwester Claudia.*

Als Jenny abnahm und ich den Lärm im Hintergrund hörte, fiel mir ein, dass sie Geburtstag hatte.

Meine überschwängliche Gratulation schien sie in Verlegenheit zu stürzen.

»Danke. Möchten Sie nicht auf ein Stück Kuchen herumkommen? Allerdings sind meine Kinder und meine Schwiegereltern …«

»Nett von Ihnen, aber ich hab's nicht so mit Familienfeiern. Ich meine, Ihre Familie ist bestimmt bezaubernd, aber ich fremdele in größeren Gesellschaften immer ein wenig.«

»Ja, dann … Danke für die Glückwünsche noch mal, ich melde mich, sobald ich mit Schwester Claudia bei der Verhandlung war. Irgendwie graust mir ein bisschen davor. Was soll ich machen, wenn die uns wirklich unter Druck setzen? Wir sind doch nur zwei kleine Krankenschwestern.«

»Krankenschwestern, abhängige Gewerkschafter, Konzernleitung oder Papst«, erwiderte ich. »Am Anfang war jeder nur eine Samenzelle, die den Wettlauf zum Ei gewonnen hat. Auch Sie beide waren demnach schon mal Sieger, warum sollten Sie es also nicht noch einmal sein? Außerdem haben Sie im Gegensatz zu Ihrem Chef schon mal einer Lösegeldübergabe beigewohnt, sehen Sie es mal so. Wo wir aber gerade von Schwester Claudia sprechen: Wie hat sie die Kunde von Renates Verschwinden eigentlich aufgenommen?«

Im Hintergrund schrie ein Kind: »Mama!«

»Sofort!«, brüllte Jenny zurück.

Gleich darauf war sie wieder die schüchterne Frau, die ich kannte.

»Das hab ich Ihnen doch schon erzählt.«

»Ich hab es vergessen, pardon. Bisher habe ich Schwester Claudia, angesichts der Umstände von Renates Verschwinden, nur als Randfigur wahrgenommen.«

»Und wodurch ist sie plötzlich zu einer Hauptfigur geworden?«, fragte Jenny neugierig.

»Ich habe nicht gesagt, dass sie zu einer Hauptfigur geworden ist. Ich gehe nur gerade die gesamte Darstellerliste noch einmal durch.« Und einer Eingebung folgend, fügte ich hinzu: »Hauptkommissar Elmers hat mich darum gebeten.«

»Ach so.«

Es folgte eine Pause, in der ich zum Sofa lief, um einmal kräftig hineinzutreten.

»Tja, Schwester Claudia hat von Schwester Renates Verschwinden ja eher kleckerweise erfahren. Zuerst, als ich sie am Tag Ihrer Entlassung angerufen und gefragt hab, ob sie was von ihr gehört hätte. Sie waren dabei, erinnern Sie sich? Da klang sie normal, höchstens ein bisschen gestresst, weil es auf ihrer Station drunter und drüber ging. Später, beim Bergfrauen-Treffen, wirkte sie vor allem angespannt. Verständlich, Renate war weg und sie stand mit der Streikplanung plötzlich allein da.«

»Ein Streik, den sie nicht wollte, noch dazu.«

»Ja«, sagte Jenny zögernd. »Noch nicht zumindest. Sie möchte erst alle Verhandlungsmöglichkeiten ausschöpfen. Worauf genau wollen Sie hinaus?«

»Wie gesagt, ich überprüfe nur die Personen, die in Renates Leben eine Rolle gespielt haben. Im Auftrag von Hauptkommissar Elmers.«

»Alle?«

Offenbar schien die Wirkung des Namens langsam nachzulassen.

»Alle, die in engerem Kontakt zu ihr standen, und die,

denen ihre gegenwärtige Abwesenheit zupass kommt. Soweit ich sehe, trifft bei Schwester Claudia beides zu.«

»Die beiden kennen sich schon ewig!«

»Es gibt Menschen, die ihren Partner nach vierzig Jahren Ehe um die Ecke bringen«, wandte ich ein. »Außerdem scheint die ewige Freundschaft in letzter Zeit ja Kratzer abbekommen zu haben.«

»Mir ist präsent, dass ich versprochen habe, ihr auf den Zahn zu fühlen«, sagte Jenny. »Aber nicht an einem Sonntag, der noch dazu mein Geburtstag ist. Tschüs.« Und weg war sie, mitsamt ihres Feierlärms.

Mein zweiter Versuch landete auf ihrem Anrufbeantworter. Klar, wütend und Geburtstag.

Dabei hatte ich sie vor allem nach Schwester Claudias Nachnamen fragen wollen. Ohne ihn kam ich nicht an ihre Adresse und ohne die nicht in ihren Keller, wo in meiner Fantasie Anja und Renate hockten: zitternd, verängstigt und bei meinem Erscheinen durchdrungen von Dankbarkeit, die sich bei Anja in spontaner Vergebung für meinen Fauxpas mit den Handschellen niederschlagen würde.

Ich ärgerte mich, nicht gleich zur Sache gekommen zu sein. Leider war Lisa diesmal auch keine Option, weil sie ihrer falschen Darmgrippe wegen nicht am Computer des Bergmann-Tresens saß, sondern Dietmars Liste abarbeitete.

Das lähmende Gefühl der Ohnmacht nahm wieder von mir Besitz. Ich rannte auf den Balkon, um die Elster um Rat zu fragen. Aber wie beim letzten Mal fand ich Regenrinne und Blumenkästen verlassen. Wahrscheinlich hockte sie gerade gurrend auf Dietmars Fenstersims. In dem verzweifelten Wunsch, wenigstens irgendetwas für Anja zu tun, goss ich ihre Stiefmütterchen und einen Topf Vergissmeinnicht. Und dabei begann es in meinen Adern leicht zu pulsieren. Die Vergissmeinnicht hatte Anja kurz vor meinem Unfall mitgebracht, sie waren nach irgendeinem Seniorenkränzchen im Bürgerhaus übrig geblieben. Ich hielt im Gießen inne.

Heute war Sonntag, wie Jenny netterweise betont hatte.

Und diesem Sonntag würde unweigerlich ein Montag folgen.

Spätestens morgen würde sich demnach zeigen, ob Anja sich nur eine Auszeit von unserer angeknacksten Beziehung genommen hatte und auf einem Selbstfindungstrip war. Denn vor mir konnte sie sich vielleicht drücken, vor ihrem Job nicht. Andernfalls sollte Dietmar sich schon mal warm anziehen!

12

Als ich am nächsten Morgen die Nummer von Anjas Büro anrief, war mein Handy noch warm. Ich hatte es die Nacht über vorsorglich in der Hand behalten, falls sie oder jemand mit einer Botschaft von ihr sich meldete. Mit klopfendem Herzen wartete ich auf das Freizeichen.

Nach dem zweiten meldete sich Claire, ihre Angestellte auf Zwanzigstundenbasis.

Die Chefin sei nicht da, erklärte sie. Ob ich das LIS vergessen habe.

Das was?

Das Landesintegrationssymposium in Rheinsberg, heute – sie blätterte in einem Papier – 11.00 Uhr, bis morgen circa 15. 00 Uhr. Offenbar sah sie nach dem Blättern zur Uhr, denn sie wunderte sich laut, dass Anja schon unterwegs war.

Ich rollte mich vom Bett und tapste barfuß zum Wandkalender im Flur. Ja, da stand es. Rheinsberg.

Beschämt erkundigte ich mich bei Claire, ob sie zufällig über genauere Informationen bezüglich dieses Symposiums verfüge, die Adressen des Tagungsortes und der Unterkunft der Teilnehmer vor allem. Ich müsse Anja wirklich dingend sprechen.

»Rufen Sie sie doch an.«

»Das Telefon ist abgestellt.«

Kurze Stille, dann fragte Claire in verändertem Ton, ob zwischen Anja und mir alles in Ordnung sei. Falls nämlich nicht, würde sie zu ihrer Chefin halten und kein Wort mehr sagen.

»Was denken Sie denn, was ich auf eine solche Drohung antworte, wenn ich dringend eine Auskunft brauche«, fragte ich.

»Stimmt auch wieder. Aber ich sag trotzdem nichts, steht sowieso alles im Netz. Schreiben Sie ihr doch eine SMS«, empfahl Claire, bevor sie auflegte. »Irgendwann antwortet sie schon.«

Ich schleppte mich zum Laptop. Wenige Minuten später hatte ich mithilfe einer hilfsbereiten Suchmaschine das Rheinsberger Integrationssymposium mitsamt Anfahrtsweg, Tagesordnung und Pressemitteilungen gefunden. Als Veranstalter fungierte niemand Geringeres als das Sozialministerium des Landes Brandenburg. Hoffnungsvoll rief ich die angegebene Kontaktnummer an und erreichte eine spröde Dame. Nachdem ich ihr mein Anliegen erläutert hatte, wurde ich weitergeleitet und landete bei einer weiteren, um einiges freundlicheren Dame, die bereits vor Ort war.

Prophylaktisch gab ich mich als Mitarbeiter von Anjas Bürgerhaus aus, fragte nach »meiner Chefin« und erklärte wahrheitsgemäß, dass ich sie über ihr Handy nicht erreichen könne.

»Einen Augenblick, ich rufe Sie zurück«, sagte die freundliche Dame.

Ein paar klamme Minuten später teilte sie mir mit, dass erst ungefähr die Hälfte der Symposiumsteilnehmer eingetroffen sei. Meine Chefin sei nicht darunter, zumindest hatte sie sich bisher weder im Hotel noch auf der Anwesenheitsliste eingetragen. Sie habe dem Fräulein am Empfang aber Bescheid gegeben, sie über meinen Anruf zu informieren und um Rückruf zu bitten.

Ich bedankte mich enttäuscht. Der ganze Aufriss vergebens. Falls Anja bewusst jeden Kontakt mit mir mied, würde sie natürlich nicht zurückrufen. Und falls sie entführt oder Schlimmeres worden war, konnte sie nicht. Was tun? Zwei Stunden verblieben noch bis zum Beginn des Symposiums.

Auf meinen Blog hatte ich keine Lust. Überhaupt fragte ich mich erstmals, ob er sich nicht überlebt hatte. Was bewirkte er schon? Er bescherte mir eine gewisse lokale Popularität, aber die bescherte mir auch meine Literatursendung. Und meine paar Follower, so sehr sie mir ans Herz gewachsen waren, würden wohl kaum an Renates Stelle einen Streik der Bergfrauen organisieren. Agro würde höchstens die Klinikleitung entführen. So wie vielleicht jemand von denen Renate … oder

Schwester Claudia ... Der Fall glich zunehmend einem Karussell.

Um ein Schleudertrauma zu vermeiden, ging ich duschen.

Während ich den Kopf der Brause vorsichtig um meine geflickte Schulter herum manövrierte, dachte ich zerstreut über Freundinnen nach. Warum ausgerechnet Freundinnen? Ich hatte in meinem ganzen Leben noch keine Freundin gehabt. Nur Geliebte und Partnerinnen. Sobald ich eine Frau kennenlerne, deren Gesellschaft ich genieße, ist der nächste Schritt abzusehen. In meinen Augen waren freundschaftliche Verbindungen von Männern und Frauen allesamt entweder Vorspiele oder Echos einer bereits stattgefundenen Vereinigung, aus der aus irgendwelchen Gründen keine ernsthaftere Verbindung erwachsen war.

Kein Kumpel konnte mir weismachen, täglich mit einer Frau zu telefonieren, sie ins Kino auszuführen, persönliche Untiefen vor ihr auszubreiten und seinerseits bereitwillig in den ihren herumzuwaten, ohne etwas von ihr zu wollen.

Ganz anders verhielt es sich mit Frauen untereinander. Sie benahmen sich zuweilen wie frisch Vermählte in den Flitterwochen, ohne dass sie selbst oder sonst jemand etwas daran merkwürdig fanden. Auch Anja pflegte solche Freundschaften, wenngleich auf einem etwas nüchterneren Niveau.

Ich spülte meine Haare aus und bemerkte dabei, dass ich ihr Duschgel benutzt hatte. Wie war ich nur auf dieses schwachsinnige Thema gekommen? Über Anja sicher nicht. Vielleicht über das Symposium. In Rheinsberg. Der Rheinsberger Schlossgarten, in den meine Mutter mich früher mindestens einmal pro Jahr geschleppt hatte. Er strotzte vor Edelrosen. Renate. Renate und Schwester Claudia. So einfach ist es manchmal, wenn man die Reset-Taste drückt.

Renate und Claudia, Kolleginnen und Freundinnen seit *Ewigkeiten*. Seit einer Weile aber auch Kontrahentinnen im Kreis der Bergfrauen. Und von den beiden war es nur einen Nagelbreit zu Renate und Felicia Kretzschmar, ebenfalls

Freundinnen, allerdings erst seit kurzem, die sich die Leidenschaft fürs Gärtnern teilten und möglicherweise eine gemeinsame Pilgerreise geplant hatten. Zu der am Ende jedoch eine allein aufgebrochen war, weil man die andere kidnappt hatte. Ich stellte das Wasser aus und angelte mir ein Handtuch aus dem Regal gegenüber der Dusche.

Irgendwie hatte mich der Reiseaufbruch der Kretzschmar von Anfang an gestört. Vor allem aus diesem Grund hatte ich mich vorübergehend Irenes Theorie der gefakten Entführung angeschlossen. Aber auch sie hatte mich nicht vollends zufriedengestellt. Unter anderem, weil Renate in diesem Fall ja irgendwann heimkehren musste. Und was sie zu Hause erwartete, war klar: jede Menge Ärger. Außerdem hatte sich diese harmlose Variante mit Anjas Verschwinden ohnehin in Luft aufgelöst.

Die Kretzschmar war also allein losgezogen. Vorzeitig und ausgerechnet am Todestag ihres Nachbarn. Obwohl sie laut der paranoiden Hauschka mit einer Bekannten hatte reisen wollen. Der selige Sattler wiederum hatte erwähnt, dass die Einsamkeit der Kretzschmar nach ihrem Krankenhausaufenthalt im Winter ein Ende gefunden hatte. Und wem war sie im Krankenhaus begegnet? Wer kam also nahezu ausschließlich als die von der Hauschka erwähnte Reisebegleitung in Frage?

Michalski meldete sich bereits nach dem zweiten Freizeichen und befahl mir, mich zum Teufel zu scheren, sofern ich keine positiven Nachrichten über seine Frau hätte.

»Für derartige Nachrichten ist jetzt das LKA zuständig«, sagte ich. »Nach allem, was ich gehört habe, folgt man da einer vielversprechenden Spur. Ich nähere mich dem Ziel jedoch auf einer anderen, und dabei ist mir eine Frage gekommen.«

»Versteh ich nicht. Wieso müssen Sie sich Renate von zwei Seiten nähern? Holen Sie sie einfach!«

»Ganz so einfach ist das nicht, schließlich wurde sie ja nicht von Drittklässlern entführt. Wir möchten unter allen Umständen vermeiden, Renate zu gefährden. Und inzwischen haben die auch meine Freundin.«

»Welche, die blonde oder die brünette?«, fragte er, mehr verblüfft als erschüttert.

»Die brünette. Die andere hat sich nur als meine Freundin ausgegeben, aber das führt jetzt zu weit. Was ich …«

»Ist es eigentlich üblich unter Entführern, dass die sich gleich zwei schnappen? Das hat ja schon fast was von Routine.«

Für diesen Satz hätte Dietmar den Alten wahrscheinlich geküsst.

»Nein, offenbar ist meine Freundin ihnen zu nahe gekommen, und da haben sie…«

»Was wollen Sie wissen?«, unterbrach er mich unwirsch.

»Ich möchte wissen, ob während der letzten Tage zufällig eine Felicia Kretzschmar bei Ihnen angerufen und sich nach Renate erkundigt hat. Vor allem interessiert mich der Freitag.«

»Warum?«

»Weil Frau Kretzschmar am Freitag zu einer Pilgerreise nach Spanien aufgebrochen ist, die sie ursprünglich mit Renate zusammen unternehmen wollte. Hat Renate Ihnen gegenüber diesbezüglich mal etwas angedeutet?«

Michalski blieb eine Weile still. Ich wartete geduldig. Vielleicht hatte ich sein angeschlagenes Datenverarbeitungssystem überfrachtet und nun filterte es ächzend die relevanten Informationen aus meiner Wortverschalung, um sie zu sortieren und auszuwerten.

»Weiß ich nicht.«

»Was? Ob Sie über die Reisepläne Ihrer Frau unterrichtet waren oder ob Frau Kretzschmar angerufen hat?«

»Ja.«

Ich war nahe dran, die Flinte ins Korn zu werfen, als Michalski in seinem schläfrigen Duktus wieder anhob.

»Spanien, davon hat sie dauernd geredet. Wollte schon zur Hochzeitsreise zu irgendeiner Costa Cordalis oder Sole Brava.«

»Hat sie etwas aktueller auch von einer Stadt namens Santiago de Compostela geredet?«

»Kann sein, ich hab irgendwann abgeschaltet. Was soll ich in Spanien? Im Wohnzimmer haben wir 'ne Yucca, Sangria und Rindersteak gibt's im Supermarkt, und wenn ich baden will, geh ich in die Wanne, also wozu Geld rauswerfen, nur um Sonnenbrand zu kriegen?«

Komisch. Oder auch nicht. In diesem Moment war ich mir sicher, dass Renate gerade tatsächlich wohlgemut an der Seite ihrer Freundin durch die Pyrenäen wanderte. Wie es Momenten aber so eigen ist, war er im nächsten vorbei. Nicht so meine Sorge um Anja.

Mein Ton war deshalb etwas schärfer, als ich sagte: »Hat nun am Freitag eine Felicia Kretzschmar angerufen, ja oder nein?«

Wieder die gehemmte Datenverarbeitung. Dann: »Warum? Ich denk, die ist eh weg?«

Nun denn. Ich hob meine Flinte, holte Schwung – und …

»… bin nie schnell genug am Telefon gewesen. Auf dem AB war jedenfalls nichts und Renate war es auch nicht, die Nummer hätte ich erkannt.«

… senkte sie.

»Haben Sie die unbekannte Nummer noch in Ihrem Speicher?«

Michalski legte auf.

Eine Minute später rief er wieder an und buchstabierte beziehungsweise zahlbierte mir zwei Nummern. Eine davon kam mir entfernt bekannt vor, ohne dass mir einfiel, woher. Im Gegensatz zum Gros meiner Geschlechtsgenossen bin ich in Bezug auf das Merken von Zahlen ein hoffnungsloser Fall, das Gleiche trifft auch auf das eher weiblich konnotierte Merken von Farben und Formen zu. Am besten behalte ich Sprachbilder, originelle Wortkompositionen und andere außergewöhnliche linguistische Figuren, Bilder in Worten sozusagen. Ich bin mir allerdings nicht sicher, wie bedeutsam dieses Talent für einen Kriminalisten ist.

13

Nachdem ich mich von Michalski verabschiedet hatte, rief ich sofort die erste Nummer an. Eine Festnetznummer mit einer Vorwahl aus der Gegend um Potsdam. Michalski zufolge hatte ihr Eigentümer (oder ihre Eigentümerin) zweimal versucht, zu ihm durchzudringen: einmal am Donnerstagabend und einmal Freitagvormittag.

Ich landete auf einem Anrufbeantworter mit einem dieser standardisierten Sprüche, die abgehackt die Nummer wiederholen, die man gerade eingegeben hat, und auf die Möglichkeit des Hinterlassens einer Nachricht verweisen. Ich verzichtete.

Unter der mir vage bekannten Nummer meldete sich nach dem dritten Läuten zu meinem Entsetzen jemand, den ich weder erwartet hatte noch hören wollte.

»Ach, schau an«, sagte Bert mit belegter Stimme. »Hast du dich wieder eingekriegt? Dietmar meint, du …«

»Verschluck deine Zähne, Verräter!«, zischte ich und beendete die Verbindung so heftig, dass die Taste im Gehäuse stecken blieb. Ich fummelte sie wieder heraus.

Bert?!

Wie kam Bert dazu, Michalski anzurufen? Ich sah auf meinem Notizzettel nach. Freitagmittag. Nicht schon Donnerstag, nachdem ich ihn in meinen Lösegeldplan eingeweiht hatte. Das hätte ich noch verstanden.

Krampfhaft dachte ich nach und kam darauf, dass mein ehemaliger Freund auch eine von Dietmars Marionetten war und vielleicht als solche eigens auf Michalski angesetzt. Das verringerte meine Wut auf ihn keineswegs, sie mischte sich höchstens mit meiner Angst um Anja, und im Ergebnis dieser chemischen Reaktion spürte ich ein Ziehen im Nacken – Vorläufer einer Migräne. Jetzt half nur noch ein erlösender Anruf vom Integrationssymposium. Aber er kam nicht, und aus dem

Ziehen im Nacken wurde der Klammergriff eines Golems aus Granit.

Bevor er mir das Genick brach, rief ich selbst noch einmal in Rheinsberg an. Diesmal klang die Organisationsfrau leicht genervt, ließ sich durch mein hilfloses Stottern aber schließlich erweichen, noch einmal auf die Liste zu schauen. Noch immer keine Anja, allerdings, tröstete sie mich, fehlten auch noch einige weitere Teilnehmer. Es gäbe einen Stau auf der A10, in dem einer ihrer Referenten feststecke, warum nicht auch meine Chefin. Ich solle Geduld haben.

Sie sagte das in einem Ton, in dem deutlich der Subtext »Sie werden ja wohl auch mal ein paar Stunden allein zurechtkommen« mitschwang. Zu einer Verabschiedung kam es nicht mehr, weil die Granithand meinen Kiefer blockierte.

Zum Glück besaß ich noch einen Restvorrat an Schmerzpillen. Ich schluckte ein Viertel davon, brühte mir einen dreifachen Espresso ohne Kardamom und trank einen halben Liter Wasser hinterher. Zehn Minuten später fühlte ich mich wie nach einem goldenen Probeschuss. Mein Herz raste, mein Hirn drohte zu implodieren, mir brach säuerlicher Schweiß aus, ich begann haltlos zu zittern und kroch mit letzter Kraft zum Bett, um wenigstens in Würde zu sterben und nicht auf dem vollgekrümelten Küchenfußboden.

Dort wartete ich, den Kopf auf Anjas Kissen gebettet, auf Erlösung.

Und sie kam.

Ich weiß nicht genau, wie lange ich so dalag, aber irgendwann beruhigte sich der Aufruhr zwischen meinen Schläfen so plötzlich, als wäre dem Golem die Hand abgehackt worden. Ein unbeschreibliches Gefühl, ungefähr so, wie wenn von Essig zerfressenes Gewebe in Sahne getaucht wird. Alles wurde leicht und wolkig, ein wenig egal auch, und vermutlich wäre ich entspannt eingeschlafen, hätte ich nicht die drei Espressi zu den Tabletten getrunken.

»Ich will nicht denken«, schrie es in meinem befreiten

Kopf, »aber ich muss, weil man mich mit Koffein beschossen hat!«

Und meine Nerven stimmten ein: »Entweder wir zittern dich wahnsinnig oder du lenkst uns durch Bewegung ab!«

Was sollte ich tun, Sklave meiner Physis, der ich war? Ich gab nach, stieg aus dem Bett, griff das Handy, zog mir wie ferngesteuert die Jacke an, vergewisserte mich, dass meine Geldbörse in der Tasche steckte, und taumelte aus der Wohnung.

Am Taxistand neben dem Brandenburger Tor teilten sich zwei Fahrer zwischen ihren Wagen eine Tafel Schokolade. Sie reichten mir ein Stück, als ich schlotternd bei ihnen anlangte und meinen Zielort stammelte: Geltow.

Warum – das ist schwer zu erklären. Der Einfachheit halber könnte man sagen, dass mein doppelt gedoptes Hirn sich beim Denken permanent verknotete und die Steuerung deshalb vorübergehend vom Unterbewusstsein übernommen wurde. Und das wollte offensichtlich nach Geltow.

Bald darauf glitt ich in einem nach Zedernholz duftenden BMW zum Gesäusel von Simon & Garfunkel gen Wildpark. Man kann über das Urteilsvermögen des Unterbewusstseins sagen, was man will, mir gefiel die Entscheidung. Mit jeder Zeile von *Mrs. Robinson* breitete sich tiefere Ruhe in mir aus. Das Zittern ebbte ab, auch hatte ich den Eindruck, weniger zu schwitzen.

Auf Höhe des Bahnhofs Pirschheide schließlich schaltete sich auch der kognitive Teil meines Hirns wieder ein und sprang dem Unterbewusstsein mit einer rationalen Unterfütterung bei: Dulcinea. Fand ich sie im Garten der Kretzschmar, waren die Jungs und Hübner endgültig aus dem Schneider und ein mögliches Entführungsmotiv entfiel. Falls nicht, war die Rose zumindest ein ungefährer Richtungsanzeiger, der auf sich selbst wies. Ein Teelicht im Dschungel, dachte ich, vielleicht etwas euphorischer, als angemessen, aber wen scherte das? Ein Schritt nach dem anderen!

Das Einzige, worüber ich nicht nachdachte, war, wie ich mit meiner Schulter über die Buchshecke der Kretzschmar kommen sollte.

Dieses Problems wurde ich mir erst bewusst, als ich davor stand.

Den Taxifahrer hatte ich nach kurzem innerem Ringen nach Hause geschickt. Ich wusste nicht, wie lange ich für meine Nachforschungen brauchen würde, vor allem aber wollte ich keine Zeugen. Im Notfall musste ich die anderthalb Kilometer zum Bahnhof Pirschheide eben laufen und dort eine Bahn oder wieder ein Taxi nehmen. Aber zunächst wollte das Werk erst einmal vollbracht werden.

Ich blickte mich um.

Einige Meter hinter mir stromerte eine Katze die Gartenzäune entlang in meine Richtung. Sie war braunschwarz, eher gemasert als gefleckt, eher sehnig als mager, aber mit einem buschigen Schwanz, der bei meinem Anblick in die Höhe schoss. Walt Disney hätte ihr in seinen Trickfilmen die Rolle des edlen Vagabunden zugeschanzt. Einen Moment lang sah es aus, als berechne sie die Chancen eines erfolgreichen Angriffs. Dann duckte sie sich, wischte über den Weg und verschwand hinter dem Zaun des alten Sattler. Ich wandte mich wieder der Buchshecke zu.

Die beiden Tore darin waren abgeschlossen, das hatte ich schon in Erfahrung gebracht. Zum Überklettern waren sie für jemanden mit lädierter Schulter zu hoch.

Probeweise versuchte ich, meine rechte Hand in den Buchs zu schieben. Weit kam sie nicht. Auch wenn der Buchs zu den Pazifisten unter den Heckenpflanzen gehört, weiß er sich unerwünschte Eindringlinge ebenso zuverlässig vom Hals zu halten wie der Dornenverhau, hinter dem Dornröschen in ihrem hundertjährigen Koma lag. Was dem einen seine giftigen Krallen, ist dem Buchs sein engmaschiges, rigides Astwerk, an das sich Millionen hartlaubiger, stinkender Blättchen klammern, als ginge es um ihr Leben. Was ja auch nicht ganz falsch ist.

Kurz, um durch die Hecke zu kommen, hätte es einer Kettensäge oder eines Brandwerfers bedurft.

Einigermaßen frustriert wanderte ich zum alten Sattler nach nebenan. Von ihm brauchte ich nichts zu befürchten, höchstens von seinen Erben, falls er welche hatte. Es sah aber nicht so aus, als wäre von denen schon jemand dagewesen. Betrübt fasste ich nach der Klinke in seinem verwitterten Gartentor und fragte mich, ob Urban gerade fernab in irgendeinem Zwinger einsam vor sich hin siechte oder ob man ihn bereits eingeschläfert hatte, weil ein trauriger Hund schwer zu vermitteln war. Da öffnete sich das Tor.

Sofort meldeten Restmoleküle der drei Espressi meinen Nerven, dass sie noch aktiv waren. Ich atmete ein, zwei Mal gegen sie an, ehe ich mit der Souveränität eines Erbverwalters durch das Tor schritt und es sorgsam wieder hinter mir schloss.

Zwei Schritte bis zu einem alten Apfelbaum, von dort zu einem zart grünenden Himbeerbusch, und ich war den Blicken der Welt entrückt. Falls mich doch jemand gesehen hatte, würde ich mich eben als Neffe dritten Grades ausgeben.

Der Himbeerbusch befand sich, auf ein improvisiertes Spalier aus Aststangen und Draht gefädelt, ziemlich mittig zwischen Sattlers Haus und der Hecke seiner Nachbarin. Diese durchgeknallte LPG-Koryphäe hatte wirklich das gesamte Grundstück damit umzogen! Doch als ich meine Augen darüber schweifen ließ, stutzte ich. Etwa in der Mitte der Hecke veränderte sie die Form und begann einer Welle zu ähneln, die ein Stück hinter dem Himbeerbusch ihre Talsohle erreichte und sich von dort allmählich wieder emporschwang.

Für eine Einladung zum Besuch war sie ein wenig zu hoch, stellte ich fest, als ich die Absenkung erreicht hatte. Kretzschmar hatte sie wohl eher als Fensterbrett für Nachbarschaftsplaudereien geschnitten.

Aber eine Einladung erwartete ich auch nicht.

14

Das Erste, worauf ich auf dem Kretzschmar'schen Grundstück stieß, war die Disney-Katze, die von der Feldseite her an mir vorbei und den Stamm eines blühenden Obstbaums hinaufschoss. Von oben schleuderte sie mir gutturale Laute zu. Sie nahm ihre Rolle offenbar sehr ernst. Ich beschloss, sie Gregor zu nennen.

»Hör mal, Gregor«, sagte ich. »Ich bin nicht hier, um dich zu ärgern, also hör mit dem Geknurre auf. Übrigens ähnelt es Hundeknurren. Und falls jemand hier anfängt, einen Hund zu suchen, ist es für dich mit der Ruhe auch vorbei.«

Keine Ahnung, ob die Katze mich verstand oder ob sie, wie ich, das leise Quietschen von der Rückseite des Kretzschmar'schen Hauses her hörte, jedenfalls brach sie ihren Kehlkopfmonolog ab und verschmolz mit der Baumrinde.

Ich hätte es ihr gern nachgetan, aber dazu stand ich zu weit von dem Baum entfernt auf Felicia Kretzschmars Rasen. Näher war mir ihre Hauswand. Also sprang ich dorthin und presste mich an den Putz. Er war kühl und rau und vermittelte mir ein Gefühl großväterlicher Sicherheit. Das Gesicht meines Großvaters, bei dem ich früher oft die Ferien verbracht hatte, war auch meist rau und kühl gewesen.

Im Schutz dieser Geborgenheit lauschte ich auf weitere Geräusche. Als sie ausblieben, flüsterte mir die Wand mit der Intonation meines Großvaters zu: Na, Angsthase, hast du dich von einem losen Fensterladen ins Bockshorn jagen lassen? Wer außer dir und dieser Katze sollte sich hier denn noch herumtreiben? Die Kretzschmar läuft sich gerade Blasen auf dem Jakobsweg und ihr Nachbar liegt in der Pathologie. Also reiß dich zusammen und denk dran, warum du hier bist.

»Die Rose«, flüsterte ich zurück, löste mich widerstrebend von der Wand und arbeitete mich schrittweise zur Hausecke vor, um einen Blick über den Garten zu werfen. Er bestand überwiegend aus Wiese und einem Hügel, der wie eine Insel auf dem grünen Meer schwamm und von einem schlanken Pavillon gekrönt wurde.

Als hätte sie ein ähnliches Gespräch mit dem Baum geführt, rutschte auch die Katze an seinem Stamm herunter und streunte zwei Armlängen von mir entfernt auf die Insel zu.

Vielleicht suchte sie auch eine Rose. Wenn ja, war sie bei der Insel wahrscheinlich an der richtigen Adresse. Denn neben dem Pavillon beherbergte sie allerlei blühendes Pflanzwerk, das sich wie ein exotisch gemusterter Rock bis zu dem filigranen Pavillon hinaufrankte. Zwischen Stauden, die erst später im Jahr ihre Pracht entfalteten, leuchteten Anemonen und Ranunkeln, Teppiche von Hyazinthen und Tausendschönchen gingen ineinander über und schäumten bis auf den Rasen, der seltsamerweise nur zur Hälfte gemäht war. Und zwar längs. Rechterhand der Insel Wildwuchs, links Fußballplatz.

Die Katze namens Gregor sprang derweil auf die Brüstung des Pavillons und blickte triumphierend zu mir herunter.

Komm doch, sagte ihre Haltung. Und ich gehorchte abermals.

Ich durchwanderte den halb geschorenen Rasen und stieg die von blühendem Moos überwucherten Treppenstufen zum Gipfel des Hügels hinauf.

Der Pavillon interessierte mich nicht. Mich interessierten die Pflanzen. Aber da sie ihn nun einmal so lückenlos umschlangen, musste ich mir einen Überblick verschaffen.

Beobachtet von Gregor, ging ich die glaslosen Fenster des Häuschens nacheinander ab und nahm die floralen Kleinode dahinter ins Visier.

Im vorletzten hatte ich schließlich Erfolg. Das Fenster ging auf das hinter dem Grundstück beginnende Feld hinaus, ein etwas prosaischer Platz für eine Edelrose, fand ich. Aber vielleicht war es nur eine Interimslösung, weil alle anderen bereits besetzt gewesen waren. Möglicherweise war diese voluminöse

Pflanze auch gar nicht Dulcinea. Die Knospen waren noch geschlossen, woher sollte ich das also wissen. Doch dann fielen mir einige matt hängende Blätter auf. Nicht krank, eher schläfrig, wie nach einer langen Reise. Oder einer kurzen, aber anstrengenden. Und noch etwas, ich würde es als Lichtung um die Rose herum bezeichnen, so als wichen die Umgebungspflanzen andächtig ein Stück von ihr zurück. Oder waren zurückgedrängt worden.

Je länger ich die Rose betrachtete, desto sicherer wurde ich mir. Dulcinea, dachte ich und kletterte über die Fensterbrüstung, du Katharina die Große des Gartens, gib mir einen letzten Beweis.

Ich tauchte in den Pflanzendschungel, ging vor der Rose in die Knie und ertastete lockere Erde. Nur zum Vergleich untersuchte ich auch den Boden neben ihr und stutzte, denn er war genauso locker. Erst kurz vor einem Kamm klingenförmiger Liliensprossen verfestigte er sich. Und jetzt sah ich auch, dass er dort ein Stück höher war. Offenbar war die frische Erde nach dem Umtopfen der Rose in sich zusammengesunken. Ich wechselte auf die andere Seite des Pavillons und fühlte festen Grund unter einer Zierquitte, dann richtete ich mich auf und sah Gregor in die Augen.

»Wir haben sie.«

Auf der Mitte des halb geschorenen Rasens holte der Kater mich ein.

Dass Gregor männlich war, stand außer Frage. Nur Männer empfinden Vergnügen daran, in fremde Gärten einzubrechen.

Okay, Männer und Lisa, korrigierte ich mich, was aber vielleicht nur ein Hinweis auf eine latente Unklarheit ihres Geschlechts war. Wie eine Frau aussehen kann jeder, auf das Innere kommt es an.

Als ich vor der gläsernen Terrassentür stehen blieb, legte Gregor die Ohren an und sprang auf den Fenstersims links daneben.

»Ich werte das als Antrag um Aufnahme in meine Task

Force«, sagte ich. »Na schön, du fungierst fortan als mein Späher. Dein Deckname ist Gregor.«

Gregor schnüffelte am Rahmen des Fensters.

»Das ist Kitt«, erklärte ich ihm. »Wenn der alt wird, riecht er manchmal nach toten Mäusen.«

Statt einer Antwort hob der Kater eine Pfote und stieß das Fenster auf. Dann sah er mich mit einem Blick an, der sagte: Das ist ein Fenster. Wenn man es nicht richtig schließt, kann man relativ leicht hindurchschlüpfen. Und verschwand im Haus.

Ich blieb sprachlos zurück.

Mit wem hätte ich auch reden sollen? Mein neuer Mitarbeiter war gleich nach seiner Berufung in die Task Force zu einer Umgebungssondierung aufgebrochen, und mit unbelebten Objekten zu reden hat irgendwie etwas Trauriges.

Ich hatte demnach drei Möglichkeiten: Entweder ich wartete, bis Gregor wieder aus dem Haus herauskam, oder ich fuhr, um eine Information reicher und einige Erinnerungskarten-Blasen ärmer, nach Hause. Oder ich folgte ihm.

Ich schob das Fenster vollends auf, setzte mich auf den Rahmen, schwang meine Beine hinüber und stand in einer … Bibliothek.

Oder wie sonst nennt man einen Raum, dessen Wände bis auf eine Aussparung für die Tür mit Bücherregalen tapeziert sind? Literarisches Nähzimmer? Es stand nämlich auch ein Tisch mit einer abgedeckten Nähmaschine darin. Und eines der Regale barg im unteren Teil, statt bibliophiler Hausmannskost, Stoffstapel und Schachteln mit so lyrischen Beschriftungen wie »Ösen«, »Klettb.«, »MettKn«. Vor dem Nähtisch stand ein Korb mit Wollknäueln.

Der Nähtisch war zum Fenster hin ausgerichtet, sodass Felicia Kretzschmar, wenn sie sich zwischen zwei komplizierten Nähten ausruhte, eine idyllische Aussicht auf die blühende Pavilloninsel genoss. Nicht auf die Dulcinea allerdings, die auf die Rückseite der Insel verbannt worden war. Irgendwie wunderte mich das nun doch.

Laut Hübner hing Renates Herz mit glühender Leidenschaft an ihrer Rose. Wenn man solch ein persönliches Juwel also umsetzte, warum besorgte man ihm dann keinen bevorzugten Platz, zum Beispiel in der Sichtachse des Nähtischs, sondern ließ sie in einer Schmollecke vor sich hin blühen?

Brauchte Dulcinea Ruhe, ertrug sie die aufdringlichen Blicke Fremder oder nur leidlich Bekannter nicht, empfindliches Zuchtgeschöpf, das sie war? Ich wusste zu wenig über Edelrosen.

Dagegen hielt ich es für immer unwahrscheinlicher, dass Renate ihr Schmuckstück einfach allein in unbekannter Erde zurückließ und pilgern ging. Selbst von der Kretzschmar fand ich das, genau genommen, ziemlich rücksichtslos.

Es sei denn, sie hatte mit Sattler vor ihrem Aufbruch und seinem Ableben doch noch eine Abmachung getroffen. »Gestorben wird immer«, soll meine Urgroßmutter väterlicherseits sich seinerzeit als Aufschrift für ihren Grabstein gewünscht haben, um nutzlosem Geflenne auf dem Friedhof vorzubeugen. Sie ist vor meiner Geburt gestorben, ich hätte sie gern gekannt, denn sie sprach mir aus dem Herzen. Ich würde hinzusetzen: Nur manchmal zur falschen Zeit.

Ich hatte das Geräusch schon einmal gehört, wurde mir bewusst, als ich aus der Bibliothek in den Korridor trat. Doch hatte ich es beim Einstieg durch das Fenster für ein von mir verursachtes Knarren gehalten.

Diesmal hingegen war dergleichen ausgeschlossen. Der Boden im Flur bestand aus Natursteinfliesen und ich hatte nichts berührt, das ein derartiges Geräusch verursacht haben konnte. Außerdem war es von oben gekommen. Eine Weile verharrte ich, dann fiel mir Gregor ein. Dämlicher Kater, statt sich seiner Beförderung würdig zu erweisen, tobte er im Obergeschoss herum.

Dennoch schlich ich sicherheitshalber auf Zehenspitzen durch den Korridor in ein helles Wohnzimmer, von dort in ein angrenzendes und fand mich in einer Küche wieder. Es war eine dieser in den Siebzigern beliebten und im Zuge der Wohnraumoptimierung vor einigen Jahren wieder aufgekommenen Küchen, die den Namen eigentlich zu Unrecht tragen. Zumindest wenn er einen Raum bezeichnet, in dem nicht nur gekocht, sondern auch gegessen wird. Im Sitzen, meine ich. An einem Tisch. Und das war in dieser Küche unmöglich. Zwar lud eine Kochzeile mit Ceranherd und einer Arbeitsplatte aus Edelstahl zur Zubereitung üppiger Speisen ein, die man dann allerdings entweder im Stehen verzehren musste oder jenseits einer ins Mauerwerk gebrochenen Durchreiche im Wohnzimmer. Zwischen dem Durchbruch und der Kochzeile gab es nur einen schmalen Schlauch von ungefähr einem Meter Breite.

Ich sah mich um. Das Ceranfeld glänzte wie eine frische Teerpfütze, auf der Arbeitsfläche daneben standen ein paar futuristische Geräte. Nach kurzer Untersuchung entpuppten sie sich als Toaster, Mikrowelle und einer dieser aufgerüsteten Mixer zur Herstellung von Smoothies.

Hinter den Schranktüren über und unter der Arbeitsplatte fand ich, wenig überraschend, Geschirr und Lebensmittel. Zuletzt nahm ich mir, begleitet von einem neuerlichen Knarren aus dem Obergeschoss, den Geschirrspüler vor.

Und da endlich schlug mein Seismograph für Bemerkenswertes aus. Der Begriff stammt von Anja und lautet eigentlich vollständig: Seismograph für bemerkenswerte Nebensächlichkeiten. An dieser Stelle möchte ich bemerken, dass niemand über den Haupt- oder Nebenwert einer Sache befinden sollte außer dem Entdecker selbst. Was dem einen ein gerolltes vertrocknetes Blatt, ist dem nächsten eine Zigarre.

Der Seismograph also schlug aus. Noch wusste ich nicht, warum. Ich zog mein analytisches Ich zu Rate und inspizierte den Inhalt des Spülers genauer.

Es befand sich Geschirr darin, aber nur wenig und zwar – erste Besonderheit – sauberes. Im Einzelnen handelte es sich um einen kleineren Teller, zwei Teetassen samt Untertassen, einen Teelöffel, ein Messer, eine zweiteilige Butterdose und einen Eierbecher. Zusammengefügt ergaben sie ein Frühstücksgedeck für eine Person, die allerdings, und das war die zweite Besonderheit, zu Brot oder Brötchen mit Ei Tee aus zwei verschiedenen Tassen getrunken hatte.

Möglicherweise stammte eine davon auch noch vom Abendbrot vor Felicia Kretzschmars Aufbruch, wobei sie dann aber nichts dazu gegessen hätte. Oder, und da sind wir bei meinem Seismographen, jemand hatte ihr beim Frühstück Gesellschaft …

Ich zuckte zusammen. Diesmal kam das Knarren nicht aus dem Obergeschoss. Eine Hand noch am Geschirrspüler, die andere in der Schlinge, erstarrte ich.

Nur meine Speicheldrüsen arbeiteten weiter. Ich bemerkte es und schluckte. Falls Gregor innerhalb der letzten zehn Minuten nicht spontan fünfundzwanzig Kilo zugenommen hatte, stieg eben ein Mensch eine Holztreppe herab. Diese Erkenntnis brach den Damm. Mit einem Satz war ich hinter der angeklappten Tür.

Keine Sekunde zu spät. Denn kaum hatte ich mich an die Wand gepresst, tänzelte der Kater ins Wohnzimmer, gefolgt von etwas wesentlich Größerem.

Ich hielt die Luft an, während mir wirre Gedankenfetzen durch den Kopf schossen.

Wie ich gehört hatte, gab es Leute, die die Abwesenheit anderer nutzten, um deren Heimstätten auszuräumen. Leute, die zuweilen recht brachial wurden, wenn sie dabei auf einen Konkurrenten oder Zeugen trafen. Und ich war gehandicapt, ein nahezu wehrloses Opfer.

Ich schloss die Augen. Am liebsten hätte ich dasselbe mit den Ohren gemacht. Ich hörte ein leises Ratschen, wie wenn jemand einen Klettverschluss öffnet, dann ein undefinierbares Geräusch. Und schließlich näherten sich Schritte.

Noch inniger mit der Wand zu verschmelzen war unmöglich. Um mir wenigstens einen Rest Würde zu bewahren, öffnete ich die Augen. Mein Blick fiel auf etwas Orangefarbenes. Im selben Moment summte mein Handy.

Ich weiß, dass dergleichen normalerweise nur in minderwertigen Filmen oder Romanen passiert. Mit billigen Mitteln Spannung erzeugen, ein uralter 08/15-Trick. Nun musste in Hinblick auf Spannung bei mir eigentlich nichts mehr erzeugt werden. Trotzdem: Mein Handy summte.

Als es verstummte, war auch das Orangefarbene verschwunden. Ich atmete flach.

Was bedeutete das? Hatte der Einbrecher das Weite gesucht? Nebenan miaute Gregor.

Behutsam bewegte ich die Tür einen Zentimeter. Nichts. Ewig konnte ich hier nicht stehen. Also stieß ich die Tür mit einem beherzten Stoß auf und blickte in eine Klinge.

Im Grunde wäre das der richtige Moment zum Sterben gewesen. Auf der Suche nach seiner Geliebten und einer Krankenschwester aufgespießt von einem … Brotmesser. In der Hand eines … einer Frau. Mit einer orangefarbenen Softshelljacke.

Meine Bronchien gaben den letzten Rest Sauerstoff von sich, saugten rasselnd neuen ein, und eine Stimme, die ich nicht kannte, sagte: »Nimm das Ding runter!«

»Just?!«

»Bitte, ich habe Angst, dass du mir ins Auge stichst.«

Lisa lachte kurz und hysterisch, dann legte sie das Messer mit der Grazie einer Juwelierin auf den Tisch zurück.

»Dann warst du das vorhin bei Sattler?«, fragte sie.

»Bei Sattler?«, stotterte ich. »Ja, aber ich habe niemanden …«

»Verdammt, geh endlich ans Handy!«

Erst da bemerkte ich, dass es schon wieder summte.

Auch Michalski war hörbar außer sich.

»Daran sind Sie schuld! Sie und die dämliche Polizei!«

Er nuschelte so stark, dass ich ihn kaum verstand.

»Entschuldigen Sie, woran sind die Polizei und ich schuld?«

»Galia …« Er keuchte und seine Stimme rutschte eine Tonlage tiefer. »Meine Nachbarin hat ihn mir grad … noch 'n Brief gebracht.«

Ich sah Lisa an und stellte auf Mithören.

»Und was steht drin?«

»Dass ich mich nicht an die Abmachung gehalten habe und dass sie … sie nicht länger durchfüttern.«

Jedenfalls reimte ich mir ungefähr diesen Wortlaut zusammen.

Dann, wieder eine Vierteloktave höher, aber genauso undeutlich: »Außerdem haben sie mir Haare uniuhr eschickt, damit ichwassubergnhab.«

Ich warf einen hilfesuchenden Blick zu Lisa.

Sie haben ihm Haare und ihre Uhr geschickt, damit er was zum Beerdigen hat«, formten ihre Lippen und gaben so der von mir verstandenen *Haarunion* einen Sinn. Wir waren beide geschockt.

So sehr, dass wir nur kurz die Köpfe wandten, als Gregor leichtfüßig in die Küche getrabt kam und schnurrend um Lisas Waden strich. Nicht einmal das wunderte mich. Ich leckte mir die Lippen und sagte: »Bleiben Sie, wo Sie sind.«

Eine Floskel, die vor allem meiner eigenen Beruhigung diente. Wo sollte Michalski auch hingehen?

Um sie nicht als letztes Wort stehen zu lassen, fügte ich hinzu: »Wir sind in spätestens einer dreiviertel Stunde bei Ihnen. Lassen Sie die Polizei so lange aus dem Spiel.«

»Die Polizei kann mich mal«, erwiderte Michalski überraschend klar. »Ist eh zu spät jetzt.«

Ich hoffte, dass er Unrecht hatte. Aber hauptsächlich wollte ich mir Dietmar noch ein Weilchen vom Leibe halten.

15

Aus dem gleichen Grund, aus dem ich meinen Taxifahrer nach Hause geschickt hatte, hatte Lisa ihren Smart nicht im Vogelweg, sondern vor einem Landgasthof auf der anderen Seite des Brachfeldes geparkt. Gregor begleitete uns noch ein Stück, bis wir ihn in der Mitte des Feldes an die Überreste eines Döners verloren.

Ich trauerte ihm ein wenig hinterher, er war mir ans Herz gewachsen, trotz seiner anfänglichen Feindseligkeit oder gerade deshalb. Traue niemandem, der dir gleich um den Bart geht. Dann will er entweder was von dir oder er streicht einfach gern um Bärte, dann aber auch um die deiner Gegner.

Lisa legte einen forschen Schritt vor, der meine Vermutung eines männlichen Kerns in ihr nährte. Dabei schaffte sie es sogar noch, mir einen Abriss ihres Tages bis zu unserer aufregenden Begegnung zu geben. Am Vormittag hatte sie sich weisungsgemäß unter die Epidermis des Umfelds der beiden ersten Entführungsopfer gegraben und mit der Investorengattin begonnen, indem sie in Klein Glienicke zum Sonntagsgottesdienst mit anschließendem Gemeindebrunch gegangen war. Laut Internet-Gemeindeblatt, sollte dort ihr Kirchenchor auftreten. Leider hatte die IG, wie Lisa sie nannte, an dem Auftritt nicht teilgenommen, dafür war sie beim Essen mit zwei anderen Sängerinnen ins Gespräch gekommen, die vollstes Verständnis für deren vorübergehende Teilnahmslosigkeit hegten.

Nach all den Strapazen, die sie durchgemacht hatte, konnte man der IG kaum zumuten, sich gleich wieder ins Tagesgeschehen zu werfen und sich zusätzlich auch noch einem Haufen neugieriger Fragen auszusetzen. Dabei hatten die Sängerinnen sich auf eine Weise angesehen, die Lisa bewogen hatte, etwas genauer nach der Art dieser Strapazen zu fragen, abgesehen von der Entführung natürlich. Die Damen hatten daraufhin etwas von Scheidung gemurmelt, die jetzt aber ja vom Tisch sei. In dieser Hinsicht habe die ganze furchtbare Geschichte letztlich doch etwas Gutes bewirkt. Mit ihrem neu erworbenen Wissen und vollgeladenem Teller war Lisa danach zu einer anderen Dame gewechselt, die während des Gottesdienstes die Epistel gelesen hatte, was auf ein gewisses Standing innerhalb der Gemeinde deutete und das wiederum auf eine gewisse Nähe zu deren Schäfchen. Nach einem Kompliment für ihre Lesekünste, die ihr den Bibeltext des Tages auf eine völlig neue Weise eröffnet hätten und dem sich anschließenden religiösen Smalltalk, war Lisa irgendwann auf die verhinderte Scheidung der IG gekommen. Die Epistelleserin, obschon überrascht über ihr Insiderwissen, hatte tiefgründig gelächelt. Ja, das sei ein Wunder nach dem ganzen Drama wegen dieser Weibergeschichte und wo die Papiere schon so gut wie unterschrieben gewesen seien. Offenbar habe Gott sich der Sache schließlich selbst angenommen, indem er die Scheidungswillige gewissermaßen schocktherapiert habe. Was Er verbunden habe, solle der Mensch nicht trennen. Und die beiden hätten die Lektion begriffen. Jedenfalls sei von keinem neuen Scheidungstermin die Rede, dafür von einem gemeinsamen Urlaub.

»Interessant, was?«, fragte Lisa und überstieg lässig einen aus dem Boden ragenden Fahrradlenker.

»Ziemlich«, gab ich zu.

»Bei der Hotelierstochter war's kniffliger. Da ich mir durch den Brunch das Mittagessen sparen konnte, bin ich von der Kirche direkt zum Hotel ihrer Eltern gefahren, aber dort war nur eine Angestellte, die augenblicklich dichtgemacht hat, als ich von der Entführung anfing. Obwohl ich mich als Ellas Ballettlehrerin ausgegeben habe. Stattdessen hat sie zum Telefon gegriffen, um mich zu melden. Daraufhin hab ich mich schleunigst wieder verdrückt.«

Lisa umrundete einen Maulwurfshügel, der mir überproportional groß vorkam. Mir fiel auf, dass sie immer schneller redete. Vielleicht wollte sie fertig werden, ehe wir das Feldende erreichten.

Nach der Schlappe im Hotel habe sie zuerst deprimiert heimkehren wollen, sagte sie, sei dann aber doch noch ein wenig in Werder herumgekurvt und schließlich zum Haus der Hotelierfamilie gefahren, einfach, um es mal gesehen zu haben. Und siehe da: Just in dem Moment, als sie zwecks eines Fotos dort angehalten habe, sei ein Mädchen aus der Tür gekommen. Nicht die Hoteliertochter, deren Bild kannte Lisa aus der Zeitung, aber ungefähr das gleiche Alter.

»Ich bin also ausgestiegen und hab die Kleine nach dem Weg zum Bahnhof gefragt, worauf sie mich um eine Zigarette angeschnorrt hat. Im Auto lag noch eine halbe Schachtel meiner Mitbewohnerin, die hab ich ihr geschenkt und eine kleine Plauderei angefangen. Ob sie in diesem schönen Haus wohne, das sie soeben verlassen habe, und so weiter. Glücklicherweise war die Kleine eine ausgemachte Plaudertasche und außerdem dankbar für die Zigaretten, jedenfalls hat sie erzählt, dass sie ihre Schulfreundin Ella besucht habe. Die, über die in den letzten Tagen dauernd in der Zeitung berichtet worden sei. Sie schien mir beinahe ein bisschen neidisch darauf. Als ich daraufhin vorsichtig weitergefragt habe, rückte sie peu à peu mit einer haarsträubenden Geschichte heraus. Ich mach's kurz: Sowohl sie als auch Ella, die Hoteliertochter, sind von ihrem Physiklehrer vergewaltigt worden.«

Über die Schulter warf Lisa mir einen Blick zu, als erwarte sie, dass ich erbleichend ein Kreuz schlagen und »Um Gottes willen« murmeln würde.

Zu ihrer Enttäuschung sagte ich aber nur »Achtung«, weil sie gerade auf den nächsten Maulwurfshügel zusteuerte. Wieder so ein Monsterding.

Sie reagierte und schaute wieder nach vorn.

»Meine kleine Informantin hat er besoffen auf dem Werderaner Baumblütenfest erwischt und sie umgehend zu sich nach Hause geschafft. Zum Glück hat sie von der Vergewaltigung nicht viel mitbekommen, weil sie so hacke war. Sie war sich hinterher auch erst nicht sicher, ob sie sich das Ganze im Suff nur eingebildet hat, wie er meinte. Aber dann hat er sich vor einigen Wochen an Ella rangemacht.«

Wir hatten den Feldrand erreicht und standen am Bordstein einer Asphaltstraße, auf der ein Stück weiter Lisas Smart parkte. Aber wir betraten sie nicht, als würde ein Alarm losgehen, wenn wir es täten, bevor Lisa mit ihrer Geschichte fertig war. Sie lächelte grimmig.

»Nach dem Sommer will Ella ein Auslandsjahr auf einem englischen College machen«, sagte sie. »Aber sie ist in den Naturwissenschaften nicht eben eine Leuchte, und er gab sich besorgt, dass sie in England völlig abrutscht. Also hat er ihr freundlicherweise Nachhilfestunden angeboten. So weit, so gut. Nur dass die zweite Stunde abends stattfand und es Wein dazu gab. Hinterher konnte sich Ella nicht einmal mehr daran erinnern, wie sie nach Hause gekommen ist. Am nächsten Morgen lag sie angezogen im Bett, und wahrscheinlich hätte sie ihren Erinnerungsaussetzer einfach auf den Wein geschoben, wenn sie nicht Blut in ihrem Schlüpfer entdeckt hätte. Erst dachte sie, sie hätte ihre Tage bekommen. Die waren aber gerade erst vorbei. Dann hatte sie auch leichte Schmerzen im Schritt. Und drittens trug sie den Schlüpfer verkehrt herum.«

Mir wurde schlecht. »Ihre Eltern haben das Schwein hoffentlich sofort angezeigt.«

»Womit wir zu den liebenden Eltern der Neuzeit kämen«, knurrte Lisa und hebelte mit der Schuhspitze ein unschuldiges Grasbüschel aus der Erde. »Zufällig ist der Lehrer im gleichen Partei-Ortsverein wie Ellas Vater. Und der konnte sich beim besten Willen nicht vorstellen, dass sein Kumpel seiner Tochter so was angetan haben sollte. Er hat also nur mal locker bei ihm angefragt, wie sich seine Tochter bei der Nachhilfe denn so mache, worauf das Schwein meinte, an sich gut, nur beim letzten Mal sei sie schon so betrunken bei ihm angekommen, dass er sie nach Hause geschickt habe. Und nun rate mal, wem der Vater geglaubt hat! Zum Glück gibt es Freundinnen, kann ich nur sagen. Und in Ellas Fall sogar eine, die ihr Unglück bestens nachfühlen konnte und nun endgültig wusste, dass ihre eigene Vergewaltigung keine Einbildung im Suff war. Fazit: Die beiden haben beschlossen, dass Ella Anzeige erstattet.«

»Nur Ella?«

»Ja. Ihr Fall ist frischer und bald ist sie für ein Jahr weg, während die andere an der Schule bleibt und die Rache des Lehrers fürchtet, falls der Richter ihn für unschuldig erklärt. Die größten Schweine bekommt man für gewöhnlich am schwersten in den Käfig.«

Mit diesen Worten betrat Lisa die Straße, als wäre sie ein roter Teppich, den man endlich vor ihr ausgerollt hatte.

In meinem Kopf klingelten die Gedanken wie Telelotto-Kugeln durcheinander. Während wir zum Smart gingen, wartete ich, dass eine von ihnen aus dem Auslass gerollt kam. Wir waren noch nicht ganz da, als es plongte.

»Hältst du es für möglich, dass im Wein der beiden Mädchen die gleiche Droge war, die Ella und die Investorengattin von den Entführern verabreicht bekommen haben?«

»Ja«, sagte Lisa und ließ die Türen des Autos aufschnappen. »Blöderweise hat der Lehrer für den Abend von Ellas Entführung ein Alibi. Da tagte nämlich besagter Ortsverein der Partei, der er und ihr Vater angehören. Im Übrigen nimmt der Herr Hotelier seiner Tochter die Anzeige übel. Letzten Mittwoch wäre der Anhörungstermin gewesen, zwei Tage vorher wurde Ella entführt. Der Lehrer war's nicht. Aber fällt dir was auf?«

Als Lisa das fragte, rollte der Smart bereits in Richtung der Geltower Hauptstraße.

Ich sagte: »Beide Entführungsopfer verschwanden kurz vor einem Gerichtstermin.«

»Genau.« Sie hupte einen unvorsichtigen Radfahrer an, nahm nebenbei ein Kaugummipäckchen aus dem Handschuhfach, zog zwei Streifen aus der Packung, wickelte beide aus und gab einen mir. Den anderen schob sie sich in den Mund. Alles anderthalbhändig.

»Und bei jedem gab es einen, der Interesse daran hatte, ihn ausfallen zu lassen. Einmal ein treuloser Ehemann … Hab ich erzählt, dass ein Großteil des Geldes, das er in seine Spekulationsobjekte steckt, seiner Frau gehört? Die Epistelleserin hat da eine vieldeutige Bemerkung gemacht. Bisher hatte er überwiegend Glück mit seinen Geschäften. Bei einer Teilung des Vermögens würde er also nicht plötzlich zum Bettler werden, aber es würde ihm ordentlich was fehlen. Dazu der Ruf und die Kinder und alles. Bei Ella liegt es ja auf der Hand. Aber ihrer Freundin zufolge will sie keinen zweiten Anlauf starten. Ist traumatisiert von der Entführung, verkriecht sich in ihrem Zimmer. Und beide Eltern haben ihr zugeredet, die Sache auf sich beruhen zu lassen, wo sie doch eh bald in England ist. Und hinterher auf einem anderen Gymnasium. Ein zweifellos zwiespältiger Ausweg für sie, aber ein Ausweg. Blöd für die andere.«

Definitiv.

Ich traute mich kaum, meine Routinefrage zu stellen. »Und was hat das mit Renate zu tun? Der stand, soviel ich weiß, kein Gerichtstermin ins Haus, nur ein Streik.«

»Soll ja auch nicht jeder toll finden«, erwiderte Lisa.

Auf dem zweiten Teil der Fahrt fiel mir auf, dass ich immer noch nicht wusste, wieso ich ihr in der Küche der Kretzschmar beinahe ins Messer gelaufen wäre.

Wegen Sattler.

»Zweifelst du etwa an seinem Herzinfarkt?«

»Wer bin ich, den Totenschein eines Arztes anzuzweifeln«, sagte Lisa. »Ich finde nur, dass er sich den falschen Tag dafür ausgesucht hat.« Da waren wir uns ja mal einig.

»Deshalb habe ich Hauptkommissar Elmers angerufen und ihn gebeten, eine Obduktion anzuordnen.«

»Du hast was?« Mir fiel beinahe der Kaugummi aus dem Mund.

»Er hat eingewilligt, nachdem ich ihm den Bericht über die beiden ersten Entführungsopfer geliefert hatte. Mit schönen Grüßen von dir.«

Sie warf mir einen belustigten Blick zu,

»Entschuldige, Just, ich hätte quasi taub sein müssen, um nicht zu hören, was Kommissar Elmers dir Samstag in der Tür zugetuschelt hat. Sei's drum, er hält uns für ein Team und grüßt dankend zurück. Die Anordnung hat er sofort ans Bergmann weitergegeben. Falls bei Sattler auch nur irgendein Befund von einem Herzinfarkt abweicht, übernimmt ihn die Gerichtsmedizin.«

Mit rotem Kopf sah ich geradeaus auf die Straße. Lisa wurde mir immer unheimlicher.

»Und was versprichst du dir von einer Obduktion?«

»Na ja, in Prozenten ausgedrückt, verspreche ich mir zu ungefähr achtzig ein verkalktes Herzkranzgefäß. Und zu zwanzig eine Überraschung.«

»Welcher Art?«

Sie zuckte die Achseln.

»Er war der Nachbar der Kretzschmar, die wiederum mit Renate verabredet war«, zählte sie auf, »die aber nicht kam, was die Kretzschmar nicht davon abgehalten hat, ihre Reise anzutreten. So was würde ich nie machen. Und am gleichen Tag stirbt Sattler.«

»Noch wissen wir nicht sicher, ob Renate mit Felicia Kretzschmar zum Reisen verabredet war.«

»Doch. Hol mal mein Handy aus der rechten Jackentasche.«

Leichter gesagt, als getan. Zwar hing die Jacke über ihrer Sitzlehne, aber mein linker Arm in der Schlaufe. Um an die Tasche zu kommen, musste ich mich abschnallen und ziemlich verrenken.

»Wenn du's hast, geh auf die letzten Fotos der Galerie!«

Ich gehorchte.

»Es müsste das vorletzte sein.«

Das letzte Bild zeigte dunkle Erdspuren auf einem ockerfarbenen Natursteinboden. Eine der Spuren ähnelte verdächtig dem Profil meiner Sportschuhsohlen. Hastig wischte ich weiter.

Der rechte Rand des vorletzten Fotos wurde von etwas Zerflustem verdeckt, das ich für das Ende eines Katzenschwanzes hielt. Daneben las ich unter einem Buchtitel, den ich von einer Rezension her kannte: *Für Renate zur unterhaltsamen Vorbereitung. In Vorfreude: F.*

Mit einem Auge beobachtete Lisa meine Verblüffung.

»Lag im Nachttisch. Sind wir jetzt sicher, dass Renate und die Kretzschmar zusammen auf Reisen gehen wollten?«

»Na schön.« Spätestens jetzt hätte Dietmar sie befördert. Obwohl ...

»Aber wenn die Kretzschmar das Buch Renate geschenkt hat, warum liegt es dann bei ihr zu Hause?«

»Gute Frage. Aber nur eine von vielen. Die anderen lauten: Warum ist sie einfach losgewandert? Warum standen zwei Teetassen im Geschirrspüler? Warum soll Hauptkommissar Elmers Sattler nicht obduzieren?«

16

Diesmal nahm sie einen anderen Weg zum Stern, über Rehbrücke, einen Ortsteil, in dem ich vor Anja kurzzeitig eine Freundin gehabt hatte und den ich seitdem mied. Dort in Rehbrücke sagte ich zu Lisa:

»Hast du außer dem Buch noch was gefunden?«

Sie ließ eine rosarote Kaugummiblase vor den Lippen zerknallen.

»Dich und den Kater. Dann eine frisch gepflanzte Rose auf der Rückseite des Pavillons im Garten und Gemüse.«

»Gemüse?«

»Auf dem Komposthaufen links neben dem Haus. Relativ viel und relativ frisches, deshalb ist es mir aufgefallen. Darunter ein quasi unangetastetes Bund Möhren. Schon seltsam, oder?«

»Finde ich nicht. Im Haus wäre es vergammelt, und wer schleppt schon einen Sack Gemüse mit auf den Jakobsweg.«

Bei ihren Worten musste ich an zwei Dinge auf einmal denken. Erstens an Anja, an die ich ohnehin dauernd dachte, vor allem vor dem Hintergrund des zweiten Briefes, den Michalski erhalten hatte. Was bedeutete das in Bezug auf sie? Auf meinen Armen bildete sich wieder der dünne Angstfilm. Zweitens das Telefonat mit Jenny nach ihrer Begegnung mit Felicia Kretzschmar auf dem Parkdeck von Kaufland. Die Kretzschmar hatte unter anderem einen Blumenkohl eingekauft, den sie mitsamt dem Einkaufswagen auf dem Deck zurückgelassen hatte. Einen Blumenkohl einen Tag vor ihrer Abreise.

Ich erzählte Lisa davon. Sie ließ eine neue Kaugummiblase platzen.

»Ich sag doch, das Gemüse ist bemerkenswert. Nebenbei war ich mit meinen Entdeckungen noch nicht am Ende. Und zwar hab ich mir das Telefon der Kretzschmar vorgenommen und alle Nummern angerufen, die sie in den letzten Tagen gewählt hat. Und weil ich schon mal dabei war, hab ich gleich noch geguckt, was unter verpassten Anrufen in ihrem Speicher hing. Manchmal stöbert man in Telefonspeichern interessante Sachen auf.«

»Durchaus«, sagte ich und berichtete ihr von meinen Erlebnissen mit Michalskis Telefonspeicher, um ihr zu beweisen, dass sie nicht die Einzige war, die so grandiose Ideen ausbrütete. Dann fragte ich, was ihre Untersuchung ergeben hätte.

»Etliche verpasste Anrufe. Da hab ich mir nur die Nummern abgeschrieben, damit ich sie später in Ruhe mit denen auf der Liste vergleichen kann, die über ihrem Telefontisch hing. Bei denen, die Felicia Kretzschmar gewählt hat, bin ich gleich aktiv geworden, weil es nur zwei waren. Gelandet bin ich erstens bei einer Schönheitsklinik und zweitens …?«

Sie hob die Stimme wie eine Lehrerin, die wissen will, welche Tiere vor den Menschen ins Weltall geflogen sind. Erstens Hunde und zweitens …?

Ich zuckte mit der unversehrten Schulter.

»Affen?«

»Wie bitte?«

»Pardon … ich hab keine Ahnung.«

»Sattler.«

Sie schoss den Namen ab wie einen Pfeil von einem Triumphbogen. »Ich hatte natürlich nur sein Band dran. Aber rate mal, wann der Anruf rausgegangen ist!«

Da ich nicht schon wieder klein beigeben wollte, sagte ich: »Einen Tag nach ihrer Abreise.«

Sie bewegte den Kopf, nur einen Zentimeter, gerade genug, um mir ihre Hochachtung für die kleine Pointe zu demonstrieren.

»Am gleichen Morgen.«

Außergewöhnliche Ereignisse rechtfertigen außergewöhnliche Maßnahmen, muss Lisa sich gesagt haben, als sie den Smart am Stern nicht etwa in einer unverpachteten Parklücke absetzte, was uns eine Viertelstunde Suche gekostet hätte, sondern direkt neben dem Opel der Michalskis.

»Und wenn der Pächter dieses Stellplatzes kommt?«, fragte ich.

»Dann wird er ein Spektakel veranstalten und den Abschleppdienst rufen. Bis der hier ist, sind wir mit Michalski längst fertig.«

Wie sie wollte. Es war ihr Auto, ich konnte zur Not mit der Bahn fahren. In meiner Hosentasche summte es. Ich klaubte hektisch das Handy heraus. Jenny.

»Hallo«, sagte sie. »Ich hab mich heute mit Schwester Claudia zu einem späten Mittagessen …«

»Und ich bin gerade bei Michalski. Ich rufe in circa einer halben Stunde zurück!«

»Das war unhöflich«, bemerkte Lisa und drückte auf die Klingel.

17

Michalski hatte das Wochenende nicht untätig verbracht. Überall lagen kleine und mittelgroße Päckchen herum, die er angesichts seiner gestörten Feinmotorik keinesfalls allein gepackt und beschriftet haben konnte. Dafür war die Sammlung von Renates wollenen Prachtstücken im Wohnzimmer merklich geschrumpft. Der Alte war nach dem Öffnen zu seinem Sessel am Computertisch geschlurft und deutete stumm auf einen braunen Packpapierumschlag, der ungefähr wie der letzte aussah, nur bauchiger.

»Darf ich?«, fragte ich und schüttelte den Inhalt heraus. Zuerst kam die Uhr mit dem violetten Gummiarmband zum Vorschein, die mir jedes Mal aufgefallen war, wenn Renate meinen Tropf gewechselt hatte.

Ich legte sie behutsam beiseite und widmete mich mit leichtem Unwohlsein der Haarsträhne. Seltsam, um wie viel tiefer einen Dinge berühren, die einmal Teil eines Menschen gewesen sind. Vor allem, wenn sie als letzter Gruß dieses Menschen vor einem liegen. Ein abgeschnittener Finger hätte kaum schrecklicher sein können. Ich pickte die Strähne widerwillig auf und betrachtete sie genauer. Sie war mit einem schwarzen Faden umwickelt, wohl damit sie nicht in ihre Einzelteile zerfiel, und sauber abgeschnitten. Der Kürze von etwa fünf Zentimetern nach nicht über der Kopfhaut, sondern ein ganzes Stück darüber. Die Entführer hatten Renate also zumindest nicht geschoren, sondern ihr nur dieses Büschel geraubt.

Zuletzt widmete ich mich mit Lisa dem Brief.

Wieder die säuberlich ausgeschnittenen und in geraden Zeilen zusammengesetzten Bruchstückchen von Zeitungsüberschriften und einzelnen Buchstaben, zwischen die hier und dort kleinere Füllworte aus Artikeln geklebt waren. Und wie beim letzten Mal, war auch dieser Text so schlicht wie direkt.

Sie haben sich nicht an die abmachung (dieses Wort war aus zwei Teilen zusammengesetzt, von denen offenbar keines der Anfang eines Substantivs gewesen war) *gehalten. Keine Lust mehr, Ihre Alte durchzufüttern* (drei zusammengeklebte Worte: durch – zu – füttern). *Hier einige Erinnerungsstücke* (ein zusammenhängendes Wort, in altmodischen Lettern) *oder zum Beerdigen.*

In diesem letzten Wort bildete nur das *erd* einen zusammenhängenden Kern, alles andere war aus Einzelbuchstaben zusammengesetzt.

»Den sollten Sie lieber doch der Polizei geben«, sagte ich, während ich den Bogen fotografierte, und Lisa bekräftige: »Seh ich auch so.«

»Wozu«, stöhnte Michalski. »Hab ihnen den ersten gegeben, hat auch nichts gebracht. Und jetzt isses zu spät.«

»Die Polizei arbeitet auf Hochtouren«, sagte Lisa. »Geben Sie ihr ein bisschen Zeit. Außerdem glaube ich, dass Sie für Ihre Frau kaum etwas hätten tun können.«

»Wieso?«, fragten Michalski und ich.

»Weil der Ausgang dieser Geschichte von vornherein feststand.«

Michalski sah sie aus aufgerissenen Augen an. Auch sein Mund stand offen und gab den Blick auf eine dahinwelkende, ungepflegte Zahnlandschaft frei.

»Dieser Brief«, dozierte Lisa, »ist dem Stempel nach am Samstag eingeworfen worden und dem Zahlencode nach in Potsdam. Das heißt, kurz nach der verpatzten Geldübergabe, denn samstags werden die Briefkästen hier um Mittag herum zum letzten Mal vor dem Montag geleert. Der oder die Entführer hätten also, abzüglich des Weges nach Hause, maximal anderthalb Stunden Zeit gehabt, um sich den Text auszudenken, Ihrer Frau eine Locke abzuschneiden, die entsprechenden Schnipsel aus Zeitungen herauszusuchen und zusammenzukleben und den Brief einzuwerfen. Und nun sehen Sie mal, wie sorgfältig die Buchstaben und Wortstücke ausgeschnitten sind und wie akkurat aneinandergefügt. So was kriegt man nicht in zehn Minuten hin.«

»Oder aber«, schaltete ich mich ein, »der Brief ist ein besonders abgefeimter Spaß, um Sie zu erschrecken. Haben Sie Feinde, Herr Michalski?«

»Ich?«, stotterte Michalski.

»Ja. Von Ihrer Frau wissen wir, dass sie zumindest Widersacher in der Krankenhausleitung hat und mit ihrer Kollegin Schwester Claudia von den Bergfrauen wegen einer Streikplanung über Kreuz war. Wie steht's mit Ihnen?«

Lisa hob die Brauen.

»Wenn das ein Scherz sein soll, müsste er aber von jemandem stammen, der von Renates Entführung und der Lösegeldübergabe weiß.«

»Was den Kreis der Verdächtigen einschränkt«, stimmte ich zu und wandte mich wieder an den verstörten Michalski.

»Sie haben vor der Pensionierung im Bergmann gearbeitet. Sind Sie dort zufällig mal jemandem so heftig auf den Schlips getreten, dass er Ihnen eine derart fiese Rache angedeihen lassen könnte?«

Michalski sah aus, als wäre ihm gerade ein Ziegel auf den Kopf gefallen.

Er mahlte ein paar Mal locker mit den Zahnrelikten, dann brummte er, den Blick auf eine wollene Nackenrolle gerichtet: »Klaus. Aber der kann's nicht sein, der ist tot.«

»Wer ist Klaus?«

»Ehemaliger Kollege. Hab ihn auffliegen lassen, weil er besoffen 'ne Wasserleitung geflickt hat, in der Säuglingsstation. Hätte er gar nicht machen müssen, dafür gibt's Fachleute, hat er aber. Danach stand die halbe Station unter Wasser. Weil er vorher schon mal wegen Alkohol aufgefallen war, haben sie ihn rausgeschmissen.«

»Ziemlich gemein, wenngleich formal richtig«, rügte Lisa und nahm eines der Päckchen auf. »Derart gierig die Handarbeiten Ihrer Frau zu verhökern ist dagegen nicht mal formal in Ordnung. Da könnte man direkt auf die Idee kommen, dass Sie sowieso nie mit ihrer Rückkehr gerechnet haben. Wer hat die eigentlich alle gepackt?«

»Das geht sie einen feuchten Kehricht an«, knurrte Michalski und ging in Abwehrhaltung, die allerdings nicht viel anders aussah als seine natürliche.

»Nehmen Sie es ihr nicht übel«, hakte ich ein, bevor er völlig zumachte. »Frauen neigen seit jeher zum Moralisieren. Dieser entlassene Kollege ist also tot?«

Michalski schnaufte ein paar Mal, als überlege er, ob Lisa und ich ihn vielleicht mit einer Art Guter-Bulle-böser-Bulle-Taktik hereinlegen wollten.

»Ja, der ist ein paar Monate nach der Sache besoffen von seinem Hochhaus gesprungen. Renate hatte es von der Tochter, die arbeitet auch im Bergmann.«

Lisa und ich sahen uns an.

»Sieh an«, sagte ich. »Und diese Tochter heißt?«

Michalski schloss die Augen. »Bin ich das Standesamt? Und Sie denken, die hat Renate entführt und tut jetzt nur so, als hätte sie sie umgebracht, damit ich mir in die Hosen mache?«

»Immer wenn du denkst, der Fall liegt klar, stellt er sich wieder anders dar«, sagte ich, als wir die Treppen hinunterstiegen. Das passiert mir manchmal, wenn ich zu viel im Kopf habe: spontane Lyrik. Nichts, worauf ich stolz bin.

»Was hältst du von dieser möglichen Tochter-Rache?«

»Es gibt nichts, was es nicht gibt«, antwortete Lisa kryptisch. »Aber wenn du's genau wissen willst, wenig. Diese Tochter müsste sich vor Renate verschleiern, falls sie es nicht darauf anlegt, nach deren Freilassung im Knast zu landen. Die beiden kennen sich ja offenbar.«

»Die Tochter könnte die Entführung auch in Auftrag gegeben haben«, gab ich mit schiefem Lächeln zu bedenken.

»Ah ja, und die deiner Freundin auch? Und wie passen das

Gemüse der Kretzschmar und der Herzinfarkt von Sattler dazu?«

Sie zog ihr Telefon aus der Tasche, während sie durch die von mir aufgehaltene Haustür schritt. Kurz darauf sagte sie mit merkwürdig leieriger Stimme:

»Kommissarin Baron, LKA Brandenburg, Morddezernat. Guten Tag. Ich rufe im Auftrag von Hauptkommissar Elmers an, um zu fragen, wie weit Sie mit der Obduktion von Herrn Sattler sind. In unserem aktuellen ...«

Sie unterbrach sich, offenbar hatte ihr Gegenüber begriffen, worum es ging, und redete nun seinerseits. Ich starrte sie an. Mutig. Beinahe kaltblütig. Definitiv unheimlich.

»Na, welch glücklicher Zufall, nicht wahr?«

Lisa lächelte mir zu. »... Also doch, das deckt sich mit unseren Ergebnissen. Ich danke Ihnen vielmals für Ihre Kooperation. Auf ...«

Plötzlich errötete sie.

»Natürlich«, sagte sie, aber ihre Sachlichkeit klang jetzt etwas bemüht. »Ich gebe Ihnen Bescheid, sobald ich Rücksprache mit dem Chef gehalten habe. Es wäre schön, wenn Sie die Leiche derweil schon für den Transport vorbereiten und die Papiere fertig machen ... Klar, das ist natürlich der einfachste Weg. Dann gebe ich das so weiter. Vielen Dank noch einmal. Tschüs.«

Den tiefen Glanz in Lisas Augen, als sie das Telefon sinken ließ, werde ich nie vergessen. Auch nicht den vibrierenden Nachhall in ihrer Stimme, als sie sagte: »Sattler ist nicht an einem Herzinfarkt gestorben. Sondern an einem Aneurysma und einer Luftembolie.«

Ich war verwirrt. Was eine Embolie war, wusste ich spätestens seit den Stützstrümpfen nach meiner Schulteroperation: eine Verstopfung in Venen oder Arterien, beides nicht gut. Im günstigsten Fall lockerten sie sich nach einigen Sekunden wieder und man erlitt unbemerkt einen kleinen Infarkt, in weniger günstigen starb einem beiläufig ein Bein ab, im schlimmsten biss man ins Gras. Aber wieso Luft?

Mir fiel ein Roman ein, den ich vor einigen Jahren rezensiert hatte. Ein Sozialdrama, das in einem Altersheim gespielt und den Raubfraß der Technik an der Würde des letzten menschlichen Kapitels angeprangert hatte, damals gerade ein beliebtes Medienthema. In diesem Buch hatte eine Pflegerin mehreren Alten aus Mitleid ein paar Ampullen Luft in die Herzkränze gepumpt. Sozusagen Erlösung durch Luft und Liebe.

Woran man den Unterschied zwischen dieser morbiden Methode und einem normalen Infarkt auf dem Obduktionstisch erkennen würde, fragte ich Lisa, als wir wieder in den Smart stiegen.

»Woher soll ich das wissen?«, fragte sie. »Die Pathologin hat mir irgendwas von einem Einstich erzählt, den sie unterhalb des Sternums in einem Blutschwämmchen gefunden hat. Ohne gezielte Suche wäre es ihr nicht aufgefallen, meint sie. Genaueres steht sicher in ihrem Bericht.«

Sie startete den Motor, das Gesicht von einem sanften Schimmer erleuchtet, als korrespondiere ihre Haut mit einer fernen astralen Energiequelle. All das wegen einer Luftembolie.

»Also war es Mord.«

»Tja«, sagte sie lächelnd. »Ich schlage vor, dass wir ins LKA fahren.«

Mord. Im Geiste sah ich Anja auf einer Bahre liegen. Aus ihrer Brust ragte eine Spritze. Ich atmete tief ein, dann sagte ich:

»Warum rufst du den Hauptkommissar nicht einfach an und erzählst ihm von Sattler und Michalskis Brief?«

»Darum.« Lisa öffnete ihre Jacke, zog einen braunen Umschlag darunter hervor und warf ihn mir in den Schoß.

»Ich wollte sichergehen, dass der Brief wirklich bei der Polizei landet. Und wenn wir schon mal da sind, können wir Hauptkommissar Elmers auch gleich den Rest erzählen, dachte ich.«

Wäre Anja nicht gewesen, hätte ich mich in diesem Augenblick in Lisa verliebt. Auch sie trug ein Bonnie-Gen in sich, zusätzlich zu ihrem männlichen Kern, in einer ausgesprochen femininen Hülle. Eine explosive Mischung, gefährlich und aufreizend.

»Na gut, solange du Dietmar nicht anflirtest«, wollte ich sagen, da rief Jenny an.

Sie entschuldigte sich, meinen Rückruf nicht abgewartet zu haben, aber die halbe Stunde sei um und sie säße gerade mit Schwester Claudia im Alex am Platz der Einheit bei einem interessanten Gespräch. Ob ich nicht dazustoßen wolle.

»Claudia fände es in Ordnung, ich hab sie gefragt.«

Ich drückte auf Mithören und fragte konsterniert zurück, für wie sinnvoll sie eine verdeckte Ermittlung erachte, bei der man potenzielle Verdächtige einweihte.

»Wie Sie wollen«, erwiderte sie beleidigt. »Dann rufe ich eben den Hauptkommissar an.«

»Mir doch egal«, wollte ich rufen, sagte aber überraschenderweise: »Bin auf dem Weg, ich bringe Lisa mit.«

Lisa hob eine Braue.

»Nur ein kurzer Abstecher«, bat ich sie. »Wenn er sich nicht lohnt, gehen wir wieder. Vor allem will ich vermeiden, dass Jenny den Hauptkommissar wirklich ins Alex lockt und für uns im LKA nur Fußvolk übrig bleibt.«

»Taktiker, wie?«, fragte sie.

18

Wir fanden Jenny mit einer Frau mittleren bis reifen Alters in einem Seitenableger des weitläufigen Cafés.

Eine Kellnerin kam, servierte Milchkaffee und nahm das Geschirr auf. Lisa nutzte die Gelegenheit, ebenfalls Kaffee zu bestellen, dazu zweimal die Tagessuppe. Ohne mich zu fragen.

»Ich habe noch zwanzig Minuten«, sagte Jenny nach der Vorstellungsrunde. »Dann muss ich zum Dienst.«

»Ich nicht«, ergänzte Claudia, die darauf bestand, außerhalb des Bergmann ohne Diensttitel angeredet zu werden.

»Wir sind ja nicht verwandt, soweit ich weiß«, hatte sie kichernd gesagt. Das mit dem Kichern sollte ihr während unserer konspirativen Sondersitzung noch häufiger passieren. Jedes Mal zuckte ich leicht zusammen. Claudia erinnerte mich an einen Schulkameraden von mir, an sich ein netter Kerl, der ebenfalls die Unart besessen hatte, über seine eigenen Scherze zu lachen. Ansonsten wären wir vielleicht Freunde geworden. Da das Zusammentreffen mit Claudia aber rein informeller Natur war, ignorierte ich ihren Tick großzügig und vergaß ihn am Ende sogar über den Neuigkeiten, die sie uns über einer vorzüglichen Minestrone eröffnete.

Zusammengefasst war es etwa Folgendes: Sie und Renate kannten sich tatsächlich schon ewig, nämlich seit ihrer Ausbildung in Brandenburg an der Havel. Sie hatten sich ein Zimmer im angeschlossenen Internat geteilt, waren zusammen einkaufen und in die Disko gegangen und sogar in denselben jungen Assistenzarzt verliebt gewesen, dessen Station sie nacheinander durchlaufen hatten. Erst Claudia, dann Renate, und die hatte ihn schließlich gekriegt. Nach kurzer Enttäuschung hatte Claudia sich mit einem hübschen Tischler getröstet, der inzwischen, wie sie stolz einflocht, zum Filialleiter eines bekannten Baumarktes aufgestiegen war.

Renates Liaison dagegen war nach einem Dreivierteljahr in Rauch aufgegangen. In doppelter Hinsicht sogar, denn der fesche Doktor hatte sie nicht nur von einem Tag auf den anderen gegen die Tochter seines Chefs eingetauscht und Renates Träume vom luxuriösen Leben einer Frau Doktorin damit zunichte gemacht, sie war zu diesem Zeitpunkt auch noch schwanger. Ganz frisch und auch nicht sehr lange, aber die Fehlgeburt war nur eine logische körperliche Konsequenz des Schocks über die kaltblütige Trennung gewesen, meinte Claudia. Sonst hätte sie das Kind bekommen. Schon um den Kindsvater zu düpieren, falls der genetische Appell an sein Verantwortungsgefühl ihn nicht zum Umlenken gebracht hätte. Kretzschmar war auch tatsächlich kurz ins Schwanken geraten, nachdem Renate ihn über ihren Zustand ins Bild gesetzt hatte, aber dann war das Kind abgegangen und die Dinge hatten ihren Lauf genommen.

An dieser Stelle unterbrach ich Claudias Redefluss.

»Kretzschmar? Meinen Sie etwa den Dr. Kretzschmar, der im Bergmann gearbeitet hat und vor ungefähr einem halben Jahr gestorben ist?«

Ein beredtes Rühren in der Kaffeetasse.

»Ja, der Arme. Vor knapp einem Jahr hat er die Intensiv übernommen, als Dr. Franzen in den Ruhestand gegangen ist, davor war er, glaube ich, die ganze Zeit über in Brandenburg. Und hier hat es ja dann nicht lange gedauert, bis ...«

»... er den Unfall hatte«, sagte ich, um ihr die tragische Botschaft zu ersparen.

»Welchen Unfall?«, fragte Lisa.

»Einen tödlichen Autounfall im letzten Dezember.«

Sie stieß einen leisen Laut aus und schloss die Augen. Man konnte sehen, wie es in ihr zu arbeiten begann.

»Auf dem Rückweg von der Stationsweihnachtsfeier«, ergänzte Claudia. »Man sollte eigentlich annehmen, dass wenigstens ein Arzt die Gefahren des Autofahrens unter Alkohol kennt.«

»Gehen Sie mal davon aus, dass er sie kannte.«

»Ärzte sind auch nur Menschen«, pflichtete Jenny mir bei und sah auf die Uhr.

In mir funkte etwas auf.

»Renate hat bis vor Kurzem auch auf der Intensivstation gearbeitet.«

In Claudias gramvoll nach unten gezogene Mundwinkel schlich sich ein trauriges Lächeln.

»So ist es. Und falls Sie wissen wollen, wie die beiden miteinander klar gekommen sind: gut. Dieses Liebesdrama liegt so weit zurück, dass es längst Humus geworden ist. Kretzschmar hat eine erwachsene Tochter in Amerika und Renate ist seit fast zwanzig Jahren glücklich mit ihrem Jürgen verheiratet. Na ja, mehr oder weniger, nach zwanzig Jahren ist das Blattgold von jeder Ehe runter. Aber unter ihrem steckt zumindest solides Eisen. Nur dass es mit dem Nachwuchs nicht geklappt hat, war schlimm für sie, das trägt sie ihm nach, denn dass es nicht an ihr liegt, weiß sie ja seit Kretzschmar. Dafür hat Jürgen ihr den Garten besorgt. Was wollte ich sagen? Ach ja: Zuerst war Renate natürlich erschrocken, als Kretzschmar plötzlich auf die Intensiv kam. Aber nach dem ersten Schreck war ihr Verhältnis unkompliziert, kollegial und sogar ein bisschen darüber hinaus, behaupte ich. Ein paar Wochen lang ist Renate richtig aufgeblüht. Kein Wunder, Kretzschmar war in seiner Jugend schon ein einnehmender Mann, sonst hätten wir uns ja nicht reihenweise in ihn verliebt. Und dieses Wesen hat er sich erhalten. Dagegen wirkt Jürgen dann doch leider wie ein Graubrot neben einer Semmel. Trotzdem hab ich sie gewarnt. Ihr seid beide verheiratet, hab ich gesagt, und selbst wenn du bei ihm alte Gefühle weckst, wird er seine Ehe und alles was dranhängt deshalb noch lange nicht aufgeben. Pass auf, dass er dir nicht zum zweiten Mal das Herz bricht oder seine Frau dir den Hals umdreht, wenn sie mitkriegt, dass ihr im Theater wart. Das waren sie nämlich.

Renate hat nur gelacht und gesagt, sie wisse schon, was sie

tue, sie sei schließlich keine neunzehn mehr. Dann war ich eine Weile krank, danach hatte ich Urlaub, und als ich wiederkam, lag Kretzschmar auf seiner eigenen Station im Koma. Sie hatten ihn operiert und halbwegs stabilisiert, aber kurz darauf ist er gestorben. Zum Jahresanfang hat Renate um Versetzung auf eine andere Station gebeten. Verständlich, finde ich.«

Wie zur Bekräftigung trank Claudia in einem Zug ihren Kaffee aus.

Ihre Erzählung hing wie eine dunkle Wolke in der Luft. Lisa blinzelte, als sie fragte: »Wissen Sie, ob Renate und Frau Kretzschmar sich zu Lebzeiten von Dr. Kretzschmar begegnet sind?«

»Das hätte Renate erzählt. Das war erst vor einigen Wochen. Wie der Zufall will, landete Kretzschmars Frau nach einem Eisunfall auf Renates neuer Station.«

Jenny, die die ganze Zeit geschwiegen hatte, nickte.

»Ich hatte Dienst an dem Nachmittag, Renate nicht«, sagte sie. »Aber am nächsten Tag haben wir beide an der Visite teilgenommen, und als der Chef Frau Kretzschmar nach einer Verwandtschaft zu einem ehemaligen Arzt des Hauses gefragt hat und Frau Kretzschmar sagte, sie sei seine Witwe, ist Renate zusammengezuckt. Umgekehrt hat Frau Kretzschmar auf sie überhaupt nicht reagiert. Die beiden kannten sich nicht, da bin ich sicher. Sie haben sich erst auf der Belvedere kennengelernt. Und inzwischen glaube ich, dass zwischen ihnen mehr als nur die gemeinsame Leidenschaft fürs Gärtnern war. So vertraut, wie die beiden nach einer Weile miteinander waren, vermute ich, dass Renate sich ihr geöffnet hat. Und daraufhin ist passiert, was oft vorkommt, wenn zwei sich streiten. Sobald der Zankapfel verloren geht, verbindet sie plötzlich der gemeinsame Verlust.«

Sie stand auf. »Ich muss los«, seufzte sie. »Claudia, erzähl ihnen noch von den Bergfrauen, ja? Wir sehen uns morgen um drei zur Verhandlung.«

Jenny umarmte ihre Kollegin, gab Lisa die Hand, bedachte

mich mit einem kühlen Lächeln und ging zur Theke, um zu zahlen.

»Geht es um den Streik, den Sie im Gegensatz zu Renate nicht wollten?«, fragte ich, als sie weg war.

Claudia sah trübe in ihre leere Tasse »Ach, der Streik. Den wollte Renate doch auch nicht mehr.«

Wir waren baff. »Seit wann?«, fragte Lisa.

»Seit ungefähr einer Woche. Wir haben es den Bergfrauen nur verschwiegen, weil wir ihn als Notmaßnahme in der Hinterhand behalten wollen, falls das andere nicht klappt.«

»Womit wir zu *dem anderen* kämen«, meinte ich.

Claudia füllte ihre Tasse mit Milch aus unserem Milchkännchen auf. Langsam bekam ich den Eindruck, dass sie uns absichtlich auf die Folter spannte. Doch als sie aufblickte, revidierte ich mein Urteil. Claudia hatte Angst.

»Ich weiß nicht, ob es gut ist, das an die große Glocke zu hängen, wo Renate nun schon …«

»Wir sind ja nun keine sonderlich großen Glocken«, begann ich, wurde aber von Lisa unterbrochen.

»Seien Sie sicher, dass wir mit allem, was heute an diesem Tisch gesprochen wurde und wird, sehr bedacht umgehen«, sagte sie sanft. »Eventuell können wir darüber beratschlagen, ob wir einen befreundeten LKA-Kommissar einweihen, der ohnehin schon an der Aufklärung von Renates Entführung arbeitet. Sonst wird niemand ein Sterbenswort von uns erfahren. Im Übrigen weiß es ja wohl auch schon Jenny.«

Hatte sie »befreundeter Kommissar« gesagt?

Aber wie auch immer, Lisas Zuspruch zeigte Wirkung. Claudias Züge entspannten sich. Sie schob ihre Tasse beiseite und neigte sich uns entgegen.

»Es ist wahr, dass Renate und ich wegen des Streiks über Kreuz lagen. Ich habe ihn als letzte Konsequenz gesehen, falls die Verhandlungen scheitern sollten, Renate dagegen war von vornherein von deren Scheitern überzeugt. Dann, vor etwa einer Woche, hat sie ihre Meinung plötzlich geändert. Sie meinte, sie habe von einer Kollegin, deren Namen sie nicht nennen wollte, einen glaubhaften Hinweis darauf bekommen, dass bei der Besetzung des Geschäftsführerpostens der neuen Diagnostik, die dem Klinikum als eigenständige GmbH angegliedert ist, kein Geringerer als der Cousin des Bergmann-Geschäftsführers den Zuschlag der Bewerbungskommission erhalten hätte. Oder sein Schwager, jedenfalls einer aus der Familie. Nun ist das Bergmann aber bekanntlich keine Privatklinik, wo der Chef nach Lust und Laune seine Führungsetagen mit Verwandten bestücken kann, sondern ein kommunales Unternehmen. Und vor diesem Hintergrund ist diese jüngste Besetzung schon bemerkenswert, nicht wahr? Renate fand das jedenfalls und gedachte, Profit für die Bergfrauen daraus zu schlagen.«

»Und wie?«, fragte ich, obgleich es mir schon dämmerte.

»Sie wollte das Verhandlungsangebot der Leitung annehmen und der schriftlichen Zusage eine entsprechende Notiz beilegen. Wie die genau aussah, weiß ich nicht. Ich vermute, sie hat darin besagte Information erwähnt und im Falle unbefriedigender Verhandlungsergebnisse mit ihrer Veröffentlichung gedroht.«

»Und damit rücken Sie erst jetzt heraus?«, fragte Lisa streng. »Renate ist seit viereinhalb Tagen verschwunden!«

Claudia ließ den Kopf hängen. »Ich weiß. Aber ich hätte mir doch nie träumen lassen, dass die Leitung eines so großen Konzerns eine kleine Krankenschwester entführt.«

»Da ist was dran«, räumte ich ein. »Möchten Sie vielleicht einen Grappa oder so, zur Beruhigung?«

Als wir Claudia verließen, nippte sie trostsuchend an ihrem Schnaps. Vorher hatte sie uns eine feuchte Hand gereicht. Und davor hatte Lisa sie etwas gefragt, das mich wie sie überraschte: Ob sie mit Renates Mann gut bekannt sei, da sie ihn ja beim Vornamen nenne.

Ja nun, so wie man halt mit dem Mann einer alten Freundin, der noch dazu Hausmeister des eigenen Betriebes gewesen wäre, bekannt sei, hatte Claudia gemeint. Sie wären sich auf Geburtstagen oder in Renates Garten gelegentlich begegnet. Früher auch in der Klinik.

Ob er dabei einmal einen Kollegen erwähnt habe, wollte Lisa wissen, der nach einem von ihm verursachten Wasserschaden entlassen worden war.

»Ach, den Ritter meinen Sie. Ja, das war eine traurige Geschichte. Hat den frühen Tod seiner Frau nicht verkraftet und seinen Kummer in Alkohol ersäuft. Alle wussten das und haben ein Auge zugedrückt, wenn er im Tran mal wieder was verbaselt hatte. Aber nach der Überschwemmung auf der Säuglingsstation ist Jürgen der Kragen geplatzt und er hat ihn angezeigt. Renate hat noch versucht, ihn davon abzubringen, aber er ist stur geblieben. Hatte wohl Angst, dass er andernfalls mit zur Verantwortung gezogen wird. Das Ende vom Lied war, dass Ritter im Vollrausch von seinem Balkon im achten Stock gesprungen ist. Jenny war damals mehrere Wochen krankgeschrieben. Inzwischen scheint sie es ja einigermaßen überwunden zu haben. Renate hat sich aber auch rührend um sie gekümmert, von der weiß ich das überhaupt alles. Oh, danke!«

Eine Sekunde war verstrichen, in der Claudia ihren Grappa in Empfang genommen und Lisa mich mit glimmenden Augen angesehen hatte.

»Jenny?«, hatte sie dann in einem Ton gesagt, der mehr Feststellung als Frage war.

»Ja. Sie war damals noch ganz frisch bei uns, und dann so was. Ein Wunder, dass sie geblieben ist. Ich hätte mir eine andere Klinik gesucht, aber na ja – sie hat Kinder, da muss man auch den Fahrweg im Auge behalten.«

19

Ich empfand Lisas Smart als eine Zuflucht, eine kleine schwarzweiße Bastion gegen den Schmutz der Welt.

Wie der Smart uns empfand, weiß ich nicht, aber seinem beruhigenden Schnurren nach, nahm er seine Beschützerrolle willig an. Beinahe schien es, als suche er sich allein den Weg durch die Innenstadt, denn Lisa starrte durch die Frontscheibe, als läge eine harte Kneipennacht hinter ihr, nach der sie zielgerichtetes Sehen erst wieder lernen musste. Ich verstand sie, mir ging es kaum anders.

Auf dem Weg zum Parkplatz hatten wir nur einen knappen Dialog zustande gebracht.

»Scheiße.«

»Ja.«

»Glaubst du, sie war's?«

»Ehrlich gesagt verliert der Glauben für mich gerade stark an Bedeutung.«

»Wir sollten Jenny zukünftig trotzdem aus den Ermittlungen raushalten.«

»Selbstredend.«

Danach war Lisa in Schweigen verfallen.

Auf der Charlottenstraße straffte sie sich plötzlich.

»Eines bleibt aber doch gleich, nicht? Entweder war der zweite Brief an Michalski eine Todesanzeige oder ein übler Scherz. Und wenn es ein Scherz war, kam er von keinem Externen, sondern von jemandem, der Michalski kennt.«

»Jenny kennt Michalski. Jedenfalls dem Namen nach. Und auch Renate.«

»Hm«, machte Lisa.

»Oder es war eben kein Scherz.«

Am Ende der Charlottenstraße nahm der Smart Fahrt auf und glitt auf einem goldroten Ampelstrahl um die Ecke. Von vorn blinkte uns bereits die nächste Ampel entgegen, rechts davor zweigte die Zufahrt zur Markthalle ab. In meinem Brustkorb begann sich ein Bedürfnis zu regen.

»Macht es dir was aus, an der Markthalle zu halten? Ich hab meine Zigaretten vergessen.«

Lisa antwortete nicht. Ich wollte die Frage gerade wiederholen, als sie abbog und auf dem Lieferantenparkplatz hielt.

»Beeil dich.«

Seit den Ereignissen des letzten Septembers war ich nicht mehr in der Markthalle gewesen. Damals war ich beinahe täglich hingegangen in der Hoffnung, ein Mädchen zu treffen, dem ich dort zum zweiten und entscheidenden Mal begegnet war. Als ich dem kleinen Presseshop im Erdgeschoss entgegensteuerte, fühlte ich mich für die Dauer eines Wimpernschlages in diese Zeit zurückversetzt, und tatsächlich hatte sich in der Markthalle auch kaum etwas verändert. Nur die damalige Erntedank-Dekoration im Foyer war durch eine Gartenbank in einem schrillbunten Stoffblumenbeet ersetzt worden.

Ich eilte daran vorbei, tauchte ein in die knisternde Welt der Zeitungen und Lottoscheine und stellte mich an die Kassenschlange.

Vor mir warteten zwei Senioren unterschiedlichen Geschlechts, so wie die ganze Markthalle bis zur Stoßzeit überwiegend von Rentnern und Arbeitslosen frequentiert wird. Während ich langsam vorrückte, suchte ich die Regale hinter dem Tresen nach meiner Tabakmarke ab. Ich hatte beschlossen, wieder zu meinem angestammten Rauchverhalten zurückzukehren, selbst wenn ich mir die Zigaretten von jemand anderem drehen lassen musste. Kein Cent mehr für trockene Fertigstängel.

Die Rentner vor mir unterrichteten sich derweil über Personen, die ich nicht kannte und auch nie kennenlernen würde, weil sie verstorben waren. Sie sprachen in der monotonen Art von Menschen, die an derartige Aufzählungen gewöhnt waren und sich selbst im Stillen bereits mitzählten, ehe der alte Mann eine Schachtel Marlboro erstand und zur Seite trat, um auf seine Bekannte zu warten, die ein Päckchen retour schickte. Als die Angestellte es in einen Nebenraum brachte, ließ die Rentnerin unauffällig eine Stange Mon Chérie aus der Auslage vor der Kasse in ihre Handtasche gleiten. Ich lächelte sie an, sie lächelte zurück und legte eine Zeitschrift auf den Tresen. Diese kleine Demonstration des Widerstandes gegen das Schicksal tröstete mich irgendwie. Und öffnete meinen Blick für die Zeitschrift, die sie auf den Verkaufstisch gelegt hatte. Es war die neue Ausgabe der *Schönes Land*.

Das Cover zeigte zwei Mädchen in bonbonfarbenen Kleidern und mit Blumenkränzen im Haar in der Astgabel eines rot gesprenkelten Kirschbaums. Aufgrund fehlender Krallen und Kletteräste durfte man sich fragen, wie die Mädchen auf den Baum gekommen waren, aber noch spannender fand ich den Titel der Ausgabe: *Zurück im Garten Eden*. Für Bruchteile von Sekunden flackerte eine Erinnerung auf. Vielleicht lag es an der Erwähnung des Gartens, der mich an meinen Besuch im Garten der Kretzschmar erinnerte. Aber selbst wenn, war dies eine ziemlich allgemeine Erinnerung, im Grunde keine. Rosen waren auf dem Cover nirgends zu sehen. Und gleich darauf auch kein Cover mehr, denn die Alte packte die Zeitschrift ein und verließ mit ihrem Gefährten den Laden. Der viereckige Kopf der Verkäuferin schob sich in mein Sichtfeld wie eine struppige Teppichfliese.

»Und Sie?«

Lisa versuchte sich gerade am Drehen ihrer ersten Zigarette, als es mir plötzlich einfiel.

»Die Schrifttype!«

Sie reichte mir etwas, das wie ein gichtiger Kinderfinger aussah.

»Besser krieg ich's nicht hin. Welche Schrifttype?«

»Die von der ... Warte!« Ich ließ die Zigarette in die Innentasche meiner Jacke fallen und setzte mich wieder in Bewegung. Zwei Minuten später hielt ich ihr japsend das Cover der *Schönes Land* unter die Nase. »Wo ist der Brief?«

Lisa holte den Umschlag aus dem Auto und zog auf mein Geheiß die gefaltete Collage heraus.

Gierig überflog ich den Text. »Da, das Wort *Erinnerung*! Das ist dieselbe Schrifttype in der gleichen Farbe und Größe wie ...« Ich bedeutete ihr, die Zeitung zum Vergleich danebenzuhalten, und tippte auf: *Zurück im Garten Eden.* Kritisch wanderten Lisas Augen hin und her.

»Gut, aber ...«

»Außerdem ist die *Erinnerung* erhabener und glänzender als die meisten anderen Wörter. Warum? Weil sie aus einer Titelseite geschnitten wurde. Und zwar nicht der einer billigen Illustrierten, sondern ...«

»Gut, aber es gibt viele solcher Glanzblätter für nostalgische Bürgerliche, von denen wiederum viele im selben Verlag erscheinen.« Sie zählte einige Namen auf, die in meinen Ohren alle gleich klangen. »Es wäre denkbar, dass die aus Wiedererkennungsgründen für ihre Reihen immer die gleiche Type benutzen. So wie Demeter: verschiedene Produkte, gleiche Schrift.«

Darauf wusste ich keine Antwort. Außer: »Zumindest ist bewiesen, dass der Autor dieses und des letzten Briefes sich aus einer Zeitung für nostalgische Mittelstandsdamen bedient hat. Das ist schon ungewöhnlich. Normalerweise werden für Erpresserbriefe Tageszeitungen benutzt.«

»Woher weißt du das?«, fragte Lisa. Ich schwieg. Ich konnte ja schlecht »Aus dem Fernsehen« sagen.

Sie ließ den Brief in den Umschlag zurückgleiten.

»Du hast recht. Ich würde einen Erpresserbrief auch aus Tageszeitungen schneiden und nicht aus Hochglanz-Titelblättern. Zu auffällig. Rauchst du jetzt oder steigst du ein?«

Ich stieg ein.

20

Auch auf dem Gelände des LKA hatte sich seit meinem letzten Besuch kaum etwas verändert. Der gleiche triefnasige Pförtner wie damals, der uns fragte, wohin wir wollten.

»Zum LKA«, sagte ich und verzichtete auf seine Wegbeschreibung, die mich seinerzeit in die Kantine geführt hatte. Er ließ sich mürrisch unsere Ausweise zeigen (pure Schikane aus meiner Sicht) und winkte uns durch.

Auf dem Flur von Dietmars Dezernat trafen wir Kommissar Rilke mit einem jungen Mann, der vom Aussehen her gut in Hübners Bürgerwehr gepasst hätte. Bei unserem Anblick hellte sich Rilkes Miene auf.

»Ich setze den jungen Mann nur rasch bei Kommissarin Schneider ab. Gehen Sie schon mal in mein Büro. Zweihundertfünf.«

»Wir wollten eigentlich zu Ihrem Chef«, sagte ich.

»Ach so. Der ist unterwegs.«

Der Bürgerwehrtyp schenkte uns einen ausdruckslosen Blick »Wann kann ich denn nun gehen?«, maulte er.

»Das hängt davon ab, wie schnell Ihr Anwalt den Weg hierher findet«, erwiderte Rilke und schleuste ihn an uns vorbei. »In der Zwischenzeit wird Sie Kommissarin Schneider unterhalten.«

Ich sah Lisa an.

»Der Rilke nutzt uns nichts. Glaub mir, der rezitiert eher den ›Panther‹ und legt uns die Hände auf, als irgendwas in Bewegung zu setzen. Wir sollten versuchen, Dietmar anzurufen.«

Lisa antwortete nicht. Sie studierte kurz die Nummer einer angelehnten Bürotür und ging hindurch.

Nach dem fünften Klingeln meldete sich Dietmar. Zumindest hoffte ich, dass es Dietmar war, denn er flüsterte.

»Ich kann jetzt nicht, wir haben sie gleich.«

»Wen, Anja?«, fragte ich, aber er hatte schon aufgelegt. Fluchend steckte ich das Handy wieder ein.

In Rilkes Büro fand ich Lisa vor einer Brandenburgkarte, an der ein paar bunte Post-its klebten.

»Ob das Leichenfundorte sind?«, fragte sie.

»Oder die Orte, an denen Hauptkommissar Elmers sich die Zeit vertreibt, wenn man ihn mal braucht.«

»Sei nicht sarkastisch.«

Ein paar Jahre mehr und einige plastische Operationen und sie hätte auch eine passable Anja abgegeben. Wieder würgte mich die Garotte der Angst, aber allmählich gewöhnte ich mich daran.

Leutnant Rilke enterte den Raum, lud uns mit ausladender Geste an einen Tisch, der mittig im Raum stand und wohl für Teamberatungen genutzt wurde, und griff nach einer Thermoskanne.

»Kaffee? Nicht mehr ganz frisch, aber noch heiß.«

Ohne unsere Antwort abzuwarten, holte er Tassen und begann einzuschenken, bis er bei der dritten plötzlich erlahmte. Sein Kopf schwenkte zur Wand mit der Karte. Daneben hing eine der gängigen charmelosen Wanduhren, die es in schwedischen Einrichtungshäusern für fünf Euro das Stück zu kaufen gibt. Als er sich uns wieder zuwandte, war die Heiterkeit aus seinen Zügen gewichen. Zwar lächelte er weiter, aber das Lächeln erreichte seine Augen nicht mehr. Kein Zweifel, der Kommissar mit dem lyrischen Nachnamen war nervös. Vielleicht war an ihm doch mehr dran als sein Jungengesicht und Korrektheit.

Noch während ich staunte, schenkte der Kommissar die dritte Tasse voll, machte eine zerstreute Bemerkung über die Ontologie der Kanne, womit er anscheinend ausdrücken wollte, dass sie leer war, vermied mühsam einen weiteren Blick zur Wand und fragte nach unserem Anliegen.

»Wissen Sie, wann der Hauptkommissar zurückkommt?«, fragte ich.

Rilke krampfte seine Hände um die Tasse. Langgliedrige, fragile Finger mit hervorstehenden Knöcheln. Ich hätte schwören können, dass er sich gerade selbst Prügel androhte, falls er sich noch einmal zur Uhr umdrehte.

»Nein, er ist bei einem Einsatz. Und ich habe auch nur ein paar Minuten. Ob Sie sie nutzen wollen oder nicht, entscheiden Sie selbst.«

Ein neuer Ton! Offenbar hatte Rilke wirklich Stress.

»Ich glaube nicht …«

»Wir sind«, sagte Lisa mit Iron-Lady-Stimme, »im Besitz wertvoller Informationen bezüglich des Entführungsfalls Renate Michalski.«

»Sie?«

»Irgendeiner muss Ihre Arbeit ja machen«, fügte ich boshaft hinzu.

Rilkes erster Ausdruck von Verwirrung ging in frostiges Lächeln über.

»Ich versichere Ihnen, dass wir auch unsere Arbeit machen, Herr Verloren.«

»Gut, überzeugen wir uns gegenseitig!«

Der Kommissar schüttelte den Kopf.

»Sie machen sich eine falsche Vorstellung von der Situation. Wir sind hier nicht auf einem Tauschmarkt, sondern beim LKA. Unsere Aufgabe ist es, das Leben und die Sicherheit von Personen zu schützen …«

»Tatsächlich? Unsere auch.«

»… und dazu gehört, dass wir keine Details laufender Ermittlungen preisgeben, das können Sie doch nachvollziehen? Nehmen Sie es nicht persönlich, aber jeder externe Wissende, der dieses Gebäude verlässt, bedeutet ein Sicherheitsrisiko.«

»Und die internen Wissenden?«

»Ein kalkuliertes und überschaubares Risiko. Die Kollegen sind an Vorschriften gebunden.«

Ich wandte mich an Lisa, die schon mehrmals vergeblich den Mund geöffnet hatte.

»Pass auf, gleich bringt er das Gedicht vom Panther.«

Rilke hob die Brauen. »Was?«

»Panther, Jardin des Plantes, erinnern Sie sich? *Sein Blick ist vom Vorübergehn der Stäbe so müd geworden, dass er nichts mehr hält.* Sie sollten mal wieder in Ihren eigenen Gedichten lesen.«

Ich stand auf.

»Lass uns gehen, wir verschwenden unsere und Anjas Zeit. Und Renates möglicherweise.«

Lisa blieb sitzen. Und nicht nur das, zu meinem Erschrecken zog sie den braunen Umschlag aus der Tasche.

»Möglicherweise hat Hauptkommissar Elmers Ihnen nicht gesagt, dass wir in seinem Auftrag einige Erkundigungen bezüglich der ersten beiden Entführungsopfer eingeholt haben«, sagte sie. »Und dass darüber hinaus, auf meinen Hinweis hin, die Obduktion des kürzlich verstorbenen Nachbarn von Felicia Kretzschmar veranlasst wurde. Der Frau, die Renate Michalski vermutlich als Letzte vor ihrer Entführung gesehen hat.«

Sie runzelte die Stirn, als käme ihr gerade ein abwegiger Gedanke. Dann fing sie sich wieder, und ich wusste nicht, wohin mit mir. Hinsetzen kam dem Eingeständnis einer Niederlage gleich. Gehen konnte ich auch nicht einfach. Unter anderem, weil gehen in diesem Fall wörtlich zu nehmen war, denn meine Chauffeurin machte keine Anstalten, mich zu begleiten. Eine einigermaßen erträgliche Zwischenlösung schien mir, mich gegen die Tischkante zu lehnen und die Arme zu verschränken.

»Ich erzähle und zeige Ihnen jetzt ein paar Dinge«, fuhr Lisa fort. »Und danach entscheiden *Sie*, ob und wie detailliert Sie uns an Ihrem Ermittlungsstand teilhaben lassen, einverstanden?«

Sie sah dem Kommissar fest in die Augen und wartete, bis Rilke nickte. Er wirkte irgendwie paralysiert, selbst die Uhr an der Wand beachtete er nicht mehr.

»Schön«, meinte Lisa und legte eine Hand auf den Umschlag. »Bevor wir zu diesem Brief kommen, sollten Sie wissen, dass der Nachbar von Frau Michalskis Freundin inzwischen obduziert wurde. Er ist nicht, wie angenommen, an einem Herzinfarkt gestorben, sondern an einem Aneurysma infolge einer Luftembolie. Fragen Sie mich nicht, woher ich das weiß, nehmen Sie einfach hin, dass ich auch im Bergmann-Klinikum arbeite.«

Ein hellroter Schatten huschte über ihre Wangen, für aufrichtige Verlegenheit allerdings zu flüchtig.

Der Kommissar stand auf und holte ein Aufnahmegerät.

»Nein«, sagte Lisa kategorisch, »wenn Sie das Ding anschalten, sag ich kein Wort. Machen Sie sich meinetwegen Notizen und wenn es sein muss, unterzeichne ich ein Protokoll oder so. Aber ich werde mich hier nicht in Teufels Küche bringen.«

Daraufhin stellte Rilke das Gerät wieder weg und holte einen Block mit Kugelschreiber.

»In der Pathologie des Bergmann geht man übrigens davon aus, dass die Leiche noch heute in die Gerichtsmedizin überführt wird. Ich habe denen versprochen, dass Sie sich melden.«

Kopfschüttelnd notierte Rilke es.

Nach diesem Geständnis schien Lisa entspannter.

»Und jetzt zu dem Brief«, seufzte sie und begann auszupacken. Erst den Brief selbst, dann alles andere, von unserer Visite bei Michalski (nur den Diebstahl des Umschlags ließ sie aus), seiner mittelbaren Schuld am Selbstmord eines alkoholsüchtigen Kollegen, dem verspäteten Mittagessen mit Schwester Claudia und Jenny, der Tochter ebenjenes Kollegen, die seit einem Vierteljahr mit der Frau seines »Mörders«, auf einer Station arbeitete. An dieser Stelle machte Lisa eine Pause, bevor sie mit Renates beabsichtigter Erpressung der Bergmann-Geschäftsführung fortfuhr – erneute Pause – und schließlich in der unglücklichen Jugendromanze Renates mit dem inzwischen verstorbenen Dr. Kretzschmar gipfelte, plus ihrer darauf folgenden Freundschaft mit dessen Witwe.

Ungefähr zehn Minuten lang ließ sie einen Hammer nach dem nächsten auf den Kommissar niedersausen. Zehn Minuten, in denen ich mich so unbeachtet wie selten in meinem Leben fühlte. Ich kompensierte den Mangel an Aufmerksamkeit notdürftig durch die Beobachtung von Rilkes Reaktionen.

Anfangs hatte er wie ein Besessener mitgeschrieben. Bei der Erwähnung von Jennys Vater und ihrer möglichen Rache an Michalski durch die Entführung seiner Frau jedoch war er ins Stocken geraten und hatte den Stift beiseite gelegt. Seine Augen wanderten erstmals wieder zur Uhr.

Erst jetzt fiel mir auf, dass Lisa mit keinem Wort unser Treffen im Haus der Kretzschmar oder eine der dazugehörigen bemerkenswerten Nebensächlichkeiten erwähnt hatte. Wahrscheinlich roch sie, dass Rilke dafür die falsche Adresse war.

Der Kommissar nagte an seiner Unterlippe und gab vor, seine Aufzeichnungen zu studieren.

»Was sagen Sie dazu?«, fragte Lisa.

»Danke. Für den Brief. Auch wenn wir ihn für das Aufspüren der Geisel hoffentlich nicht mehr brauchen, er ist ein wichtiges Beweisstück. Ich müsste Sie allerdings bitten, Kommissarin Schneider Ihre Fingerabdrücke zu hinterlassen, bevor Sie gehen. Sie auch, Herr Verloren, falls Sie den Brief angefasst haben. Die von Herrn Michalski haben wir schon.«

»Was heißt, hoffentlich nicht mehr brauchen?«, erkundigte ich mich.

Daraufhin schnippten Rilkes Blicke wie Katapultkrampen zur Wanduhr und seiner Brust entrang sich ein tiefer Seufzer.

»Wenn nichts schiefgeht, greifen wir in einer Viertelstunde zu.«

»Was sollte denn schiefgehen?«, fragte ich lauernd.

Sein waidwunder Blick war Antwort genug. Eine Frau! Der zarte Rilke bangte, wie ich, um eine Frau. Lisa teilte meine Entdeckerfreude nicht, ihr Gesicht glich zunehmend dem einer zürnenden Göttin.

»Entschuldigung, verstehe ich richtig, dass Ihnen alles, was ich gerade erzählt habe, egal ist? Ausgenommen der Brief für Ihre Asservatenkammer?«

Ricke wandte sich ihr mit gequältem Lächeln zu.

»Wirkt es so? Nein, das war alles sehr einleuchtend.«

»Einleuchtend, aber irrelevant?«

»Frau ...«

»Renate Michalski wurde entführt und ist vielleicht tot, und ...«

»Meine Freundin ist ebenfalls seit drei Tagen weg«, warf ich ein. Niemand beachtete mich.

»... wir bringen Ihnen hier Motive für mindestens drei mögliche Täter und einen Mord, und das Einzige, was Ihnen dazu einfällt, ist, UNS FINGERABDRÜCKE ABNEHMEN ZU LASSEN?«

»So hab ich das ...«

»Haben Sie den ersten Brief der Entführer überhaupt schon untersucht? Wenn ja, dann sollte Ihnen aufgefallen sein, dass er sich, wie der hier, aus Zeitschriften für das gehobene Frauenzimmer speist! Wohingegen herkömmliche Erpresserbriefe aus Tageszeitungen gebastelt werden.«

»Wer sagt das?«

»Die Vernunft«, brüllte Lisa.

Der Kommissar sah sie traurig an. »Um die Überführung der Leiche aus der Pathologie in die Rechtsmedizin kümmere ich mich«, sagte er. »Und falls wir es tatsächlich mit einem Mord zu tun haben, setzen wir alles daran, ihn aufzuklären.«

»Wahrscheinlich werden Sie dabei auf eine Art Firma stoßen, die im Auftrag von Verwandten oder des Staates Rentner sauber ins Jenseits befördert, um ihr Erbe freizuschalten oder den Steuerhaushalt zu sanieren«, sagte ich spitz.

Rilke zuckte zusammen. In seinem Gesicht änderte sich etwas, es war, als öffnete sich eine Tür, hinter der eine andere sichtbar wurde.

»Eine originelle Idee«, sagte er.

»Nicht wahr? Ungefähr so originell wie die Idee einer auf Entführungen spezialisierten Internetfirma!«

Eine Weile war es still im Raum. Rilkes Augen durchbohrten mich.

Ich stellte fest, dass sie von fast demselben warmen Braun waren wie Dietmars. Dann wandte der Kommissar sich an Lisa.

»Wie kommt es, dass Hauptkommissar Elmers Ihnen den Auftrag erteilt hat, Randermittlungen durchzuführen?«

»Offenbar hält er mich für kompetent«, antwortete sie sahnig.

Darauf kaute Rilke einige Sekunden lang herum.

»Und Sie«, fragte er mich, »hat er auch eingespannt?«

Im Gegenteil, wollte ich sagen. Das war mein Fall, bevor Bert, dieser Idiot, ihn mit hineingezogen hat.

Stattdessen fragte ich: »Meinen Sie eingespannt oder eingeweiht?«

Wieder bewegte sich etwas in seinem Gesicht.

»Ich weiß nicht, ob ich gerade meinen Job riskiere«, seufzte er. »Andererseits, da Sie ja ohnehin schon involviert sind ...«

»Wie wahr. Meine Freundin ist verschwunden.«

»Ich verstehe, wie schlimm das für Sie sein muss.«

»Dann verstehen Sie sicher auch, dass Ihr Mitgefühl mich nicht tröstet. Das könnten nur engagierte Ermittlungen.«

»Was, wenn ich Ihnen sage, dass Hauptkommissar Elmers und ein Sondereinsatzkommando in dieser Minute eine Lagerhalle in Brieselang umstellen, vor der ein Bus derselben Marke und Farbe gesichtet wurde wie am Abend der ersten Entführung in einer kleinen Anliegerstraße in Klein Glienicke, die das spätere Opfer auf dem Rückweg von der Kirchenchorprobe nach Hause gewohnheitsmäßig passiert.«

Stille. Dann fragte ich tonlos: »Brieselang?«

Und Lisa: »Ein Bus?!«

»Ein Kleinbus, roter VW, älteres Modell. Ein Spaziergänger mit Hund war auf ihn aufmerksam geworden, weil er Geräusche darin wahrgenommen hatte. Leider hat er nicht auf das Kennzeichen geachtet und sich erst vor zwei Tagen bei uns gemeldet, auf Anraten seiner Frau. Daraufhin haben wir die Beschreibung an alle Polizeidienststellen, Sicherheitsfirmen etc.

weitergeleitet, und vor einigen Stunden kam die Meldung …« Ein erneuter Blick zur Uhr.

Nur seine Ignoranz in Bezug auf Anja hielt mich davon ab, ihm kumpelhaft auf die Schulter zu klopfen. Und mein Ärger auf Dietmar. Er hatte mir nichts von dem Bus erzählt. Demnach hatte ich mit meinem Verdacht richtig gelegen. Er ließ Lisa und mich mit der Nachbarschaft der Entführten plaudern, während er die eigentliche Angel auslegte. Er war kein Deut besser als Bert.

Mit einiger Mühe setzte ich ein gewinnendes Lächeln auf und fragte: »Bereitet der Gedanke an den geplanten Zugriff Ihnen Unbehagen, Kommissar?«

Rilke riss die Augen auf, die Wangen von jäher Röte überzogen.

»Wie meinen Sie das?«

»Na ja, Sie schauen permanent zur Uhr, Sie sind unkonzentriert und seufzen. Man könnte glauben, Sie bangen um eine Frau.«

Rilke richtete sich kerzengerade auf, seufzte und fiel in sich zusammen.

»Sie ist noch Anwärterin«, murmelte er. »Das ist ihr erster Einsatz dieser Art.«

Lisa stand auf, ging zu ihm und legte eine Hand auf seinen Arm.

»Ihrer Freundin wird nichts passieren«, sagte sie leise. »Sie ist bewaffnet. Und in professioneller Gesellschaft.«

Im angrenzenden Büro klingelte ein Telefon. Rilke fuhr zusammen und rannte hinüber.

»Bin unterwegs«, hörten wir ihn sagen. Kurz darauf kehrte er zurück.

»Entschuldigen Sie, der Anwalt des jungen Mannes von der Bürgerwehr ist da.«

Also doch. Wir erhoben uns.

»Der Bürgerwehr aus Frau Michalskis Sparte?«, fragte ich.

»Ja. Zuweilen spielt einem das Schicksal während eines Falls einen anderen in die Hände, wie eine als Bürgerwehr getarnte Diebesbande unter der Führung des Gartenvereinsvorsitzenden. Hauptkommissar Elmers kamen die Jungs von Anfang an spanisch vor.«

Mit einer schüchternen Geste komplimentierte er uns aus dem Raum.

»Eigentlich ist das eine Angelegenheit für die Örtlichen«, fuhr er fort, während wir den Flur hinuntergingen. »Aber die haben mal wieder Notstand und der Chef der Eigentumsdelikte ist ein Freund vom Hauptkommissar.«

Vor einem der vorderen Büros nahe der Treppe blieb Rilke stehen und reichte erst Lisa, dann mir die Hand. Kinderstube war halt Kinderstube.

»Noch ein wenig Geduld«, sagte er. »Wenn alles nach Plan läuft, erfahren wir mit achtundneunzigprozentiger Wahrscheinlichkeit während der nächsten halben Stunde, wie es um Frau Michalski steht und wo sie ist.«

»Und meine Freundin«, ergänzte ich.

Er sah auf seine Schuhspitzen.

»Ich melde mich.«

Der Pförtner ließ gleichgültig die Schranke hochfahren, als wir ihn passierten. Zwei Minuten frische Luft zwischen LKA und Smart. Zwei Minuten, in denen Lisa gedankenverloren an ihren Wangeninnenhäuten genagt und ich ein hinterhältiges Jucken unter meinem Verband zu ignorieren versucht hatte. Die Straße war belebter als bei der Hinfahrt, es ging dem Feierabend zu. Ich fühlte mich zerschlagen, krankenhausreif, zumindest sofareif.

»Was wird das?«, fragte ich, als Lisa an der Kreuzung zwischen Neuem Palais und Schloss Lindstedt den Blinker rechts setzte. Zu mir ging es geradeaus, zu ihr auch, soweit ich wusste. Links zur Gerichtsmedizin am Schloss Lindstedt. Rechts nach Potsdam-West.

»Ein Abstecher.«

»Wohin?«

Sie wandte den Kopf. In ihren Augen begegnete mir die Eiserne Lady.

»Die Bullen beanspruchen achtundneunzig Prozent Lösungsanteil des Falles für sich«, sagte sie, zum ersten Mal, seit ich sie kannte, in Vulgärsprache verfallend. »Also nehmen wir die übrigen zwei. Und die liegen wo?«

Ich gab keine Antwort. Sie schien auch keine zu erwarten.

Hinter Potsdam-West war die Stadt zu Ende. Dahinter lagen auf der einen Seite ein Dorf namens Kuhfort und auf der anderen Geltow.

»Vielleicht machen Hauptkommissar Elmers und seine Leute in diesem Moment ihren großen Fischzug und sammeln diese Entführerfirma ein«, fuhr Lisa fort, als der Smart wie ein freudig erregtes Hündchen unter der Unterführung des Bahnhofs Sanssouci hindurch auf die Forststraße hoppelte. »Aber das widerspricht unserer Theorie in keiner Weise.«

»Unserer?«

Sie schenkte mir einen Seitenblick. Ich nickte. Es war nur eine rhetorische Frage gewesen, die sie daran erinnern sollte, dass ihr Richtungswechsel eine autoritäre Entscheidung gewesen war, nicht das Ergebnis einer Absprache.

»Wenn man in einem Fall ermittelt und sich die Spuren plötzlich teilen, wobei die zur Linken deutlicher ausgeprägt sind und geradlinig verlaufen und die zur Rechten wild durcheinandergehen, heißt das noch lange nicht, dass die linken deshalb die einzig richtigen sind.«

»Nein, aber es sind …«

»Sondern vielleicht, dass man es mit zwei Fällen zu tun hat, die beide ihre jeweiligen Spuren erzeugen. Und dass man folglich auch beiden folgen muss.«

Sie umschloss mit beiden Händen fest das Lenkrad. »Drück deinen brauchbaren Daumen, dass bei Sattler irgendwo ein Spaten herumsteht. Wenn nicht, müssen wir noch mal in den Baumarkt.«

21

Da das Glück Lisas dauerhafter Begleiter war, blieb uns der Weg in den Baumarkt erspart. Hinter der Hütte des seligen Herrn Sattler winkte uns ein Spaten entgegen.

Ich wies auf zwei schmale Keile, die zwischen Stiel und Schaufelschaft getrieben worden waren.

»Sieht etwas altersschwach aus.«

»Wenn Sattler ihn benutzt hat, wird er für uns auch reichen«, entgegnete Lisa und nahm ihn mit.

Als wären wir verabredet, kam uns jenseits der Hecke Gregor entgegengesprungen.

»Damit wäre die Task Force Kretzschmar vollständig«, murmelte ich.

Aus irgendeinem Grund beruhigte mich die Anwesenheit des Katers. Ich beugte mich herab, um ihn zu streicheln. Gregor wich zurück und tat, als hasche er nach einer Hummel, die frühlingsbesoffen durch die Luft brummte.

»Sollten wir nicht doch lieber das LKA rufen? Ich meine, wie legitimieren wir unseren Einsatz vor Dietmar … Hauptkommissar Elmers?«

»Falls wir fündig werden«, meinte Lisa stirnrunzelnd, »verstehe ich nicht, was es zu legitimieren geben sollte. Er kann froh sein, wenn wir ihm die Graberei nicht in Rechnung stellen.«

Sie stand mit dem Rücken zur Sonne und somit umrahmt von einer dunkelgelben Aureole, mit wehendem Haar, eine furchtlose Prophetin unerwünschter Wahrheiten. Oder besser noch, ein Engel der Verkündigung, der einem klammen Schäfer auf den Weiden um Bethlehem entgegen schrie: Fürchte dich nicht, denn ich bringe dir frohe Kunde! Willst du den Messias nun sehen oder nässt du dich ein, jetzt, da er nur noch ein paar Meter von dir entfernt liegt, nachdem du dein ganzes Leben darangesetzt hast, ihn zu finden?

Das mit dem ganzen Leben war übertrieben, aber im Grunde hatte sie recht. Ich hätte ihr meinerseits erklären können, dass dem Suchen und Erwarten häufig ein größerer Zauber anhaftet als dem Finden und ich auch nicht den Messias, sondern meine Freundin und eine Krankenschwester suchte. Zum Glück fiel mir noch rechtzeitig ein, dass Lisa gar nichts gesagt hatte.

Also schluckte ich meine Verteidigung hinunter und folgte ihr und Gregor zum Pavillon. Als sie auf Dulcineas Seite die Pavillonbrüstung überstieg, fragte ich Lisa, wann ihr der makabere Verdacht gekommen war.

»Im LKA«, erwiderte sie, während sie vorsichtig Blattwerk beiseite schob und den abgesenkten Boden darunter betrachtete. »Aber vorher haben sich die Rätsel gehäuft, die zu ihm geführt haben. Zuerst die Frage, wieso die Kretzschmar einfach ohne ihre Freundin wandern geht, ohne sich um deren Schicksal zu scheren. Sie hat nicht mal Renates Mann angerufen. Falls sie also nicht unter krankhafter Gleichgültigkeit leidet, fällt mir dafür nur eine Antwort ein: Sie wusste vor der Reise, dass Renate sie nicht begleiten würde. Und warum? Entweder weil Renate es ihr gesagt hat oder weil sie in ihr Verschwinden verwickelt ist. Vor diesem Hintergrund Rätsel Nummer zwei: die Rose. Wozu deren Überführung aus der Gartenkolonie hierher, so kurz vor einer geplanten Reise? Finden wir auch dafür eine Lösung? Ja, und zwar die, dass diese Reise gar nicht jetzt, sondern erst etwas später stattfinden sollte, Renate also auf ausreichend Zeit spekuliert hat, die Neuverankerung ihrer Dulcinea zu beaufsichtigen.

Darauf deutet auch die Bemerkung dieser paranoiden Nachbarin, die Kretzschmar habe ihr am Morgen ihres Aufbruchs, Rätsel Nummer drei, ihren Briefkastenschlüssel und eine Schachtel Pralinen hinterlegt. Also, schlag mich, aber meiner Ansicht nach übergibt man so etwas bei einer plötzlichen Terminverschiebung persönlich. Dann das Gemüse. Kannst du mir folgen?«

»Ja«, erwiderte ich unbehaglich. »Aber welchen Platz findet die Lösegeldnummer in der Geschichte?«

Lisa hatte sich einen Schnürsenkel aus den Schuhen gezogen und begann, das Blatt- und Stängelwerk der Dulcinea damit zusammenzubinden.

»Ablenkungsmanöver. Und gleichzeitig eine Erklärung für Renates Verschwinden. Würde sie sich einfach so in Luft auflösen, würden Michalski oder ihre Kollegen irgendwann eine Vermisstenanzeige schalten, und zwangsläufig würde im Lauf der Ermittlungen herauskommen, dass sie ihre letzte Verabredung war. Bei einer Entführung würde die Polizei sonst wo suchen, nur nicht bei ihr.«

»Das heißt, es war nie geplant, dass jemand den Trolley vom Markt abholt«, sagte ich betroffen.

Sie schüttelte den Kopf. »Meiner Theorie nach war der zweite Brief schon fertig und mit Locke und Uhr gefüllt, als wir uns auf den Obdachlosen gestürzt haben. Damit war Renate offiziell für tot erklärt, kein Wunder also, wenn sie nie wieder aufgetaucht wäre.«

Ich dachte darüber nach. Es war perfide, grausam, aber möglich. Zumal wahrscheinlich war, dass Felicia Kretzschmar um die prekäre Finanzlage der Michalskis wusste. Die Kretzschmar durfte also relativ sicher davon ausgehen, dass Michalski die geforderte Summe nicht zusammenbekommen und sich entweder entgegen des Verbots an die Polizei wenden oder aber zu tricksen versuchen würde. In jedem Fall folgte die Strafe auf dem Fuße ... Ja, das wäre möglich. Aber noch wollte ich es nicht glauben.

Lisa zog ihre Jacke aus und hängte sie über die Pavillonbrüstung.

»Ihre Matrix hatte nur einen Fehler«, lächelte sie. »Sie hat Renates Beliebtheit unterschätzt. Stell dir vor, wie ihr zumute gewesen sein muss, als du und Anja kaum zwei Tage nach ihrem Verschwinden hier aufgetaucht seid und ihre Nachbarn gelöchert habt. Das Ergebnis?«

»Flucht.«

»Und Sattlers Tod«, fügte sie hinzu. »Ist deine Frage damit hinreichend beantwortet? Dann los, wir sind schließlich zum Arbeiten hier.«

Wie gelassen sie das sagte.

Ich sah Gregor auf dem Rasen etwas beschnüffeln, ehe er es mit einem lockeren Tatzenhieb durch die Luft kickte.

Lisa krempelte die Ärmel ihres Pullovers auf.

»Handschuhe wären schön.«

»Ich könnte nachsehen, ob ich in Sattlers Garten welche finde«, bot ich eilfertig an.

»Nett von dir, aber mir ist lieber, wenn du mir Gesellschaft leistest.«

Ganz so locker, wie sie tat, war sie also doch nicht.

»Eine allerletzte Frage bliebe noch«, sagte ich, als sie nach dem Spaten griff. »Warum das alles?«

Lisa betrachtete kritisch die beiden Keile.

»Eifersucht.«

»Eifersucht? Kretzschmar ist seit einem Vierteljahr unter der Erde!« Bei diesen Worten blickte ich reflexhaft zum dunklen Grund unter der Dulcinea, in den Lisa probeweise den Spaten stieß. Sie hob ihn wieder und begutachtete ihn. Offenbar fiel das Ergebnis zu ihrer Zufriedenheit aus, denn als sie mich ansah, war ihr Blick entschlossen.

»Wer arbeitete auf der Intensiv, als Kretzschmar gestorben ist? Renate. Und selbst falls die Kretzschmar ihr die Schuld an seinem Tod nicht anlasten sollte, wer war in seinen letzten Stunden, vielleicht Minuten um ihn? Ihre Konkurrentin. Und dann begegnet ihr genau diese Konkurrentin nur wenige Wochen nach seinem Tod als Pflegerin auf der Belvedere. Ich glaube wie Jenny, dass Renate sich Felicia Kretzschmar offenbart hat, als die Beziehung zwischen ihnen vertrauter wurde. Vielleicht aus dem Wunsch heraus, Verständnis bei einer verwandten Seele zu finden, vielleicht um die Freundschaft ohne Altlasten zu beginnen. Stattdessen hat die Kretzschmar sie angefangen zu hassen. Meiner Ansicht nach wurde da der Plan geboren. Es ist ein Irrtum, dass Eifersucht mit dem eifersüchtig gehüteten Wesen stirbt. Ein Lebender kann die Eifersucht seines Partners beschwichtigen, ein Toter lässt ihn im Ungewissen zurück. Bester Nährboden für alle Spielarten von Groll oder Rachlust.«

»Du hast eine blühende Fantasie«, sagte ich schaudernd.

»Na, sehen wir mal, ob sie etwas wert ist«, entgegnete Lisa und bohrte den Spaten zum zweiten Mal in die Erde.

Ich blieb im Pavillon und behielt von meinem erhöhten Posten aus die Umgebung im Auge. Zu mehr taugte ich nicht, aber damit konnte ich leben.

Nach dem dritten Stich hob Lisa den Kopf.

»Ich ruiniere Renates Rose!«

»Grab sie doch aus, das hat sie schließlich schon einmal überlebt.«

Ich setzte mich auf die Brüstung und zündete mir die krumme Zigarette an, die sie vor der Markthalle für mich gedreht hatte. Nach zehn Minuten hatte sich zu Lisas Linken ein niedriger Wall gebildet. Gregor schlängelte sich durch das Buschwerk zu ihr hin und scharrte nach Regenwürmern oder freigelegten Mäusenestern.

»Geh weg«, keuchte Lisa. »Ich will dir nicht aus Versehen den Schädel einschlagen.«

Ich schlenderte zur anderen Seite der Brüstung und blickte über das warm leuchtende Brachfeld. In der Ferne meinte ich eine Gestalt auszumachen, konnte aber nicht erkennen, ob sie sich bewegte.

Da traf mich Lisas Ruf.

Er war weder besonders laut noch hysterisch, dennoch überlief es mich kalt. Ich ließ mir Zeit, mich umzudrehen.

Sie stand bis zu den Waden in der Grube und schabte mit der Spatenspitze vorsichtig auf etwas herum. Neben ihr lag die frisch ausgehobene Rose auf zerdrückten Winterlingen.

Obwohl mich unsichtbare Gummibänder zurückhielten,

schwang ich nacheinander die Beine über die Brüstung und kämpfte mich zu ihr vor. Lisa empfing mich, stumm in die Grube deutend.

Sie war etwa handtuchgroß und dreißig Zentimeter tief. Aus dem rechten Rand lugte ein beinlanges und ebenso breites Stück rot-schwarz karierte Decke.

»Es könnte ein Hund oder eine Katze drin sein«, sagte Lisa und blickte zu Gregor, der gelangweilt über den Rasen streunte. »Meine Katze haben wir damals auch in ihrer Kuscheldecke begraben.«

Ich verkniff mir die Erwiderung »Dann wäre in dieser ein Bernhardiner« oder »Wenn du weitergräbst, werden wir ja sehen, was drin ist.« Erstens, weil es brutal gewesen wäre, und weil sie es zweitens nach einem inbrünstigen »Scheiße!« von selbst tat.

Stück für Stück wuchs mehr rot-schwarze Decke aus der Erde. Bereits eine Minute später war klar, dass ihr Inhalt kein Haustier war. Es sei denn ein Fohlen.

Lisa hatte sich in Rage gegraben, es war, als ob sie auf der Stelle umfallen würde, sobald sie den Spaten absetzte. Meine Augen hingen wie gebannt an der Decke, obwohl ich in Gedanken längst über das Feld dem Smart entgegenstürmte. Wir waren beide Sklaven des Abscheus, und als solche sahen wir, wie das Rot-Schwarze an Form und Länge gewann, registrierten erdige Schnur, die sich in Abständen diagonal darüber spannte, bis Lisa atemlos an einen zugebundenen Zipfel kam. Dahinter war nur noch Erde.

Lisa stocherte noch ein wenig darin herum, dann ließ sie den Spaten fallen und übergab sich auf die Lilienschößlinge.

Mein Magen hinderte mich daran, ihr den Kopf zu halten. Außerdem war da der geheime Bann, der mich noch immer zwang, auf die Decke zu starren. Wir hatten recht gehabt, und ich konnte es nicht glauben. Es *war* nicht zu glauben, unsere Theorie war nur ein fantastisches Gebilde mit der Logik eines schlechten Landhauskrimis. Niemand brachte im Ernst aus Eifersucht Leute um und verscharrte sie unter Rosen. Ergo war dies dort eine Decke, sonst nichts. Vielleicht enthielt sie einen speziellen Dünger, der sich langsam verteilen sollte, so wie manche Medikamente in Kapseln sich erst im Magen auflösen. Sobald Lisa wieder halbwegs bei sich war, würde ich sie bitten, die Grube wieder zuzuschaufeln und die Dulcinea zurückzupflanzen. Wässern konnte ich sie, das ging auch einhändig. Und dann würden wir Dietmar anrufen, um zu erfahren, wo er Renate und Anja gefunden hatte. Schluss mit dem Unfug.

Mit verquollenem Gesicht richtete Lisa sich auf.

»... trinken«, murmelte sie, bahnte sich ohne einen weiteren Blick zur Grube einen Weg durch die Pflanzen und rannte über die Wiese zum Haus, wo sie durch das Terrassenfenster verschwand. Gregor folgte ihr erwartungsfroh.

Zurück blieben die wurstförmige Decke und ich. Es roch irgendwie nach verdorbenem Hackfleisch.

Ich ging in die Hocke, um eine Ausbeulung in der Decke zu betrachten, und stellte gerade fest, dass sie ungefähr die Umrisse einer Zitrone besaß, als ich es in einiger Entfernung knirschen hörte.

Sattlers Haus war von einem Kiesweg umgeben. Aus dieser Richtung war auch das Geräusch gekommen. Gregor? Zu leichtpfotig und außerdem bei Lisa. Sattler selbst konnte es aus naheliegenden Gründen auch nicht sein. Da, wieder. Alarmiert stand ich auf.

Nahm jemand Sattlers Tod zum Anlass, in seinem Garten oder gar Haus nach Verwertbarem zu suchen? Der Gedanke, dass Typen vom Schlag Alex das Anwesen eines frisch Verstorbenen entweihten, der Anja und mir noch vor wenigen Tagen Kaffee gekocht hatte, empörte mich dermaßen, dass ich die Grube verließ und durch die Pflanzen zur Hecke eilte.

Mit hämmerndem Puls kam ich dort an und lauschte durch den Buchs. Ich hörte nichts außer dem üblichen Vogelgezirpe. Umso mehr erschrak ich, als über der niedrigsten Stelle der Hecke plötzlich ein Bein erschien. Ihm folgten gemächlich ein violetter Rumpf, ein zweites Bein und schließlich ein blonder, sorgfältig ondulierter Hinterkopf.

Versteinert wie eine Sandsteinputte stand ich da, atmete nicht, dachte nichts, starrte nur auf die blonden Locken. Als die Frau sich umdrehte, biss ich mir versehentlich auf die Zunge. Das brachte mich zu mir.

»Guten Abend, Frau Kretzschmar«, sagte ich, die ersten Silben entschlossen, die letzte ungläubig. Denn das Gesicht unter den Locken gehörte nicht Felicia Kretzschmar.

»Renate?!«

Sie sah mich ebenso verblüfft an wie ich sie. Dann blieb ihr Blick an meiner Schulter hängen.

»Der junge Mann mit dem Fahrradunfall. Was machen Sie denn hier?«

»Ich …«, entgegnete ich und atmete langsam aus, »suche Sie.«

Renate lebte und war unversehrt. Genau genommen hatte sie nie besser ausgesehen. Ein bisschen fremd vielleicht mit den blondierten Locken und dem schicken lila Mäntelchen. Geschminkt war sie auch und ihre Augenbrauen waren schmaler, als ich sie in Erinnerung hatte.

»Hier? Allein?«

Nein, mit einer fantasiebegabten Begleiterin, lag mir auf der Zunge. Die soeben durch ein angelehntes Fenster ins Haus Ihrer Freundin gekrochen ist, um sich dort die Reste von Erbrochenem aus dem Mund zu spülen, nachdem Sie Ihre Rose ausgegraben hat. Aber ich hob nur die gesunde Schulter.

»Ich habe im Krankenhaus von Ihrer Entführung erfahren. Seitdem habe ich Himmel und Hölle in Bewegung gesetzt, um Sie zu finden.«

»Und dabei sind Sie hier gelandet?«

Aus ihrer Miene sprach milde Skepsis.

»Na ja, alles deutete darauf hin, dass Felicia Kretzschmar die Letzte war, die Sie gesehen hat. Also fand ich es naheliegend, sie zu fragen, ob ihr an dem Abend vor Ihrer Entführung etwas aufgefallen ist. Oder so etwas in der Art.«

Sie lächelte. »An Ihnen ist ja ein Polizist verloren gegangen. Und das alles nur für mich?«

»Was heißt nur«, brummte ich verlegen. »Sie waren mit Abstand das Netteste, das mir nach meinem Unfall begegnet ist. Außerdem hatte ich noch Ihr Schachspiel.« Um den peinlichen Moment zu beenden, fügte ich hinzu: »Wie haben Sie es denn geschafft, denen zu entkommen?«

Da die Kretzschmar ja nun rehabilitiert war, rückte automatisch Dietmars Bande wieder nach vorn.

Renate blickte nachdenklich auf ihre hellgrauen Halbschuhe.

»Gar nicht. Ich bin heute Vormittag auf einer Bank auf dem Stahnsdorfer Friedhof zu mir bekommen. Mit schrecklichem Durst.«

Ausgesetzt also, wie die beiden anderen. Trotz meiner Erleichterung ärgerte ich mich. Dietmar hatte mit seiner Serientheorie den besseren Riecher bewiesen, und er würde es mich spüren lassen.

Gleichzeitig beschlich mich das Gefühl einer Ungereimtheit. Doch ihm nachzuspüren hatte Zeit. Renate war wieder da, das war die Hauptsache. *Eine* Hauptsache! Die andere war Anja.

Renate blinzelte zerstreut an mir vorbei. In der Annahme, sie hätte Lisa entdeckt, drehte ich mich um.

Aber ich sah nur Gregor, der anmutig von der Terrasse auf den Rasen sprang. Renate beachtete ihn nicht. Ihr Blick glitt über den Pavillonhügel und zum Haus hinüber, als warte sie auf jemanden.

»Waren Sie eigentlich schon bei Ihrem Mann«, fragte ich. »Wenn nicht, sollten Sie so schnell wie möglich zu ihm fahren, er vergeht vor Kummer.«

»Jürgen?«

Wieder lächelte sie ihr ungläubiges Lächeln. Ich bemühte mich, nicht an die Pakethaufen in Michalskis Wohnzimmer zu denken.

»Ja. Er hält Sie für tot. Im Übrigen ist Frau Kretzschmar sowieso nicht hier. Sie ist ohne Sie auf den Jakobsweg gegangen.«

»Ach ja, Felicia und ihre Schnapsideen«, seufzte Renate, ging an mir vorbei und schlenderte in Richtung des Pavillons. Mit einem leichten Druck im Magen folgte ich ihr.

»Wieso Schnapsidee? Ich dachte, Sie hätten die Reise zusammen geplant?«

»Unsinn, das war ihre Idee. Ich hab versucht, sie ihr auszureden, jedenfalls für diesen Frühling. Im September vielleicht, jetzt ist es noch viel zu früh.«

»Zu früh wofür? Für Dulcinea?«

Die Terrasse lag jetzt schräg hinter uns. Über die Schulter spähte ich nach dem geöffneten Fenster. Renate nahm keine Notiz davon, sondern strebte zielsicher der Treppe des Hügels entgegen.

»Sie sind wirklich gut im Bilde. Genau, für Dulcinea. Mein Vater hat sie gezüchtet. Er war in den Sechzigern Hofgärtner von Schloss Pillnitz bei Dresden, falls Sie das kennen. Wunderschöne, lachsfarbene, zum Kelch hin in ein geädertes Chamois übergehende Blütenkörbe. Und dieser Duft. Schade, dass sie noch nicht blüht, sonst würde ich es Ihnen zeigen. Haben Sie übrigens meine Hausschuhe noch?«

»Selbstverständlich.«

»Wenn sie fusseln, seifen Sie sie einfach ein wenig ein und reiben Sie ein paar Minuten kreisförmig und fest über die Stelle, dann verfilzen sich die Fasern wieder«, sagte sie. »Wo war ich? Ach ja, die Dulcinea hat Preise gewonnen, Züchter aus aller Welt haben mir die Bude nach Stecklingen und Augen von ihr eingerannt. Aber da ist mit mir nichts zu machen. Ich würde mir vorkommen, als wenn ich Stücke von meinem seligen Vater selbst verkaufen würde.

Vor einigen Tagen habe ich sie mit Felicia hierher umgepflanzt. Schweren Herzens, aber in unserer Gartensparte kam es in letzter Zeit zu Vorfällen, Einbrüche, wissen Sie, und ich hatte Angst, dass ich eines Tages in den Garten komme und statt der Dulcinea nur noch ein Loch im Boden finde. Felicia hatte nichts dagegen. Natürlich nicht, die Rose ist mehr wert als ihr ganzer Gartencenterplunder zusammen. Pardon«, sagte Renate und betrat die vorletzte Treppenstufe. »Ich bin nur sauer, dass sie im Ernst geglaubt hat, ich würde meine Dulcinea nach einer derart anstrengenden Übersiedlung hier allein lassen, um mit ihr in Spanien herumzulaufen. Absurd. Sie braucht dringend Wasser und Zuspruch.«

Auf der obersten Stufe wandte sie sich mit roten Wangen zu mir um.

»Und Sie brauchen in Ihrem Zustand Ruhe, junger Mann. Vielen Dank für Ihre Fürsorge. Aber jetzt sollten Sie schnellstens nach Hause fahren und die Beine hochlegen. Nicht dass Sie sich noch eine Schleimbeutelentzündung zuziehen.«

Vielleicht hätte ich auf sie hören sollen.

Stattdessen betraten wir den Pavillon. Sie forsch, als hätte sie die letzte Zeit in einem Fitnessstudio statt in einem Entführerversteck zugebracht, ich zögernd und mit schlechtem Gewissen, aber entschlossen, meinen Teil der Verantwortung für die Verwüstung, die Lisa angerichtet hatte, zu tragen.

Jetzt, eine Drehung, ein Blick über die Brüstung.

Renate zuckte zusammen und gab ein schrilles »Ha« von sich.

»Die Sache ist die …«, begann ich.

Doch sie hatte sich bereits über die Balustrade geschwungen und stand vor Lisas Erdloch. Einige Sekunden lang starrte sie auf die Grube, dann entdeckte sie die Rose. Mit einem Schrei stürzte sie sich auf sie.

Notgedrungen kletterte ich ihr hinterher.

»Es tut mir unendlich leid. Wir dachten, also wir hatten berechtigten Grund zu der Annahme, dass Sie nicht mehr am Leben sind, sondern dort …« Ich deutete hilflos auf die Decke.

»Was hat er nur mit dir gemacht«, murmelte sie und begann, ihre kostbare Hybride auf Verletzungen zu untersuchen.

»Ich wollte sie gerade wieder einbuddeln«, beteuerte ich.

Dabei fluchte ich innerlich auf Lisa. Wo blieb sie eigentlich? Allmählich begann ich zu argwöhnen, dass sie Renates Ankunft bemerkt hatte und sich jetzt feige im Haus versteckte, um mich die Suppe auslöffeln zu lassen, die sie eingebrockt hatte.

In diesem Moment knirschte wieder Kies in Sattlers Garten.

Wir hoben gleichzeitig die Köpfe. Nach wenigen Sekunden senkte Renate den Blick wieder auf ihre Rose und stieß einen klagenden Laut aus.

»Da sehen Sie nur!«, jammerte sie, auf die erdverklumpten Wurzeln deutend. Artig ging ich neben ihr in die Knie.

»Wo?«

»Dort, am Hauptstock, Sie haben ihm mit diesem Ding«, sie hob anklagend den Spaten, »sozusagen mitten in die Aorta geschnitten.«

Ich gab mir die größte Mühe, aber ich sah keine Aorta. Dafür sah ich, als ich fragend zu Renate aufblickte, an ihrem linken Handgelenk eine goldene Uhr blinken. Verwundert fragte ich mich, woher sie die hatte. Eine Gabe der Entführer, quasi als Ersatz für ihre alte Uhr, die sie an Michalski geschickt hatten? Zusammen mit dem exklusiven Mantel? Und endlich fiel mir ein, was mir vorhin aufgestoßen, was aber in der Wiedersehensfreude untergegangen war. Im Krankenhaus waren Renates Haare nicht blond, sondern mausfarben gewesen. Sie hatte sie also gefärbt. Aber wann, wenn sie erst vor wenigen Stunden auf dem Stahnsdorfer Friedhof zu sich gekommen war, der immerhin ein paar Kilometer außerhalb der Potsdamer Stadttore lag?

Irgendetwas war hier faul, auch wenn sie so mütterlich lächelnd wie eh und je neben der freigelegten Decke stand. Nein, gerade *weil* sie so mütterlich lächelnd neben der freigelegten Decke stand. Die nach verdorbenem Hackfleisch roch.

Ich packte einen der wollenen Zipfel, um das Ende der Schnur zu finden, mit der sie umwickelt war.

»Was ist hier drin?«, krächzte ich. »Mist ist es nicht.«

Renate sah mich überrascht an, dann hob sie die Brauen.

»Mist? Sie machen mir Spaß, junger Mann. Obwohl«, fügte sie nach kurzer Pause hinzu, »so falsch liegen Sie gar nicht. Sie war ein Miststück. Hat sich als Königin aufgespielt, dieses geistlose Ding, ohne sich darum zu scheren, dass ihr Thron schon lange vergeben ist. Sie hätten sie lieber dort im Dreck lassen sollen, wo sie hingehört. Und jetzt entschuldigen Sie mich, mein Lieber. Ich würde gern mit Ihnen weiterplaudern, aber ich bin verabredet.«

Sie hob den Spaten so schnell, dass mir nur noch Zeit blieb, meinen gesunden Arm hochzureißen. Dann krachte ein Meteorit in meinen Kopf, ich sah für einige Sekunden in die Tiefen des Weltalls, das erstaunlich bunt und quirlig war, und wurde von einem Schwarzen Loch aufgesaugt.

22

Als ich die Augen aufschlug, blickte ich ein Paar graue.

Der Mund darunter sagte etwas, dann war er weg. Es gibt tatsächlich extraterrestrische Lebewesen, dachte ich, oder einen Himmel. Was letztlich auch eine Art Existenzraum jenseits der Erde ist. Wäre ich früher nur regelmäßiger zur Christenlehre gegangen statt in die Nuthewiesen. Wer weiß, ob sie mich jetzt einlassen. Das eben war bestimmt der Torwächter. Jetzt geht er und sieht in seinen Akten nach meiner Taufurkunde oder googelt mein Tatenregister. Und dann gute Nacht, Marie.

Ich war so unruhig, dass ich Kopfschmerzen bekam. Nebenbei ein deutliches Zeichen dafür, dass ich noch außerhalb der Himmelsmauern lag. Wieso lag ich eigentlich? Ach so, weil ich tot war. Das zweite, unendliche Leben begann erst hinter der Pforte. Hoffentlich stach das Licht dort nicht mehr so.

Aber aller Voraussicht nach standen meine Chancen, je durch diese Pforte zu kommen, ohnehin schlecht. Hatte der Wächter mir meinen Ausweis abgenommen? Mit dröhnendem Schädel tastete ich nach meiner Gesäßtasche und streifte dabei etwas Bröseliges. Es fühlte sich an, als wäre die Brieftasche noch da. Vielleicht konnte ich sie loswerden, solange der Wächter unterwegs war, und mich dann als jemand anderer ausgeben. Drecklock zum Beispiel. Der war zwar ein elender Schnorrer und Taschendieb, aber arm. Und man wusste ja, dass Arme traditionell ein Vortrittsrecht in den Himmel genossen.

Mühsam fummelte ich an meiner Hose herum, versuchte, mich auf die Seite zu drehen und mit dem linken Arm das schmerzhafte Licht abzuwehren. Als ich ihn hob, zuckte ein Stechen durch meine Schulter und von dort in meinen Kopf. Mir wurde übel, und als die grauen Augen wiederkehrten, sagte ich: »Lass mich einfach hier.«

Er ließ mich aber nicht.

Im Gegenteil, der Grauäugige hatte sogar noch Unterstützung mitgebracht, wohl eine Art himmlischen Sicherheitsdienst. Ich fühlte mich nicht in der Verfassung, Gegenwehr zu leisten oder zu diskutieren, also ließ ich mich fatalistisch betasten wie bei der Fleischbeschau, dann aufheben und wieder niederlegen und wieder aufheben und schwebte plötzlich, leicht schaukelnd, durch die Luft. Ich nahm es als gutes Zeichen, auch wenn die Schaukelei mein Kopfdröhnen verstärkte.

Das ist alles nur vorübergehend, dachte ich, noch niemand hat von einer Sekunde auf die andere fliegen gelernt. Es ist noch kein Meister vom Himmel gefallen. Ich lachte auf, aber nur kurz, weil mir einfiel, was ich von Leuten hielt, die über ihre eigenen Witze lachen. Außerdem tat das Lachen weh.

Es wäre mir einen Moment später sowieso vergangen. Denn kaum hatte ich Augen und Mund wieder geschlossen, fühlte ich etwas Warmes auf meiner Wange, und als ich die Lider hob und in Anjas Gesicht blickte, wusste ich endgültig, dass ich im Himmel war. Eine Woge erleichterter Müdigkeit erfasste mich. Alles war gut.

»Wie lange bist du denn schon hier?«, flüsterte ich.

»Seit einer halben Stunde ungefähr.«

So kurz? Verdammt, ich hätte sie also noch retten können, wenn ich nicht auf …

»Lisa ist vorn bei den anderen«, sagte sie. »Ihr geht's so weit gut. Renate haben sie schon weggebracht.«

Lisa bei den anderen? Was immer das bedeutete. Dass man Renate nicht eingelassen hatte, leuchtete mir ein. Mich wunderte nur, dass sie ebenfalls gestorben war.

Aber auch meine Verwunderung wurde gleich wieder abgelöst, und zwar von einem Schock.

Nach einem sanften Nasenstüber richtete Anja sich nämlich auf und jemand anderes trat an ihre Stelle. Sofort klappten meine Lider herunter.

»Mann«, hörte ich Berts Stimme. »Musst du uns immer so erschrecken?«

Wer erschreckt hier wen, wollte ich sagen, bekam aber keinen Laut heraus.

»Ich hab's dir prophezeit!«

»Hör auf.« Anjas Stimme. »Ich mache mir sowieso schon die ganze Zeit Vorwürfe.«

Seit wann trat Bert Anja gegenüber als Apostel auf? Und wie kam es, dass er auch gestorben war?

Ich wollte ihn fragen, aber in diesem Augenblick vollführte meine Unterlage einen Schlenker und setzte mit nicht allzu hartem, aber dennoch hirnerschütterndem Rums irgendwo auf. Das Gesicht mit den grauen Augen gesellte sich zu Berts, ein junges Gesicht mit einem Augenbrauenpiercing. Ein wenig unpassend für einen Engel, fand ich, aber ich wollte nicht spießig sein. Und was Bert betraf: War der Himmel nicht der Ort der großen Vergebung?

23

Mein Zimmer war nur unwesentlich größer als beim letzten Mal. Trotzdem teilte ich es mir mit zwei älteren Geschlechtsgenossen, von denen der eine nicht sprach, weil er sich, neben einigen Rippen, den Kiefer gebrochen hatte. Bei der Säuberung der Regenrinne von der Leiter gefallen, plauderte der andere, ein Dachdecker namens René und stolzer Besitzer eines betonverstärkten Knies, auf das er beim Reden gern mit den Fingerknöcheln pochte. Offenbar hatte er den Sprechpart des Kiefer-Mannes kurzerhand mit übernommen, denn er redete ununterbrochen. Da sein eigenes Leben an Stoff jedoch wenig hergab, erzählte er einfach aus dem meiner Bettvorgänger und gab Anekdoten über seine Frau zum Besten, die ihn jeden Nachmittag besuchen kam, um mit ihm zu tuscheln.

Wahrscheinlich erzählte er ihr dann Anekdoten über mich. Mir war es recht, solange er mich nur in Ruhe ließ. Leider floh seine Frau jedes Mal nach genau einer Stunde unter variierenden Gründen nach Hause. Die Kinder, der Friseurtermin, der Hund.

Mein Himmelsirrtum hatte in Renés Gesellschaft keine zehn Minuten überlebt, nachdem man mich noch im weichen Restdämmer der Narkose in das Krankenzimmer geschoben hatte. Allerdings wäre er spätestens beim Antritt der ersten Schwester sowieso geplatzt. Ich möchte nicht über sie klagen. Aber keine ähnelte Renate. An die erinnerten mich nur die grünen Filzschuhe unter meinem Bett. Unnötig auch zu erwähnen, dass ich vergeblich nach einer Getränkekarte suchte. Es gab Filterkaffee ohne Kardamom zum Frühstück und am Nachmittag zum Kuchen.

»Sie hätten angeben sollen, dass Sie während eines Interviews für Ihre Sendung niedergeschlagen worden sind«, hatte Schwester Claudia gesagt, als sie mich am Abend nach der

Operation besucht hatte. »Dann wär's ein Arbeitsunfall gewesen und Sie hätten wieder die Vorzüge der Belvedere genießen können.«

»Ich konnte nichts angeben, ich hatte einen eingeschlagenen Schädel!«

»Eine Gehirnerschütterung«, hatte sie korrigiert und zur Seite geblickt.

Beschämt hatte ich mein Lamento beendet. Natürlich, Claudia war zwar siegreich aus der ersten Runde gegen die Klinikleitung hervorgegangen, indem sie sich deren Verhandlungsangebot schriftlich hatte geben lassen und es nun mit einem Anwalt durcharbeitete. Ein Fuchs, hatte sie gesagt. Aber sie hatte auch eine Freundin verloren. Sie war sich nicht einmal sicher, ob sie in Renate je wirklich eine Freundin gehabt hatte, was noch viel schlimmer war.

»Denn wie«, hatte Claudia gemeint, »soll ein Mensch, der so verdorben ist, dass er drei andere tötet, zu aufrichtiger Freundschaft fähig sein?«

Die Mehrzahl kam nicht von ungefähr. Nach der gräulichen Exhumierung Felicia Kretzschmars untersuchte man auf Dietmars Anordnung auch die Todesumstände von deren Mann noch einmal genauer und war auf Hinweise für eine ebensolche Luftembolie gestoßen wie bei Sattler. Nur ohne Einstich. Claudia wies mich jedoch darauf hin, dass Dr. Kretzschmar sehr wohl Einstiche gehabt habe, nämlich dort, wo der Katheder gelegen hatte, und schließlich sei ihm ja auch regelmäßig Blut abgenommen worden. Nur falle halt nicht auf, was man ohnehin erwartet.

Aber wenn man der Luftembolie von Sattler bei der Obduktion auf die Spur gekommen sei, warum dann nicht bei Kretzschmar, hatte ich gefragt und besorgt meinen Katheder beäugt.

Claudia hatte die Antwort nach einem Blick auf den herüberblinzelnden René verweigert. Stattdessen hatte sie etwas in eines der Bücher geschrieben, die Irene mir vorbeigebracht hatte.

Ich las es, als sie gegangen war:

Nirgendwo stirbt ein Patient offiziell an einem manipulierten Katheter! Außerdem hatte Dr. K. ein Hirntrauma dritten Grades. Schlechte Aussichten. Lassen Sie lieber seinen Unfall untersuchen. R. ist kurz nach Dr. K. von der Weihnachtsfeier aufgebrochen.

»Sie sind wirklich zu beneiden«, sagte René, als ich das Buch beiseitelegte und Lisa den Raum betrat.

Bis zum Abreisetag aus meinem Bergmann-Urlaub hatte er sich die Kommentare über meine Besucher abgewöhnt. Er beobachtete nur noch, wie sie ein und aus gingen. Zweifellos sog er trotzdem jeden einzelnen Dialog in sich auf und speicherte ihn wie Moos Wasser für meine Nachfolger. Der kluge Mann sorgt vor. Und auch der Stumme vernachlässigte sein Fernsehprogramm inzwischen, sobald jemand den Raum betrat.

So war es auch an jenem letzten Tag, als nach der Visite nacheinander Irene, Jenny, Dietmar und am Ende Bert und Anja eintrudelten. Letztere gemeinsam, was mich in leichte Rage versetzte, weil Anja mir am Vortag verraten hatte, wo sie nach der Lösegeldgeschichte bis zu unserem himmlischen Wiedersehen Asyl gesucht hatte. Glücklicherweise hatten wir bei der Gelegenheit nicht in meinem Zimmer, sondern im Besucherraum gesessen.

»Ja, glaubst du denn, dass ich nach dieser Handschellengeschichte einfach mit dir nach Hause gefahren wäre? Ich brauchte Zeit zum Nachdenken. Und Montag, Dienstag war ja ohnehin das Symposium, danach wollte ich mal vorbeischauen und entweder meine Sachen holen oder … Aber dann ist mir am Montag beim Frühstück eine Zahnfüllung rausgebrochen. Also bin ich noch vor dem Symposium zum Zahnarzt. Und dort hab ich unter den ausgelegten Zeitschriften eine *Schönes Land* vom letzten Quartal gefunden und bin an einer Überschrift hängen geblieben. Die Schrift kam mir irgendwie bekannt vor.«

»Ach«, hatte ich gesagt.

»Wie?«

»Nichts, erzähl weiter!«

»In dem Erpresserbrief, den du abfotografiert hattest, gab es ein Wort in genau derselben Schrift, und es war sogar dasselbe Wort: *Warten*. Das war mir im Brief schon aufgefallen, weil es großgeschrieben war. Ich hab also den ersten Vortrag des Symposiums geschwänzt und bin stattdessen nach Geltow gefahren.«

»Warum das denn?«

»Die *Schöner Land* ist eine Frauenzeitschrift und an Felicia Kretzschmars Briefröhre klebt ein *Schönes Land*-Aufkleber. Und dann unser Besuch bei ihr. Es hat keiner aufgemacht, obwohl ich mir sicher war, einen Rollladen gehört zu haben, erinnerst du dich?«

»Schwach.«

»Und tags drauf ist sie wirklich weg und ihr Nachbar hat einen Herzinfarkt. Dann diese Lösegeldübergabe, bei der sich außer einem Stadtstreicher niemand einstellt. Er ist übrigens wieder auf freiem Fuß, Dietmar konnte ihm keine Verbindung zu der Entführerfirma nachweisen, die sie letzten Montag gefasst haben.«

»Apropos«, sagte ich. »Was hast du auf dem Markt eigentlich hinter meinem linken Ohr gesehen?«

»Hinter deinem linken Ohr?« Anja runzelte die Stirn. Dann hellte sich ihr Gesicht auf. »Ach, du meinst den Gurkenverkäufer. Dieser Betrüger! In dem Moment, als ich dir sagen wollte, dass der Trolley weg ist, hat er sich unter seinen Verkaufstisch gebückt und Spargel aus einer Kiste in einen der Körbe umgefüllt, in denen er sein Gemüse ausgestellt hat. Und diese Kiste war eindeutig aus dem Großhandel! Solche kriegen wir manchmal von Supermärkten für unsere Kinderbaustellen im Bürgerhaus. Ich hab gleich gewusst, dass an dem was faul ist. Von wegen acht fuffzich die Stunde! Wenn du wieder fit bist, sollten wir ihn auffliegen lassen.«

»Gut«, sagte ich verlegen. Ein Gurkenhändler! »Zurück nach Geltow.«

»Na ja, ich dachte aus den genannten Gründen, guckst du mal, ob sich eine Möglichkeit findet, in das Haus der Kretzschmar zu kommen. Vielleicht findet sich irgendein Hinweis auf Renate. Sicher war ich mir nicht, aber ich wusste, dass mich die Sache während des ganzen Symposiums beschäftigen würde, wenn ich nicht wenigstens mal nachsehe.«

Meine Bonnie.

»Weil mir die Hecke im Weg war, bin ich über Sattlers Grundstück in ihren Garten.«

»Wann?«, fragte ich verblüfft. »Um welche Uhrzeit warst du da?«

Anja überlegte. »So um elf vielleicht.«

Also kurz vor Lisa und mir. Mir fiel ein, dass Lisa in Sattlers Garten jemanden wahrgenommen hatte. Nach unserer Küchenbegegnung, war sie davon ausgegangen, dass ich es gewesen sei. Dabei war es Anja, die gerade den Rückzug antrat. Mir wurde nachträglich flau.

»Bei der Kretzschmar gab es ein offenes Fenster«, erzählte Anja weiter. »Da bin ich rein und hab mir ihr Haus angeguckt. Und dabei wurde aus meinem losen Verdacht allmählich ein fester.«

»Zunächst lag im Wohnzimmer ein Stapel *Schönes Land*.«

Nur die letzte Ausgabe hatte bezeichnenderweise gefehlt. Daraufhin hatte Anja überall nach der fehlenden Ausgabe gesucht und sie schließlich vor dem Haus in der Papiermülltonne gefunden. Mit zerschnittenem Cover und fehlenden Seiten! Danach hatte sie das Haus erst richtig auf den Kopf gestellt. Der Lösegeldbrief hatte bei ihr dieselben Fragen aufgeworfen wie bei Lisa und mir. Warum entführte die Kretzschmar ihre Freundin, holte aber das Geld nicht ab, und wo zum Kuckuck war Renate?

Irgendwann war sie in der Bibliothek auf den Wollkorb gestoßen, den ich auch gesehen hatte. Und darin ein angefangenes Strickkissen. Da hatte es bei ihr zum ersten Mal klick gemacht. Das Buch mit der Widmung auf dem Nachttisch, eine leere Packung Blondiercreme samt benutzten Plastikhandschuhen im Badezimmermülleimer waren dann quasi nur noch Bestätigung gewesen.

»Sehr unwahrscheinlich, dass sich die Kretzschmar selbst färbt, die hatte bestimmt einen Stammfriseur für so etwas. Und keinesfalls würde sie sich die Haare selbst schneiden.«

Unter dem Waschbecken hatte Anja Haarschnipsel entdeckt, die beim Fegen in den Fliesenfugen hängen geblieben waren. Des Weiteren einen leeren Kontaktlinsenbehälter und das dazugehörige Reinigungsmittel im Spiegelschrank – »Nimmt man so etwas auf eine Reise nicht mit?« – und einen originalverpackten Rucksack samt Wanderstöcken auf dem Boden des erstaunlich vollen Kleiderschrankes. Daneben stand das sorgsam gemachte Bett mit quer eingeschlagener Bettdecke. »Wie bei Leuten, die routinemäßig Betten machen.«

Kurz, alles hatte ausgesehen, als wäre die Kretzschmar nie aufgebrochen.

Das i-Tüpfelchen aber war ein gerahmtes Foto im unteren Fach des Nachtschranks gewesen, das Felicia und Dr. Kretzschmar anlässlich ihrer silbernen Hochzeit zeigte. Erstens: Warum lag es im Nachtschrank und stand nicht darauf? Zweitens hatte Anja die Ähnlichkeit zwischen Felicia und Renate bemerkt, wenn man sich Renate etwas rosiger und zurechtgemachter vorstellte, die Haare kürzer und blonder, die Brauen gezupft und so weiter. Und plötzlich hatte sie begriffen: Nicht die Kretzschmar hatte Renate verschwinden lassen. Es war umgekehrt. Danach hatte Renate Michalski wie selbstverständlich die Rolle ihrer Freundin und ihr Haus übernommen. Deshalb war sie weder für Sattler, der die Kretzschmar kannte, noch für uns, die wir sie kannten, zu sprechen gewesen. Da aber davon auszugehen war, dass Sattler sich nicht ewig auf Abstand halten lassen würde, hatte auch er verschwinden müssen. Und wer verfügte über bessere Kenntnisse und Mittel, einen alten Mann unauffällig aus dem Weg zu schaffen, als eine Krankenschwester?

So hatte sich für Anja auf einmal eins spielend aus dem anderen ergeben, nur blieben dummerweise auch in dieser neuen Kette drei Fragen offen: Warum das Ganze? Wo war die Kretzschmar? Und wo hielt Renate sich seit ihrem überstürzten »Aufbruch« auf? Nach einigem Grübeln war Anja zumindest für die Beantwortung der letzten Frage eine mögliche Lösung eingefallen. Das Telefon.

Renates Handy war tot. Und das von Felicia Kretzschmar im Haus nicht aufzufinden. Dass sie keins besaß, konnte Anja sich jedoch nur schwerlich vorstellen. Demnach hatte Renate es entweder entsorgt oder an sich genommen, um etwaigen Anrufern vorzugaukeln, dass alles in Ordnung sei. Dazu musste sie nicht einmal telefonieren, wozu gab es SMS.

Anja sah im Kontaktspeicher des Festnetzanschlusses nach, fand aber keine passende Nummer. Dafür die einer Maja Kretzschmar in Ohio, die sich erwartungsgemäß als Felicias Tochter erwiesen hatte. Anja hatte sich als Nachbarin ausgegeben, etwas von einem Wasserrohrbruch gefaselt, und kurz darauf war sie im Besitz der gewünschten Nummer gewesen. Zunächst war sie dort allerdings nur auf der Mailbox gelandet.

»Sag noch mal, was du draufgesprochen hast!«, verlangte ich ungläubig. Anja lachte.

»Dass ich wüsste, wer sie wirklich sei und wo sie wäre, und gern mit ihr ins Geschäft kommen würde.«

»Mehr nicht?«

»Nein. Ich dachte, wenn sie doch die Kretzschmar und in Spanien ist, reagiert sie entweder gar nicht oder ruft mich zurück, um zu fragen, was der Unfug soll. Falls sie Renate und in Spanien ist, ruft sie entweder nicht zurück und lässt es drauf ankommen, oder sie ruft zurück, um mich auszuhorchen und um Zeit zu bitten. Ich hab einfach gewartet.«

»Sie hätte auch auf nimmer Wiedersehen untertauchen können.«

»Klar«, sagte Anja. »Aber sie hat eine Stunde später zurückgerufen und nicht widersprochen, als ich sie beim Namen genannt habe. Stattdessen hat sie einen Treffpunkt vorgeschlagen, den du bestens kennst. Sie hing wohl sehr an dem Haus in Geltow.«

»Sie hing vor allem an der Rose und ihrer Rolle als legitime Frau von Dr. Kretzschmar, würde ich sagen. Die hat sie sich auch nicht nehmen lassen, als er sich zum zweiten Mal gegen sie und für Felicia entschieden hat. Für das Miststück – ihre Worte.«

Renate hatte sich bei der Beseitigung ihrer Nebenbuhlerin nicht Sattlers Spaten, sondern eines Elektroschockers und eines gewöhnlichen Kissens bedient. Vermutlich nachts, als die Kretzschmar selig von Spanien geträumt hatte.

Auch bei ihrer Festnahme hatte sie den Schocker in einer Tasche ihres – beziehungsweise Felicia Kretzschmars – Mantel bei sich getragen. Nebst einer aufgezogenen Spritze mit Propofol.

Ich fragte mich, warum sie den Schocker bei mir nicht eingesetzt hatte. Vielleicht, weil sie keine Idee gehabt hatte, was sie danach mit mir anfangen sollte. Das Narkosemittel brauchte sie schließlich noch für Anja, die ihr aus unerfindlichen Gründen auf die Schliche gekommen war. Nichtsdestotrotz musste ich auch weg, ich hatte die Leiche gefunden. Also der Spaten. Blöd nur, dass es der vom alten Sattler war, mit einer Schaufel, die dank zweier Pflöcke im Schaft Lisas Graberei noch halbwegs am Stiel zugebracht hatte. Nicht aber Renates Ausholen. Sattlers Flickwerk verdankte ich, dass mich der Spatenstiel nur vorübergehend in den Himmel befördert hatte. Und Renate, dass meine Schulter gerade zum zweiten Mal innerhalb einer Woche zusammengetackert worden war.

Aber ich wollte nicht meckern. Lieber schlecht gefallen als Gefallen am Schlechten.

All das war an jenem vierten und letzten Tag meines Krankenhausaufenthalts schon seit achtundvierzig Stunden Vergangenheit. Bert aber war sehr gegenwärtig zusammen mit Anja in mein Zimmer getreten. Und offenbar fanden sie nicht einmal etwas dabei. Im Gegenteil, sie grinsten mit den anderen um die Wette, als Bert mir ein Päckchen überreichte. Das Papier kam mir bekannt vor, darin packte Anja immer Geschenke für Kollegen und Freunde ein.

»Ist gerade erst fertig geworden«, sagte Bert. Und Lisa: »Pack's aus!«

»Einhändig?«

»Einfach am Band ziehen«, empfahl Anja.

René klopfte ermunternd auf sein Betonknie.

Ich zog. Das Papier unter der Schnur faltete sich tatsächlich beinahe wie von selbst auf. Darunter: ein Pappwürfel. Und darin: ein Fahrradhelm. Er war schwarz, ansonsten sah er aus wie eine überdimensionierte Eierschale, auf die man mit weißen Lettern *Lokale Kriminal Aufsicht* gedruckt hatte.

Mein Abholkommando strahlte mich erwartungsvoll an. Ich wusste nicht, was ich sagen, wohin ich gucken sollte, am liebsten hätte ich mich spontan aufgelöst.

»Es ist ein Gemeinschaftsgeschenk«, erklärte Irene. »Kaputte Schultern sind schlimm. Aber ein kaputter Kopf schlimmer. Ich brauch dich noch für die Sendung.«

»Danke.«

Ich setzte den Helm auf, quittierte mit schiefem Lächeln den allgemeinen Applaus und verbot mir die Vorstellung, was mein Nachbar Pachulke dazu sagen würde.

© Anne Heinlein

Christine Anlauff, geboren in Potsdam, studierte nach einer Buchhändlerlehre Archäologie und Geschichte. Seit 2005 lebt sie als freischaffende Autorin in ihrer Heimatstadt, wo sie neben Gegenwarts- und Kriminalromanen regelmäßig auch für Rundfunk, Zeitung und Theater schreibt. Zuletzt erschienen von ihr der Katzenkrimi »Schnurr mir das Lied vom Tod« und 2015 der Verloren-in-Potsdam-Krimi »Der Fall Garnisonkirche«. 2010 erhielt Christine Anlauff den Deutschen Katzenkrimi-Preis.

Sue & Wilfried Schwerin von Krosigk
Der Minutenschläfer
Kriminalroman
10,– €
ISBN 978-3-89809-544-0

Der ewig klamme Hartung Siegward Graf von Quermaten zu Oytinghausen, von allen Hasi genannt, darf über den Sommer eine Villa voller Kunstschätze hüten. Als beim Raub eines Matisse-Gemäldes in der Nachbarschaft ein Mord verübt wird, gerät er in das Visier von Hauptkommissarin Lydia Klimm. Bei seinem Bemühen, sich den Verdächtigungen der abgebrühten Ermittlerin zu erwehren, verstrickt er sich immer tiefer in den Fall.

Spannend und humorvoll – ein echtes Krimivergnügen!

Christoph Spielberg
Man stirbt nur dreimal
Ein Dr.-Hoffmann-Krimi
9,95 €
ISBN 978-3-89809-539-6

Oberarzt Dr. Felix Hoffmann ist irritiert: Der Tod seines Patienten kam nicht unerwartet – warum also die vielen Nachfragen? Plötzlich ist Hoffmann der Hauptverdächtige in zwei Mordfällen – und mehr denn je auf die Hilfe seiner cleveren Freundin Celine angewiesen …

»Ein ebenso kurzweiliger wie intelligenter Roman.«

Abendzeitung München

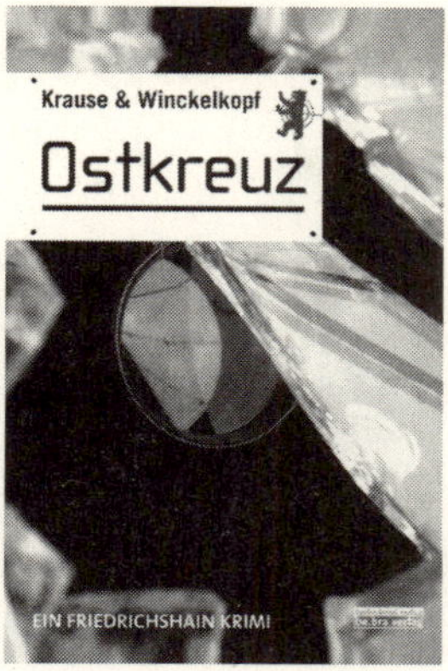

Krause & Winckelkopf
Ostkreuz
Ein Friedrichshain-Krimi
9,95 €
ISBN 978-3-89809-530-3

Ein Sprengstoffanschlag am Bahnhof Ostkreuz lässt den Verkehr für Stunden zusammenbrechen. Es hat einen Toten gegeben. Kommissar Martaler und seine Kollegin Sabrina Zielinski vom Staatsschutz nehmen die Ermittlungen auf – getrieben von der Ahnung, dass dem ersten Anschlag ein weiterer folgen könnte …

»Spannend bis zum Schluss.«
Bezirksamt Friedrichshain-Kreuzberg

Tom Wolf
Roter September
Ein Brandenburg-Krimi
10,– €
ISBN 978-3-89809-542-6

Auf dem Wiesnacker Blutstein liegt ein toter Rebenhändler aus Baden-Württemberg. Alles deutet auf einen Raubmord hin. Doch Leo Pauluth, Revierpolizist im verdienten Ruhestand, wittert mehr. Als Privatdetektiv auf eigene Faust begibt er sich in die junge märkische Weinwelt und kommt einem Geheimnis aus dunkler Vorzeit auf die Spur.

»Wer Brandenburg liebt, der sollte das Buch lesen. Es ist perfekt für die ersten lauen Balkonabende im Frühling.«
Antenne Brandenburg

Christoph Spielberg
Der Ein-Euro-Schnüffler
Ein Neukölln-Krimi
9,95 €
ISBN 978-3-89809-536-5

Oskar Buscher bessert mit einem Ein-Euro-Job sein schmales Hartz-IV-Budget auf. Als er eines Nachts auf mehrere Hundeleichen in einem Müllcontainer stößt, ist er bald nicht mehr nur den harmlosen Kleinkriminellen des Bezirks auf der Spur, sondern gerät in die Fänge eines mafiös agierenden Clans …

»Spielberg erzählt glaubwürdig und rasant.«
Berliner Zeitung

Krause & Winckelkopf
Holzmarkt
Ein Friedrichshain-Krimi
9,95 €
ISBN 978-3-89809-541-9

Der Student Jakub Lelek stand kurz davor ein kleines Puppentheater in den S-Bahn-Bögen am Holzmarkt zu eröffnen. Jetzt liegt er erstochen im Zimmer seines Wohnheimes. Bei seinen Ermittlungen trifft Kommissar Martaler auf rivalisierende Puppenspieler und exzentrische Professoren, auf undurchsichtige Geschäftspartner und auf die schönen Freundinnen des Toten. Es ist nicht leicht herauszufinden, wer in dem verworrenen Spiel die Fäden in der Hand hat …

»Empfehlenswerter, fesselnder Krimi aus dem Herzen Berlins, der beim Lokalkolorit die richtige Dosierung findet.«
Urbanite

Bernd Mannhardt
Keimzeit
Ein Moabit-Krimi
10,– €
ISBN 978-3-89809-524-2

Vor dem Pinkelhäuschen am Moabiter Stephanplatz liegt ein Toter. Es handelt sich um den erfolglosen Foto-Künstler Stephan Klein, der nicht nur mit dem Inhaber der örtlichen Kunstgalerie über Kreuz lag, sondern auch mit den Leuten, die ihn mittels Luxussanierung aus seiner Altbauwohnung vertrieben haben. Kommissar Hajo Freisal findet sich bei seinen Ermittlungen unversehens in einer Schlangengrube aus Kulturschaffenden, Gentrifizierungsgegnern und Bauträgern wieder – und sieht sich bald mit einer bizarren Wendung des Falls konfrontiert.

Thomas Knauf
Berliner Weiße mit Schuss
Ein Prenzlauer Berg-Krimi
9,95 €
ISBN 978-3-89809-527-3

Im Mauerpark wird eine Leiche gefunden. Schnell bestätigt sich die Vermutung, dass es sich bei dem Toten um einen Jugendlichen handelt, der in der Nacht des Mauerfalls spurlos verschwand. John Klein kommt einem dunklen Geheimnis auf die Spur, die bis ins Pankower Rathaus führt und bald weitere Tote fordert …

»Ein aktuelles Thema mit sehr gelungenem Lokalkolorit.«

ekz-Informationsdienst